YOSHE LE FOU

Israël Joshua Singer est né en Pologne en 1893. Frère aîné d'Isaac Bashevis Singer, son œuvre publiée aux États-Unis lui apporte très vite la célébrité : *Les Frères Ashkenazi* compte dès sa parution en 1936 parmi les romans les plus populaires. Mort à New York en 1944, il est l'auteur d'une dizaine de romans, recueils de nouvelles et pièces de théâtre.

Paru dans Le Livre de Poche :

LES FRÈRES ASHKENAZI

ISRAËL JOSHUA SINGER

Yoshe le fou

TRADUCTION DE L'ANGLAIS
PAR ANNE RABINOVITCH

LE LIVRE DE POCHE

Titre original :

YOSHE KALB

Couverture : © Maurycy Gottlieb, *Houppa*
(dais utilisé lors d'un mariage juif),
détail, 1876. Musée d'Israël, Jérusalem. © Bridgeman.

Yoshe Kalb, traduit du yiddish par Maurice Samuel ;
a été publié sous le titre *The Sinner* chez Liveright en 1933 et,
dans une traduction revue par Joseph Singer, en 1961.

ISBN : 978-2-253-01730-1 – 1re publication LGF

LIVRE I

1

La grande cour rabbinique de Nyesheve bourdonnait d'activité à l'approche du mariage de Sourele, la fille du Rabbi.

Le célèbre Rabbi, chef de milliers de Juifs de la secte hassidique en Galicie et en Russie, était très pressé. Il était toujours pressé, car malgré ses soixante ans et son ventre rebondi ceint des franges rituelles, tel un ventre de femme enceinte sanglé dans un tablier, Rabbi Melech avait un caractère des plus fantasques. Ses yeux globuleux couleur de bière, pétillants de curiosité, semblaient toujours sur le point de sortir de leurs orbites. Une vitalité prodigieuse émanait de l'enchevêtrement de sa barbe et de ses papillotes, de sa nuque large et poilue, et de toute sa personne. Bruyant, agité, la lèvre sensuelle, mâchonnant un gros cigare – tantôt allumé, tantôt éteint – Rabbi Melech était réputé pour son esprit résolu et son entêtement. Une fois qu'il avait décidé quelque chose, il intriguait, criait, menaçait, cajolait et n'avait de cesse qu'il eût obtenu ce qu'il voulait. Il s'était mis en tête de marier très vite sa plus jeune fille. Le calendrier n'était jamais un obstacle pour lui. Il ne pouvait attendre la fin de Shavouot. Le mariage aurait lieu le jour de Lag ba'Omer, entre Pessah et Shavouot.

Le père du fiancé, l'illustre Rabbi de Rachmanivke, en Russie, s'opposait à cette précipitation intempestive, ainsi que son épouse, les membres de sa famille, sa cour et ses disciples.

Pendant l'année des fiançailles de Sourele et de Nahum, le fils du Rabbi de Rachmanivke, il y eut entre les deux villes un échange presque quotidien de lettres recommandées. Rachmanivke – écrivant dans un hébreu à la grammaire parfaite, chaque mot, chaque expression, chaque citation choisis avec le plus grand soin – sollicitait invariablement un délai. Il voulait que les fiançailles durent encore quelques années.

« Le noble et savant Rabbi (puisse-t-il vivre longtemps !), disait l'une des lettres, reconnaîtra que les fiancés sont presque plus que des enfants. Ils ont quatorze ans à peine. Et même au temps de mon grand-père (que sa mémoire soit bénie !) nous avions coutume de ne pas hâter ce genre d'affaires. En outre, le fiancé vient de commencer une série de cours avec son professeur, le Rabbi Pesachiah de Zavil, et il serait fort malvenu de l'interrompre. »

Quand les lettres arrivaient à Nyesheve, les arrière-petits-enfants de Rabbi Melech déchiraient parfois les timbres à l'effigie de l'empereur de Russie avant même que le Rabbi n'ait ouvert l'enveloppe.

« Grand-père, lui demandèrent-ils un jour, qui est le meilleur, l'empereur russe ou le nôtre, l'empereur d'Autriche ?

— Le nôtre, bien sûr », s'écria le Rabbi avec colère, car il se piquait d'être patriote. Puis il chassa les enfants en agitant son chapeau, qu'il portait sur sa calotte. « Laissez-moi tranquille à présent. Je veux lire ma lettre. »

Il ne supportait pas les missives du père du fiancé, exaspéré par la calligraphie méticuleuse et élégante qui lui rappelait leur auteur. Il y avait souvent des mots – tirés pour la plupart de la Bible – qu'il ne connaissait pas. Il devait donc les sauter, agacé par cette dangereuse préférence pour la Bible au détriment du Talmud. Et surtout, ces lettres étaient odieuses car elles parlaient sans cesse de délai. Les grosses lèvres de Rabbi Melech se plissaient, comprimant son cigare mouillé, et dans un accès de rage il se mettait à chercher son *gabbaï* Israël Avigdor, l'intendant.

« Srelvigdor ! hurlait-il. Tu mérites que je t'étrangle ! Tu ne vois pas que mon cigare est éteint ? »

Non, Rabbi Melech ne supportait pas ces lettres, avec leur refrain monotone. Ces reports constants étaient intolérables. Plus de douze mois s'étaient écoulés depuis que sa troisième femme, la mère de Sourele, l'avait laissé veuf. Elle était morte à trente et un ans, et on l'avait enterrée avec son nourrisson, car tous deux avaient succombé à la scarlatine. La mort de sa femme avait été un gros choc pour Rabbi Melech ; la perte du bébé l'avait moins affecté, ses deux premières femmes lui ayant donné beaucoup d'héritiers, surtout des filles.

Les cours regorgeaient d'enfants. Tout le clan vivait dans la demeure massive et délabrée du patriarche. Avec ses murs nus, ses hautes fenêtres, ses tuyaux sur le toit, la maison avait autrefois ressemblé à une caserne. Puis elle s'était agrandie avec la famille. On ajouta des ailes, des cloisons, des greniers, assemblage hétéroclite sans style ni goût, jusqu'au jour où, flanqué de ses nouvelles dépendances d'un côté et de la synagogue de l'autre, le bâtiment d'origine prit une allure extraordinaire et se mit à ressembler à un mendiant aveugle enveloppé dans d'innombrables guenilles. Dans cette maison grouillante, fêtes et cérémonies se succédaient sans arrêt. Il y avait toujours une naissance, une circoncision, des fiançailles, un mariage, une bar-mitsva, une entrée au heder ou un premier appel à la Torah – cela arrivait presque quotidiennement. Il y avait une telle foule d'enfants que Rabbi Melech, qui n'avait pas l'esprit très vif, les chassait souvent sans savoir si c'étaient ses propres enfants, ses petits-enfants ou ses arrière-petits-enfants. Cette confusion mentale lui causait beaucoup de peine et de dépit.

La mort de son dernier enfant n'avait donc pas été une grande perte. Rien de comparable avec la mort de sa femme. Il l'avait plus aimée que les deux premières. Il se souvenait aussi d'une étrange remarque qu'elle lui avait faite un soir, comme il revenait du bain rituel.

« Si tu n'avais pas une aussi grande barbe, avait-elle dit, tu aurais l'air très jeune. »

Une remarque bien saugrenue de la part d'une femme !

Une observation, tout compte fait, dénuée de modestie et peu convenable. Aucune de ses deux premières épouses ne l'aurait faite ; elles étaient trop effrayées et respectueuses. Elles ne lui adressaient presque jamais la parole. Mais cette étrange remarque l'avait inondé de bonheur. Il ne l'avait jamais oubliée. À son enterrement, alors qu'il pleurait sans retenue et louait à ses disciples sa piété, sa chasteté et sa modestie, cette phrase lui revint soudain à l'esprit. Ses lamentations redoublèrent, l'émotion fit trembler sa barbe et ses papillotes emmêlées. Ses disciples pleuraient avec lui, ainsi que les femmes. Ils étaient sûrs qu'après un tel malheur jamais il ne se remarierait.

Les fils du Rabbi étaient eux aussi de cet avis. « Il n'est plus très jeune », disaient-ils avec bienveillance et douceur, comme il convient quand le père occupe le trône rabbinique depuis trop longtemps. Ses filles corpulentes, massives, en discutèrent avec leurs maris. Non, elles ne pensaient pas que Rabbi Melech allait se remarier. Étant femmes, et donc dénuées d'instruction, elles ne connaissaient pas la Loi ; mais dans les brochures populaires rédigées en yiddish à leur intention elles avaient lu qu'une jeune fille juive ne doit pas épouser un homme qui a enterré trois femmes, car c'est un *katlan* – un tueur d'épouses.

Leurs maris, craignant que de nouveaux héritiers viennent s'ajouter à ceux qui attendaient déjà (sans impatience grâce à Dieu !) leur tour, les rassurèrent : « Non, non, c'est impossible ! Quelle fille voudrait risquer sa vie ? »

Mais Rabbi Melech avait son idée sur la question. Il avait décidé de se remarier ; pas avec une veuve, mais avec une jeune vierge qu'il avait déjà choisie.

Il y avait à la cour de Nyesheve un certain Reb Mecheleh Hinever, lui-même fils de Rabbi, destiné à l'origine à une carrière rabbinique. Cependant Reb Mecheleh était bègue et idiot, et un de ses oncles prit la succession de son père lorsqu'il mourut. Reb Mecheleh fut contraint d'aller de village en village, de ville en ville, tel un mendiant, vivant de la renommée de son père mort. De temps à autre il venait à Nyesheve.

Dans la maison de Reb Mecheleh, à Przemysl, vivait, avec sa femme, une jeune orpheline, sa nièce, issue elle aussi d'une famille de rabbins, mais sans la moindre dot. Chaque fois que l'idiot rendait visite à Rabbi Melech à Nyesheve, il lui présentait une requête, le priant de faire intervenir la Providence en faveur de l'orpheline. « Priez pour qu'elle fasse un mariage convenable », le suppliait-il.

Rabbi Melech n'oublia pas.

Fidèle à lui-même, il se fit son propre entremetteur.

Brusquement, il se mit à combler d'honneurs Reb Mecheleh qu'il avait à peine daigné remarquer auparavant. Aux banquets, où les disciples du Rabbi se disputaient son attention, et les meilleurs morceaux, Reb Mecheleh était entouré d'égards. Israël Avigdot, le *gabbaï*, reçut l'ordre de lui donner une place d'honneur parmi les invités, et de veiller à ce qu'il ait du vin à profusion. Abasourdi, Reb Mecheleh n'y comprenait rien, jusqu'au jour où, comme il s'apprêtait à quitter Nyesheve, Rabbi Melech l'envoya chercher.

L'entrevue eut lieu dans la propre chambre du Rabbi. Quand Reb Mecheleh entra, le Rabbi se leva, ferma la porte et tendit au bègue un cigare et un petit tube d'ambre.

« Mecheleh, j'ai remarqué que vous vous servez d'un fume-cigare ordinaire, en bois, qui convient aux charretiers, aux bûcherons, mais pas au fils d'une maison rabbinique ! »

Et sans plus de cérémonie, Rabbi Melech vint au fait et annonça qu'il épouserait lui-même l'orpheline.

« Mecheleh, je veux que vous sachiez que je suis encore en possession de ma virilité. Dites à la jeune fille qu'elle se réjouira d'avoir des enfants mâles. Et qu'elle ne craigne pas de prendre un *katlan* pour mari. Ce n'est pas la Loi, mais juste une superstition, une superstition très stupide. Je n'y crois pas. »

Ses yeux globuleux clignotèrent. Il tira sur son cigare éteint puis, d'un geste affectueux, il attrapa la barbe clairsemée de Mecheleh et lui dit d'une voix pressante : « Ainsi vous deviendrez mon parent. Un parent du Rabbi de Nyesheve, comprenez-vous ? Vous mangerez tous les jours à ma table. »

Le mot « parent » mit le pauvre idiot dans un tel état de délire et de bouleversement qu'il suivit Rabbi Melech qui le tenait toujours par la barbe, marchant de long en large, exultant de joie. Enfin, oubliant même de bégayer, Reb Mecheleh s'écria d'une seule traite : « Vous avez absolument raison ! »

Il eut soudain un élan de courage. Il voulut ajouter quelque chose, une phrase spirituelle, une parabole du Talmud. Et il se rappela une réflexion que faisait son père chaque fois qu'une idée intelligente était énoncée – à propos d'un plat digne de son contenu. Mais son excitation était trop grande, et il trébucha sur les mots. Alors Rabbi Melech lui lâcha la barbe et s'empara de la sienne.

L'idée que la jeune fille devait être consultée ne lui traversa même pas l'esprit. N'était-ce pas une orpheline, sans dot ni avenir ? Elle vivait dans la maison de son oncle, qui n'était qu'un mendiant. Ici elle deviendrait brusquement la femme du grand Rabbi de Nyesheve. Dans ses rêves les plus fous, avait-elle jamais imaginé pareille réussite ?

L'unique obstacle, à ses yeux, était sa plus jeune fille, Sourele. Prendre une nouvelle femme avant d'avoir marié sa propre fille était chose impossible, même pour Rabbi Melech. Il n'aurait pas l'audace d'affronter l'indignation de sa famille, de ses fils et de ses brus, de ses filles et de ses gendres. Et puis il y avait ses disciples… Certes, ils ne diraient rien. Si le Rabbi jugeait bon d'agir ainsi, il avait certainement raison. Mais cela ne leur plairait guère. Rabbi Melech était donc pressé de marier sa fille afin de pouvoir bientôt conduire l'orpheline sous le dais nuptial, et d'en faire sa quatrième épouse.

« C'est une belle créature, dit le bègue. Elle ne p-pourrait être plus jolie. C'est ce que disent les femmes. »

Bien qu'il n'eût jamais vu la fille, Rabbi Melech imaginait presque la connaître. Il lui attribuait les traits de sa femme morte, et l'amour embrasa son cœur.

Les négociations pour le mariage de sa dernière fille furent menées tambour battant.

Rabbi Melech de Nyesheve écrivit lui-même la première lettre au Rabbi de Rachmanivke, pour proposer l'affaire. Celui-ci répondit assez rapidement, mais il resta évasif. Rabbi Melech n'attendit pas une seconde de plus. Il prit le premier train pour Carlsbad, où Rachmanivke se rendait tous les étés pour ses calculs, et où il se trouvait alors. Rabbi Melech expliqua à ses disciples qu'il ne se sentait pas bien ; il avait besoin des bains chauds du célèbre *Kurort.* Une fois à Carlsbad, sur le chemin des sources thermales, Rabbi Melech rencontra le Rabbi de Rachmanivke, et entreprit de vaincre toute résistance.

Il se montra si pressant, si obstiné, si importun, bref, si insupportable, que le Rabbi de Rachmanivke ne fut pas en mesure de lui tenir tête. Il céda à contrecœur – soulagé.

Rabbi Melech alla jusqu'à sacrifier sa dignité. Il était plus âgé que le Rabbi de Rachmanivke. Il avait, en outre, un plus grand nombre de disciples. Et pourtant il plaida presque comme un inférieur et s'engagea à verser une dot beaucoup plus substantielle que celle qu'il avait donnée pour ses autres filles.

« Qu'importe, dit-il, avec un profond soupir. Mille guldens de plus – allez. Vous avez le jeune homme – c'est vous le patron. »

L'expression ne plut pas au Rabbi de Rachmanivke. « Le patron ! marmonna-t-il avec une grimace. Le patron ! » Mais il ne dit rien à voix haute.

Il était exactement le contraire du Rabbi de Nyesheve.

Frêle comme un saule, il avait une barbe noire clairsemée, avec quelques fils gris, si soignée qu'elle brillait presque. Il avait des yeux noirs, profonds, mystiques, et son teint délicat, transparent, rappelait le chatoiement des feuilles d'olivier. Ses doigts, longs et fins, jouaient nerveusement avec sa petite tabatière en or, ou avec le col rabbinique bien repassé, blanc comme neige, qui se rabattait sur son caftan de bonne coupe. Le contraste avec le Rabbi de Nyesheve était extraordinaire. Celui-ci, hirsute, grossier, massif, ne pouvait passer dans la rue sans provoquer les moqueries des petits chrétiens, qui lui criaient : « Hé, vieille bique ! Bè-è-è ! » Quand le Rabbi de Rachmanivke marchait dans les rues de Carlsbad, il éveillait l'admiration et l'intérêt des jeunes filles blondes qui se retournaient effrontément pour le contempler. « Oh ! Regardez ce magnifique rabbin miraculeux ! On dirait Jésus ! se chuchotaient-elles. Quels yeux noirs ! Quel amant ce doit être ! »

Le Rabbi de Rachmanivke trouvait son futur parent insupportable. Il avait honte de lui, de sa voix tonitruante, de ses gestes désordonnés, de sa façon de sucer bruyamment son cigare et de cracher par terre, il avait honte de son caftan de satin informe et déboutonné, de sa barbe et de ses papillotes négligées, de son langage grossier, de son large corps poilu qui empestait la sueur, le tabac, le cuir, la nourriture et l'alcool.

Les gestes fous de Rabbi Melech étaient réellement dangereux. Il s'approchait de Rachmanivke, lui marchant sur les pieds, le coinçant contre un arbre, comme pour l'empêcher de s'enfuir, l'attrapant par un bouton ou par son revers. Il répétait la même idée dix fois de suite, avec les mêmes mots. Son débit était confus, trop rapide, presque inintelligible. Une légère écume lui montait aux lèvres. Pour couronner le tout il s'emparait parfois de la barbe bien peignée de son interlocuteur, cherchant à établir une intimité avec lui.

Le Rabbi de Rachmanivke comprit qu'il ne se débarrasserait jamais de ce monstre s'il ne cédait pas. Il était incapable de poursuivre la conversation. Il était las de ce marchandage constant à propos de la dot et des cadeaux de mariage, las de l'enthousiasme de Rabbi Melech et, par-dessus tout, dégoûté par son odeur. Il dut promener sa tabatière sous son nez pendant toute la durée des négociations.

Ainsi fut conclu le mariage.

Dans sa défaite le Rabbi de Rachmanivke obtint une demi-victoire ; il refusa de fixer la date des noces. D'où le flot de lettres incessant entre Nyesheve et Rachmanivke. Le Rabbi était parfaitement informé des raisons de cette hâte. Son *gabbaï*, Mottye Godul, un Juif au nez crochu comme le bec d'un vautour, à la langue friande de scandale, et au cœur plein de haine et de mépris pour les hassidim de Galicie, ne manquait jamais, chaque fois qu'une lettre arrivait, de tourner en ridicule le père de la future belle-fille du Rabbi.

« Encore une lettre, Rabbi ! Votre futur parent veut précipiter le mariage. Son mariage, je veux dire. Cette jeune vierge détourne son esprit de l'étude de nos livres sacrés. Cela ne m'étonne guère... Il a déjà enterré trois femmes...

— Mottye ! Tu as la langue trop bien pendue ! Cela te conduira en Géhenne ! »

Mais Mottye savait que le Rabbi n'était pas fâché d'entendre ce genre de propos. En fait, il lisait rarement lui-même les lettres de Rabbi Melech. Il préférait se les faire lire. Au fond, il enviait à son collègue son heureux sort. Une fille aussi jeune !

« Dieu me pardonne », dit-il à son épouse, une femme nerveuse au teint maladif, au visage parcheminé, marqué par des générations de mariages consanguins entre aristocrates. « Une telle impatience est inconvenante ! Cet homme a la fièvre ! Je comprendrais cela chez un veuf plus jeune – mais à son âge ! » Il réprima un petit soupir.

La femme du Rabbi n'était pas sotte. Avec l'orgueil subtil des femmes à la santé fragile, elle devina la jalousie qui rongeait le cœur de son mari ; cette pensée lui fit l'effet d'un coup de poignard. Elle se mordit les lèvres et dit doucement :

« Que cet homme fasse ce qu'il veut. Je n'enverrai pas mon Nahum chéri en Galicie. Ce n'est qu'un enfant – pourquoi nous dépêcher ? »

Le Rabbi de Rachmanivke répondait donc par des lettres prudentes, formulées avec soin, émaillées de citations. Il tentait de dissimuler son aversion derrière des montagnes d'éloges, des titres pompeux, des versets de la Bible et du Talmud savamment insérés entre ses phrases. Mais il restait toujours évasif. Ses phrases élégantes ne contenaient pas de réponse.

Le père et la mère savaient très bien – sans toutefois le reconnaître – que leur Nahum bien-aimé était, sur un plan physique et moral trop jeune pour se marier. Frêle et élancé comme son père, il avait la nature nerveuse et sensible de sa mère, ayant hérité d'elle la constitution affaiblie des aristocrates. De plus, il était absorbé par des contemplations mystiques, les rêves de la kabbale. Son père le suppliait de se consacrer aux problèmes ardus du Talmud – n'avait-il pas treize ans passés, âge où l'on devient un homme aux yeux de la Loi ? Nahum écoutait, mais ne cédait pas. Il se cachait, s'enfermait à clé, et retournait à ses méditations secrètes. C'était un garçon étrange, silencieux et peu communicatif. Il gardait les yeux grands ouverts, sans rien voir. En secret il se préparait à l'apothéose. Il avait appris l'histoire d'Ari, ce grand kabbaliste qui avait insufflé la vie à des colombes par ses formules magiques, et il se préparait à l'imiter. Très souvent Nahum se purifiait dans le bain rituel, le *mikve;* il apprenait par cœur les noms extraordinaires des anges et il se les récitait. Souvent il se privait de manger.

Son père essaya de le détourner de ce projet. Le Rabbi de Rachmanivke était bien de ce monde ; il aimait les choses de la chair autant que les activités de l'esprit. Il avait du goût et voulait que la vie ait de la grâce et du charme. Il ne pouvait comprendre le caractère réservé de l'enfant, sa volonté de s'isoler, ni son obstination.

« Nahum, mon fils, dit-il doucement, ton grand-père, bénie soit sa mémoire, disait que même au ciel on n'aime pas les simples d'esprit. »

Il répugnait à envoyer son fils aux fanatiques de Nyesheve. Il craignait que dans ce milieu tapageur le garçon ne perdît totalement l'esprit.

Ce mariage déplaisait tout autant à sa femme. Plus d'une fois, quand son fils refusait de manger, ou errait dans la maison comme une âme perdue, elle pleurait sans bruit dans son mouchoir de soie. De plus, elle avait déjà eu l'occasion de voir la fiancée, Sourele, quand les deux familles s'étaient rencontrées à Carlsbad. La jeune fille paraissait ressembler à son père. À treize ans elle était bien en chair, avec des jambes solides, une masse de cheveux roux, une mâchoire puissante, et la généreuse poitrine d'une femme mûre. La mère de Nahum avait observé la jeune fiancée avec le regard sévère et réprobateur des dames maniérées de la haute société qui ne pardonnent pas aux femmes simples leur féminité sans apprêt. D'un geste délicat, elle fit mine de cracher contre le mauvais œil.

Elle compara son propre fils, si fragile, avec ce garçon manqué, et son cœur se serra.

« Si telle est la volonté de Dieu, c'est peut-être mieux ainsi, murmura-t-elle pieusement. Mon pauvre fils. »

Elle eût aimé parler, avec franchise, à son mari. Mais dans cette maison aristocratique et intellectuelle à l'extrême, on n'appelait pas les choses par leur nom. Les gens étaient censés se comprendre à demi-mot. Une fois elle osa même écrire quelques lignes à Rabbi Melech pour lui dire combien elle était dévouée à son fils, et proche de lui. Elle écrivait un hébreu excellent, comme un homme, et elle acheva sa lettre en citant un verset de la Bible – les paroles de Juda à Joseph qui retenait Benjamin prisonnier en Égypte : « Ma vie est attachée à la sienne[1]. »

Rabbi Melech répondit aux lettres du Rabbi de Rachmanivke. Il passa sous silence celle de son épouse.

« L'illustre Rabbi sait », écrivit-il – les lettres étaient maladroites, massives, disgracieuses comme lui ; les mots déformés et mal orthographiés –, « l'illustre Rabbi sait que nos ancêtres avaient coutume de ne jamais célébrer un mariage plus d'un an après les fiançailles. Quant aux études du fiancé (puisse-t-il vivre longtemps !), ce n'est pas un problème, car, Dieu merci, nous ne manquons pas d'érudits à Nyesheve. Et si le jeune homme préfère, il peut venir avec son professeur, et le garder aussi longtemps qu'il le voudra, à nos frais. »

1. Référence à la Genèse (44: 30) : « Et Juda dit [...] : Et maintenant, en retournant chez ton serviteur, mon père, nous ne serions point accompagnés du jeune homme et sa vie est attachée à la sienne. »

La lettre était accompagnée d'un cadeau pour le fiancé, une lourde montre en or avec une grosse chaîne. Les parvenus de Nyesheve en portaient sur leurs larges poitrines.

Ainsi les deux parties se renvoyaient-elles la balle. Elles se méprisaient, se tournaient en dérision, et s'adressaient des lettres d'une courtoisie exagérée. Cela ne trompait personne. Pourtant il n'y avait qu'une seule issue. Rabbi Melech était intraitable. Personne ne pouvait lui résister. En plus de ses lettres, il envoyait des télégrammes et des messages. Et une fois que le mariage avait été annoncé officiellement, une rétractation était hors de question. Il fallait tenir compte de l'opinion publique. Aussi le Rabbi de Rachmanivke, ayant cédé une première fois, se résigna-t-il encore. Il consentit à un mariage précipité.

« S'il faut déchirer quelque chose, dit-il subtilement à sa femme, mieux vaut du parchemin que du papier. »

Elle comprit : le Rabbi considérait qu'un divorce était préférable à des fiançailles rompues. Elle essaya en vain d'obtenir une dernière concession : elle demanda que le mariage soit reporté à la fin de l'été, afin de se rendre une fois encore à Carlsbad en compagnie de son fils. Elle voulait le préparer à la grande épreuve qui approchait et elle envisageait en même temps de consulter un professeur de Vienne sur sa santé. Mais Rabbi Melech resta inflexible.

« L'illustre Rabbi sait, écrivit-il, que la coutume de célébrer les mariages le jour de Lag ba'Omer nous vient de nos ancêtres. »

Le mariage fut donc fixé pour ce jour-là.

2

Le tumulte des préparatifs commença à la cour du Rabbi de Nyesheve peu après Pessah, plusieurs semaines avant le jour du mariage.

Les jeunes élèves qui passaient leurs journées à la synagogue, absorbés en principe par l'étude du Talmud, se laissèrent gagner par le climat d'agitation général. Ils oublièrent la routine. Quittant leurs livres, ils parlaient de sujets profanes et disaient même des blasphèmes. Seulement à l'heure de la prière, quand venait le Rabbi, ils se plongeaient dans les textes, lisant tout haut, et leur chant monotone emplissait soudain la synagogue.

Les parasites de la cour rabbinique et les mendiants d'autres cours retrouvèrent leur vivacité. Des occasions comme celle-là étaient rares. Ils assaillirent les Juifs du village qui venaient consulter le Rabbi et lui demander d'intercéder auprès de la Providence, et exigeaient le double ou le triple des dons habituels. Ils assiégèrent la maison du Rabbi et chaque fois qu'une femme en sortait, ils se lançaient dans des bénédictions si bruyantes et manifestaient une bienveillance si ostensible qu'il n'y avait pas moyen de leur échapper. Les femmes étaient obligées de repousser leurs mains et de tirer leur porte-monnaie de leur corsage, ou même de sortir quelques pièces de leur jarretière, pour pouvoir passer.

Mais le kreutzer – la plus petite monnaie – qu'on donnait d'ordinaire aux mendiants ne valait plus assez cher.

« Quoi ! hurlaient-ils. Un kreutzer quand la fille du Rabbi se marie ! Pfft ! Nous n'en voulons pas. »

Suppliant, menaçant, ils marchandaient et forçaient souvent les visiteurs à leur céder jusqu'au dernier sou, sans même leur laisser de quoi rentrer chez eux. Favorisée par le relâchement général, la mauvaise conduite se mit à régner à la cour. Les mendiants volaient les phylactères et les châles de prière des plus pauvres et les mettaient en gage pour boire. Ils traînaient dans les cuisines, s'emparant de tout ce qu'ils pouvaient attraper.

Les habitants plus vieux et plus sérieux de Nyesheve furent eux-mêmes gagnés par cette atmosphère de fête. Ils mirent toute la semaine leur caftan de satin et leur calotte à treize glands, réservée au shabbat. Certains osèrent même la porter sur le côté, d'un air coquin.

Les prières du matin, de l'après-midi et du soir étaient bredouillées à la hâte, et les fidèles en sautaient de longs passages, comme le jour de Simhat Torah. Jamais plus le Rabbi de Nyesheve ne marierait sa plus jeune fille ! Des petites fêtes préliminaires avaient lieu ici et là. Mendiants et voyous affluaient des villages et des hameaux voisins. Des hommes quittèrent femme et enfants pour venir s'installer des semaines entières aux portes de la cour rabbinique.

« *Mazel tov !* » entendait-on partout, chaque fois que quelqu'un vidait un verre d'alcool ou de vin. « *Mazel tov !* Que Dieu se montre généreux envers tous ! »

Dans les cuisines de la cour rabbinique la nourriture ne cessait de bouillir, de frire et de grésiller. La confusion de ces semaines fut telle que les fils du Rabbi usurpèrent les privilèges de leur père ; chacun créa sa propre cour, donna des banquets, distribua les meilleurs morceaux à ses favoris, but du vin et commenta la Loi. Une rivalité acharnée les opposait, et tous luttaient pour rassembler le plus grand nombre de disciples. Pendant que se déroulaient ces festins, des gardes étaient postés à l'entrée pour donner l'alerte si le Rabbi approchait, de crainte qu'il ne voie de ses propres yeux de quelle façon ses fils se disputaient, de son vivant, son empire rabbinique. Les domestiques travaillaient comme jamais auparavant. Mais ils ne pouvaient faire face à l'accroissement des festivités, et Israël Avigdor engagea d'office une horde de mendiants et de parasites, des Juifs affamés et décharnés, vêtus de haillons, qui passaient leurs journées à traîner dans les synagogues en chantant des Psaumes.

« À la cuisine ! » criait-il, les agrippant par leur caftan. « Le Seigneur vous a assez entendus. À la cuisine ! Il faut éplucher les patates ! Les oignons ! Les choux ! »

Les mendiants nettoyaient donc les légumes. Ils allaient chercher le bois dans les hangars, ils tiraient l'eau du puits, lavaient la viande des animaux fraîchement tués, grattaient les pieds de veau, râpaient du raifort. Ils avaient les yeux rouges et les larmes coulaient sur leurs joues creuses. Les servantes, des filles informes, au corps ample, aux jambes trapues, transpiraient à cause de l'excès de travail et de nourriture. Elles avaient les mains plongées dans de grandes marmites grasses, ou bien elles pétrissaient des montagnes de pâte jaune ; elles ranimaient les feux, déplaçaient les casseroles et les poêles, se brûlaient et passaient leur colère sur les mendiants, les chiens et les cochons qui s'aventuraient dans la cour, attirés par les odeurs de cuisine et par les déchets qui s'amoncelaient dehors.

« Vous, les mendiants, allez chasser les chiens et les cochons ! » criaient les filles à leurs aides. Mais ils avaient peur des chiens, et la vue des cochons les remplissait de dégoût. Ils se contentaient de se tenir à distance en hurlant : « Allez, partez ! Allez-vous-en ! » jusqu'à ce que les servantes arrivent avec des seaux d'eau chaude ou froide qu'elles jetaient aux animaux. C'était peine perdue. Ils se secouaient et restaient là, à attendre patiemment.

Israël Avigdor, le *gabbaï*, le bras droit du Rabbi, était au septième ciel.

C'était un homme trapu et fort avec une barbe rousse et un visage – ce qu'on en voyait – couvert de taches de son. Il portait de la soie et du satin. Mais chaque mot, chaque geste trahissaient le vulgaire ignorant, le garçon de courses qui, par la ruse et la flatterie, avait acquis du pouvoir et était devenu le *gabbaï* principal de la cour rabbinique. Ses larges narines étaient toujours tachées de tabac à priser, et ses mains poilues se glissaient partout. Tantôt il attrapait un jeune homme par l'oreille et manquait la lui arracher, tantôt il enfonçait le chapeau d'un mendiant sur ses yeux, ou encore il se querellait avec le bedeau et grimpait sur la table avec ses bottes boueuses – au milieu des livres et des papiers – pour enlever le verre de la lampe et montrer qu'il était sale.

« Imbécile ! grognait-il. C'est comme ça qu'on nettoie une lampe ? Viens ici, je vais t'apprendre comment on fait. »

Et, empoignant le bas du caftan du garçon, il en essuyait le verre noirci de fumée.

Israël Avigdor se trouvait toujours en butte aux provocations des jeunes gens qui n'étaient pas en train d'étudier les textes sacrés. Il n'avait aucun savoir personnel, et ses citations étaient grossièrement erronées. Il quittait la synagogue pour se précipiter aux cuisines, regardant dans les marmites, pinçant une servante et criant des ordres. Il restait toujours fidèle aux intérêts de la cour de son Rabbi.

« Plus d'eau dans la soupe, ordonnait-il. Ce n'est pas la peine de donner aux mendiants une soupe aussi épaisse. Ils n'y sont pas habitués, ils vont s'y casser les dents. »

Il se tenait toujours à l'écart du Rabbi ; sauf, bien sûr, quand un disciple de la cour demandait à être introduit pour présenter une requête. Israël Avigdor n'oubliait pas de se manifester pour réclamer son pourcentage. Mais chaque fois que le Rabbi lui hurlait de venir rallumer son cigare éteint, le *gabbaï* était ailleurs. Rabbi Melech menaçait de le chasser de la cour, mais l'intendant n'y prêtait pas attention. Car il savait que son maître avait davantage besoin de lui que lui du Rabbi.

Personne ne connaissait aussi bien le fonctionnement de la cour, les visages autour de la table. Israël Avigdor savait exactement combien de bouteilles de vin il fallait prévoir pour chaque visiteur, qui avait droit à tels morceaux, qui devait être bien servi, et qui ne recevait qu'une demi-portion. Il connaissait toutes les règles de la préséance et savait à merveille comment placer les gens – en particulier les Juifs riches – de façon à n'offenser personne. Il avait l'art de maîtriser une foule à la porte du Rabbi tout en laissant entrer les personnages importants. Mais surtout, Israël Avigdor était irremplaçable quand il s'agissait de partir en tournée avec le Rabbi pour collecter des fonds. Il inspirait la peur de Dieu aux hassidim et exigeait des sommes inouïes qu'ils n'osaient pas lui refuser.

Il excellait même en dehors de la cour. Il ne manquait jamais de trouver un wagon privé quand le Rabbi de Nyesheve voyageait en train. Il persuadait les magnats du pays de mettre leurs voitures à la disposition du grand Rabbi. Quand il accompagnait son maître à une fête célébrée par les hassidim, il s'arrangeait pour arriver en si grande pompe, et avec un tel tapage, que les Rabbis de l'endroit s'effaçaient aussitôt devant lui et semblaient devenir les invités, et non plus les hôtes, du Rabbi de Nyesheve. Il prenait un air de grand seigneur pour commander les *gabbaïs* du village, qui lui obéissaient comme des garçons de courses.

Mais le plus important, c'était sa connaissance du mécanisme interne de la cour rabbinique. En fait, il en savait un peu trop. Il était au courant des disputes, des secrets, des intrigues de cuisine, des querelles de famille et du jeu hypocrite de chacun. Il voyait, entendait, sentait, devinait tout. Pas une chambre, pas un incident n'était privé à ses yeux. On racontait qu'un samedi, après le dîner de fête, il avait même surpris le Rabbi dans un moment d'intimité conjugale avec sa troisième femme.

Certes, il ne s'agissait nullement de péché ! Mais depuis ce jour-là il regardait le Rabbi droit dans les yeux, avec un air entendu, narquois. Il était devenu plus sourd que jamais à ses cris : « Srelvigdor ! Je vais t'étrangler ! »

Maintenant, à l'approche du mariage de Sourele, Israël Avigdor déploya ses ailes et prit son essor. Jamais on ne le voyait à côté du Rabbi ; quand celui-ci l'appelait il envoyait un domestique d'un rang inférieur. Il était en train de boire de l'hydromel avec les hassidim, ou de se faufiler dans les cuisines, le regard attentif et sournois. L'odeur de son tabac à priser le suivait partout.

Le jour de Lag ba'Omer, c'est-à-dire le jour du mariage, des milliers de hassidim, fidèles de la dynastie rabbinique de Nyesheve, se réunirent dans cette ville. De riches hassidim vinrent de Cracovie dans des trains spéciaux. À la gare ils dirent leurs prières en chœur, avec jubilation. Ils dansèrent, chantèrent et se racontèrent des histoires et des légendes sur leurs Rabbis miraculeux. Ni les non-Juifs ni les Juifs sans barbe n'étaient admis dans ces trains. Les conducteurs burent joyeusement avec les hassidim et leur souhaitèrent bonne chance. La bonne humeur était si contagieuse que même les chefs de train les plus allemands, polonais ou ruthéniens qui prenaient la relève se mirent à parler yiddish avec la prononciation gélatineuse des Galiciens. Des hassidim pauvres vinrent à pied, suppliant les charretiers de les laisser monter, souvent chassés à coups de fouet. Les auberges de Nyesheve étaient pleines à craquer. Les maisons privées, les étables, les granges, les greniers étaient combles. Et le flot des hassidim fut suivi par le flot des mendiants.

Il était interdit de se baigner dans la rivière avant la fin de Shavouot. Mais les jeunes talmudistes étaient trop impatients. En plein milieu de la période des sept semaines entre Pessah et Shavouot, ils descendirent tous ensemble au bord de l'eau, se déshabillèrent et plongèrent. Ils nagèrent et hurlèrent à tue-tête, comme dans les bains de vapeur, quand la chaleur les poussait sur les marches les plus hautes et que leurs corps vibraient. « Oh, que c'est bon, que c'est bon ! » criaient-ils.

De la rivière ils allèrent à la grange où ils endossèrent des uniformes de Cosaques. Selon une coutume immémoriale de Nyesheve, les jeunes gens devaient revêtir ce costume avant un mariage rabbinique, et se rendre ainsi à la rencontre du fiancé.

Ces uniformes étaient rangés en tas sous la paille et le foin. D'un mariage à l'autre ils restaient là, pourrissant, couverts de rouille. Les garçons enfilèrent les longs pantalons collants, lacés en bas, les vestes de hussards et les hautes bottes. En réalité c'était un mélange de styles : la cavalerie hongroise, les hussards d'opérette et la vieille infanterie polonaise de l'époque de Jan Sobieski. L'élément le plus extraordinaire du costume était la coiffure, un chapeau de fourrure très haut, surmonté d'une queue-de-cheval raidie. Dans cet étrange accoutrement les talmudistes, maigres et affamés, avec leur visage émacié, leurs papillotes flottantes et leur dos voûté, ne ressemblaient à aucun corps militaire connu – sauf, peut-être, aux « soldats turcs » que les enfants des villages juifs découpaient dans du papier et montraient dans une lanterne magique faite d'une boîte en carton trouée et d'une bougie.

Selon la coutume, les charretiers et les Juifs riches mirent leurs chevaux à la disposition des étudiants talmudiques. Les bêtes étaient encore plus éloignées que leurs cavaliers de l'esprit cosaque ; elles ne parurent pas du tout apprécier cette mise en scène. Décharnées et abattues, elles résistèrent, se cabrèrent et refusèrent d'avancer. Les jeunes gens tirèrent la crinière des chevaux, ils les éperonnèrent en poussant des hurlements, mais en vain.

Pendant ce temps un grand nombre de hassidim avaient transporté dans la grange un énorme tonneau qui servait généralement à la préparation de la soupe de betteraves rouges pour Pessah. D'autres apportèrent des seaux d'eau chaude de la cuisine. Les Juifs plus riches, privilégiés, se tenaient au-dessus du tonneau et pressaient des citrons, les doigts ruisselants de jus, puis vidaient des paquets de sucre par-dessus. Ils préparaient la célèbre boisson de Nyesheve pour les mariages rabbiniques. Le vacarme était incroyable ; les Juifs se disputaient, se bousculaient, donnaient des instructions, chacun persuadé d'être l'unique héritier de cette recette traditionnelle.

« Imbécile ! Ce n'est pas comme ça qu'il faut faire ! Je vais te montrer ! » Personne ne se vexait, ni n'écoutait. Et quand ce fut prêt, tout le monde goûta et s'écria extasié, avec un claquement de langue : « Délicieux ! »

Un magnifique fiacre tiré par quatre chevaux blancs étincelants entra dans la cour. Chaque fois qu'un mariage rabbinique était célébré à Nyesheve, le comte Olcha envoyait sa diligence personnelle pour accueillir le fiancé et le conduire à la ville, située à quelques kilomètres de la gare. En échange, le Rabbi de Nyesheve ordonnait à tous ses disciples de voter pour le comte quand il se présentait aux élections du parlement autrichien. Le cocher, un gigantesque paysan avec une paire de moustaches blondes qui se perdaient dans ses favoris, avala d'énormes parts de gâteau arrosées d'alcool qu'on lui apporta spécialement. Quand il eut assez bu, il fit claquer son fouet si fort sur la tête des vieux chevaux qu'ils partirent en trombe, pris de panique, oubliant leur âge et leur mauvaise humeur.

« Hue ! aboya-t-il. En avant, les Youpins ! »

Les étudiants sortirent de la cour en cavalcade, cramponnés à la crinière de leurs montures. La diligence du comte les suivait péniblement, et le cortège fut englouti par la poussière et le soleil. Tout disparut : les jeunes gens terrifiés hurlaient leur confession, croyant leur dernier jour arrivé, les sabots martelaient le sol, le cocher, dressé sur son siège, faisait claquer son fouet.

À la gare les Cosaques se glissèrent à terre et attendirent. Quand le train fut à l'arrêt ils se précipitèrent vers le wagon du fiancé, chantant en chœur :

« Bienvenue, fiancé ! Bienvenue, *mazel tov !* »

Pâle, épuisé, abasourdi, Nahum regarda la foule déguisée ; il n'avait jamais rien vu de pareil à Rachmanivke. Ses yeux s'écarquillèrent encore plus qu'à l'ordinaire, et prirent un éclat mystérieux. Il se sentait à la fois effrayé et honteux. Cet accueil public était trop pour lui et il recula devant les bras qui s'agitaient dans sa direction. Il effleura des mains chaudes et moites de ses doigts fins d'enfant et il s'enfuit.

« Du calme ! » cria Mottye Godul, le *gabbaï* de Rachmanivke, lançant des regards furieux à la foule.

Il détestait ces hassidim autrichiens et leur hassidisme. Les narines de son nez frémirent, on eût dit un faucon prêt à fondre sur sa proie. Mais personne ne lui prêta attention. La foule se resserra autour du fiancé. Mottye Godul perdit son sang-froid.

« Bande de cinglés ! hurla-t-il. Arrière ! Païens ! »

Israël Avigdor n'était pas homme à laisser passer un mot pareil. Aucun Juif russe n'avait le droit de parler à ses hassidim sur ce ton.

« Païen toi-même ! cria-t-il. Les païens viennent de Rachmanivke ! À Nyesheve nous n'avons que des Juifs honnêtes qui craignent Dieu ! »

Les deux *gabbaïs* se toisèrent, le visage en feu. Le nez de Mottye était devenu aussi rouge que la barbe d'Israël. On aurait dit deux coqs sur le point de se livrer combat.

« Laissez passer le fiancé », ordonna Mottye Godul.

Nahum s'avança d'un pas hésitant. Il était complètement perdu. Dans son caftan court en soie, bien coupé, au large col blanc comme neige, bien repassé, avec ses bottines brillantes et son chapeau à la fois germanique et orthodoxe, il paraissait plus jeune encore qu'il n'était.

Sa mère, l'épouse du Rabbi de Rachmanivke, était habillée à la dernière mode. Son chapeau à grandes plumes était copié sur les modèles de l'aristocratie chrétienne. Elle s'approcha de son fils et, sortant un petit mouchoir, elle essuya la sueur sur son visage, aussi tendrement que s'il avait été un petit enfant dans son berceau, et non un fiancé le jour de son mariage.

« Nahum, mon chéri, dit-elle. N'aie pas peur ! Je vais veiller sur toi ! Je me charge de tout. »

Les hassidim l'entendirent – et ils se sentirent offensés. Ils l'étaient avant même qu'elle n'eût ouvert la bouche. Elle s'habillait trop comme une chrétienne. Aucune Juive ordinaire de Nyesheve – et encore moins une femme de la cour rabbinique – n'eût osé s'attifer de la sorte. Mais ils furent doublement offensés par ses paroles, et par son attitude à l'égard de son fils.

« Litvaks ! » pensèrent-ils avec mépris. *« Litvaks !* Ces Juifs lituaniens, tous des infidèles, des vaniteux ! » À leurs yeux, quiconque franchissait la frontière de la Galicie était un Lituanien.

Un instant ils éprouvèrent une vague méfiance pour tout ce mariage. Pourquoi Nyesheve importait-elle un fiancé de Lituanie ? Mais ils se turent. Si le Rabbi l'avait organisé, Dieu en avait sans doute décidé ainsi.

Seul le cocher du comte parla. Il regarda le fiancé avec un regard connaisseur, tira sur ses moustaches, et déclara énergiquement aux conducteurs et aux porteurs : « *To dopiero narzeczony* – voilà un fameux fiancé. Il aura besoin de sa mère pour le reboutonner. »

Les chrétiens éclatèrent de rire, mais leurs voix furent noyées par le chœur des Cosaques :

Ein kelohenou
Nul n'est comme notre Dieu.

3

Durant cette longue journée d'été le fiancé ne prit aucune nourriture.

Sourele jeûna elle aussi, comme l'exigeait la Loi, mais elle le supporta bien. Malgré sa faim, elle resta sereine et maîtresse d'elle-même. Aucune ombre ne vint troubler son visage.

Elle s'était comportée ainsi pendant toute la période des fiançailles, obéissant aux lois, faisant ce qu'on lui disait, avec une maturité peu commune chez une jeune fille. Elle avait écouté son père lui annoncer la nouvelle, sans poser de questions. Elle reçut tous les cadeaux de mariage dans leurs boîtes tapissées de satin, sans se départir de son calme. « Que c'est beau ! » s'exclama-t-elle.

Elle écouta tout aussi posément ses sœurs plus âgées – des souillons qui n'étaient pas nées de la même mère – lorsque, quelques jours avant le mariage, elles lui enseignèrent les premiers devoirs d'une épouse.

Elles abordèrent le sujet d'un air mystérieux, parlant par allusions, pour ne pas choquer la jeune fille de quatorze ans.

« Sourele, dirent-elles, tu sais que nous autres femmes n'avons pas besoin d'étudier les livres sacrés comme les hommes. Mais l'Éternel nous a donné d'autres commandements, et il est aussi important de leur obéir que d'étudier la Loi. »

Elles citèrent alors des exemples tirés de la Bible, évoquant les Mères, Sarah, Rébecca, Rachel et Leah. Elles choisirent les mots les plus pudiques, pour ne pas heurter la fiancée. Elles auraient pu s'épargner cette peine.

La jeune fille trop vite grandie se comportait en tout d'une manière simple et directe. Pas un soupçon de rougeur ne colora ses joues, pas un sourire timide ne vint troubler l'éclat imperturbable de son regard.

Ainsi se rendit-elle, la veille du mariage, au bain rituel de la cour rabbinique. Elle était accompagnée par ses sœurs, par les épouses des *gabbaïs*, par des mendiantes et une foule bigarrée. L'orchestre de la ville suivait, ajoutant au vacarme. Ses sœurs regardèrent avec envie son jeune corps ferme, les hanches et la poitrine pleine, et pour chasser les esprits méchants elles crachèrent, répétant : « Pfft ! Que le mauvais œil l'épargne ! »

Elles lui apportèrent des oranges pour lui redonner des forces. La plupart des fiancées en avaient besoin après le bain rituel et toutes les autres cérémonies.

« Mange, fiancée, la cajolèrent-elles. Tu dois te sentir faible. »

Mais elle refusa. Elle se sentait parfaitement bien et en bonne santé.

Elle accueillit avec le même calme la vieille femme qui vint lui raser la tête.

À Nyesheve la coutume était de couper les cheveux de la fiancée la veille, et non le jour du mariage. Les sœurs de Sourele commencèrent à la préparer à cette épreuve. Elles se souvenaient de leur propre terreur. Et elles se montrèrent très tendres avec elle, la caressant, passant leurs doigts dans ses grosses boucles, s'exclamant d'admiration.

« C'est une forêt, une véritable forêt ! » murmuraient-elles. Et tout en nattant et dénattant les lourdes mèches, elles se rappelèrent leur chevelure d'autrefois, si tôt flétrie. « Que ce soit un sacrifice, Sourele, comme les premiers fruits que les Juifs apportèrent à Jérusalem à l'époque du premier Temple. »

Sourele n'avait conscience d'aucun sacrifice. C'était la Loi, et elle y obéissait comme à toutes les autres lois. La vieille femme qui lui coupa les cheveux fut stupéfaite de la piété si précoce de la fiancée.

« Une âme si pure », soupira-t-elle en trempant un morceau de gâteau dans l'eau-de-vie. « Seigneur, puisse le soleil briller sur sa vie comme la jeunesse sur ses joues. »

Avec ses grands ciseaux elle se mit à couper dans le désordre. Puis elle passa le rasoir sur le crâne de la jeune fille, qui prit l'aspect d'une peau d'agneau fraîchement tondu.

« Mazel tov, mazel tov ! » crièrent les sœurs, qui couvrirent la tête amoindrie de la fiancée d'un fichu de soie.

« Mazel tov », répondit Sourele en attachant les pointes du foulard sous son menton, avec l'habileté d'une femme plus âgée.

La vieille fit le tour des parentes pour récolter l'« argent des cheveux ». Puis, s'approchant de la jeune fille, elle lui dit : « Tu devrais me donner un kreutzer par cheveu. Puisse ton premier fils naître bientôt !

— Puisse-t-il en être de même pour vos filles », répondit Sourele selon la formule consacrée.

Toujours paisible, elle s'installa dans la chambre nuptiale avec ses sœurs, et lut tout haut le livre des devoirs de la femme, un ouvrage épais enfermé dans un écrin d'ivoire avec un fermoir en or. Elle déchiffra les phrases archaïques d'un ton neutre :

« Et elle sera consentante au moment de leur union... » Sa voix prit le rythme monotone des prières de femmes... « et elle ne sera pas, le Seigneur l'en préserve, une cause de douleur ou de souffrance pour lui ; mais elle lui donnera du réconfort et de l'amour, et elle accomplira son devoir de femme pieuse, conformément à la coutume et aux commandements. Ainsi naîtront d'elle des enfants mâles... »

Aucune paix semblable ne régnait dans l'âme de Nahum, le fiancé.

La longue journée du mariage, comme la courte nuit qui l'avait précédée, avait été pour lui un moment de souffrance intense. Il avait passé dans le train les dernières vingt-quatre heures. Et il avait besoin de repos. Mais c'était le cadet de leurs soucis. D'abord, il y avait des milliers de gens qui se sentaient tenus de le saluer et de lui présenter leurs respects. Beaucoup avaient fait des centaines de kilomètres pour être présents au mariage de la fille du Rabbi. Nahum dut les recevoir, leur serrer la main, répondre à leurs paroles de bienvenue. Bientôt sa main commença à lui faire mal et il eut la gorge sèche.

Quand il en eut terminé avec la réception publique son beau-père l'emmena dans une pièce à part pour une longue conversation à cœur ouvert. Rabbi Melech avait observé les lois de l'hospitalité, aussi avait-il mangé du gâteau et bu de l'eau-de-vie avec chaque groupe de nouveaux arrivants. Il n'était pas ivre, mais simplement éméché et d'humeur très gaie. Il avait envie de parler – beaucoup – et sans interruption. Son débit était rapide et il avalait la moitié de ses paroles, chantant ses phrases comme un sermon rabbinique, et dans le dialecte galicien, de telle sorte que le pauvre Nahum, venu de la lointaine Rachmanivke, comprenait un mot sur cinq. Le Rabbi, peu sûr de lui, essayait de montrer son érudition ; il se souvint d'une parabole qu'il avait imaginée pour son propre sermon de mariage cinquante ans auparavant, et il la répéta à l'intention de Nahum. Il la répéta sans se lasser, et chaque fois il s'enthousiasmait encore plus devant son propre génie. À tel point qu'il s'empara affectueusement du menton du jeune homme – à défaut de barbe –, le lâcha, frappa des mains, précipita le garçon contre le mur, s'exclamant sans arrêt :

« Ça, c'était vraiment intelligent. Mais il faut saisir l'astuce ; je vais vous expliquer... »

Quand Rabbi Melech parlait il postillonnait ; l'épaisse fumée de cigare arrachait des larmes à Nahum et lui donnait la nausée, car il avait l'estomac vide. Il étouffait. Il toussa à plusieurs reprises, mais son beau-père n'entendit rien. Il ne faisait généralement attention à personne.

« Il faut saisir l'astuce ! » s'écria-t-il avec enthousiasme.

Lorsque enfin Rabbi Melech lâcha prise, Nahum tomba entre les mains de ses fils. Ils le conduisirent d'appartement en appartement, de pièce en pièce. Partout il y avait une foule d'invités. Tout le monde mangeait et buvait – personne ne pensait au jeûne du fiancé.

« *Mazel tov ! Lehaïm !* Longue vie ! » criaient-ils, levant leur verre, le vidant, puis serrant énergiquement la main du garçon.

Pire encore que ces joyeux convives fut l'étrange personnage qu'on lui présenta comme le « génie » de Nyesheve. Chaque ville juive avait son génie, son élève brillant destiné à la gloire dans la Loi. Celui de Nyesheve était un jeune homme qui tenait sa tête de côté et appuyait son argumentation avec des gestes compliqués. Fruste, inculte, il se cramponnait à Nahum, déterminé à lui faire une démonstration éblouissante de son savoir. Mais à peine avait-il prononcé une phrase qu'il se reprenait, disant : « Bien sûr on peut toujours penser le contraire, n'est-ce pas ? » Nahum écoutait, les joues ruisselantes de sueur.

C'était le plein été, mais le bain rituel qu'on lui avait préparé était chaud, la pièce étouffante ; Nahum faillit s'évanouir.

Plusieurs fois, le matin du mariage, son père essaya de le persuader de briser son jeûne.

« Les enfants de Rabbis, dit-il, n'ont pas besoin de jeûner le jour de leur mariage. »

Mais Nahum ne céda pas. Sa mère effrayée voulut user de son autorité. « Mon enfant, dit-elle, je veux que tu manges ! Le commandement sur l'obéissance à ses parents passe avant celui qui impose le jeûne au fiancé. Je t'ordonne de manger.

— Mère, supplia-t-il, ne me rendez pas malheureux. Je ne mangerai pas. »

Toute la journée il transporta sur lui un volume de la kabbale, et les rares moments où la pression se relâchait autour de lui, il se plongeait dans sa lecture. Son professeur, le Rabbi Pesachiah de Zavil, un Juif très instruit et pieux, l'entraîna à l'écart et lui fit répéter son sermon de mariage.

« Fiancé ! dit-il. Faites honneur à votre père, béni soit-il ! Ne laissez pas la honte accabler vos parents et votre ville. Il y aura des hommes instruits au repas du mariage ! »

La grande synagogue, où on avait dressé les tables, était pleine à craquer d'invités et de visiteurs impatients d'entrevoir le marié. Les hassidim bloquaient les portes et les fenêtres. Des jeunes garçons s'étaient glissés sous les tables. S'ils ne pouvaient pas voir le marié, ils auraient du moins le privilège d'entendre son sermon. L'air était lourd, presque palpable. Les bougies des petits chandeliers et des candélabres au dessin compliqué ajoutaient à la chaleur, elles fondaient et se penchaient tout en brûlant. Les invités transpiraient et s'agglutinaient les uns contre les autres. Les vagues de chaleur étaient insupportables dans la partie supérieure de la synagogue, où se trouvait Nahum, le marié, parmi les proches parents et les invités d'honneur. Il avait la tête qui tournait. Il portait, en plus de sa calotte, un *shtreimel,* grand chapeau de fourrure qui lui comprimait les tempes. La sueur coulait le long de ses papillotes et tachait son col blanc.

Dans les appartements des femmes, où on préparait la mariée pour la cérémonie, l'atmosphère était différente. L'espace y était vaste, l'air frais. Les jeunes filles dansaient ensemble, relevant le bord de leurs jupes bouffantes, s'arrêtant parfois pour s'adresser aux musiciens avec affectation, cherchant à donner l'impression qu'elles parlaient allemand et non yiddish.

Des serveurs en veste courte allaient d'une pièce à l'autre, distribuant des boissons glacées. Ils portaient des calottes mais essayaient de paraître élégants comme des non-Juifs, épurant eux aussi leur langage pour lui donner une consonance allemande. « *Wollen Sie etwos geniessen*[1] ? » demandaient-ils. Des petites filles en robe neuve avec de gros nœuds devaient faire la révérence aux adultes et batifolaient, jouant avec leur éventail. Plus que quiconque, les parentes du marié et de la mariée affichaient leur élégance et leur culture. L'or, l'argent, les bijoux, la soie et le brocart étincelaient de tous leurs feux. Le seul homme présent dans la partie de la maison réservée aux femmes était le *badchan* ou bouffon, un haut personnage présent à tous les mariages juifs. Il avait revêtu les habits d'un non-Juif, peigné sa barbe à la manière d'un haut fonctionnaire autrichien. Maintenant il paradait en récitant des petits textes en allemand, entrecoupés de citations en hébreu et d'expressions yiddish. Ou bien il se lançait dans une improvisation, criant, gesticulant et lançant des clins d'œil aux filles ; il croyait faire une excellente imita-

1. « Désirez-vous quelque chose ? » *(N.d.T.)*

tion d'un comédien qu'il avait vu une fois dans un cabaret de la ville.

Mais dans la grande synagogue l'atmosphère était étouffante, dépourvue de gaieté. De temps à autre l'un des hassidim s'évanouissait. On le traînait hors de la pièce pour le conduire près du puits dans la cour. De petits garçons, qui avaient perdu l'espoir de rentrer dans la salle du banquet, s'amusaient à l'asperger d'eau jusqu'à ce qu'il revienne à lui.

Alors arriva le grand moment. Le professeur se pencha vers Nahum et lui dit : « Maintenant, futur marié, la communauté est prête à vous entendre. »

Lorsque, à la fin du sermon, qui dura plus d'une heure, Nahum dut s'approcher de la mariée pour la couvrir d'un voile, il eut besoin d'aide pour marcher. Il était si faible qu'en voulant déposer le carré de soie blanche sur le visage de Sourele il le laissa tomber par terre.

« Oh ! » Il y eut un frisson parmi les femmes. C'était un mauvais présage.

Alors commença le banquet. Le bol de soupe jaune d'or – symbole des années fastes – fut servi en premier, mais Nahum fut incapable de rien avaler. La mariée mangeait avec délice. Elle voulut lui dire de l'imiter. Mais elle ne réussit pas à parler. À cet instant elle perdit son sang-froid, intimidée par la présence de cet étrange garçon qu'elle voyait pour la première fois et qui était à présent son mari. Elle dégusta donc son repas en silence. Enfin, Nahum prit une cuillerée de soupe dans le plat commun qui, selon la coutume, est placé entre les époux le soir du mariage. Il était si épuisé et effrayé qu'il ne songea même pas à regarder sa femme.

Il n'absorba rien d'autre de tout le dîner. Ensuite, très tard dans la nuit, deux vieux Juifs édentés, d'honorables habitants de Nyesheve, vinrent le chercher pour le conduire à la chambre nuptiale, lui parlant mystérieusement du premier devoir d'un mari et des commandements auxquels il doit obéir. Ils le poussèrent dans la chambre et claquèrent la porte derrière lui. Perdu, dans le désarroi, Nahum se sentit comme un enfant abandonné par sa mère dans un endroit inconnu.

Au milieu d'une mer de coussins et de couvertures blancs, une paire d'yeux le fixait. Il leur jeta un regard terrifié, entrevoyant des joues en feu, et une étrange tête féminine enveloppée dans un fichu blanc avec des rubans rouges. Il fut stupéfié. Une sueur froide lui couvrit tout le corps.

Dans son angoisse où se mêlaient la peur et la honte, il chuchota silencieusement : « Mama. »

Le lendemain matin son beau-père le convoqua dans sa chambre et lui ordonna de s'asseoir. Rabbi Melech s'assit en face de lui, rapprochant sa chaise tout près. Il colla son visage contre celui de Nahum ; la colère faisait trembler sa barbe et ses papillotes.

« C'est une sale affaire ! dit-il d'un air menaçant. Une très sale affaire ! C'est dégoûtant ! Nous ne comprenons pas ce genre de chose à Nyesheve. On ne se conduit pas de cette façon ! Dégoûtant ! »

Nahum recula, se faisant le plus petit possible. Il avait la langue paralysée. Il avait peur de son beau-père, avec sa terrible barbe. Il avait peur des hordes qui l'entouraient. Il avait même peur de ce visage au milieu de la mer d'édredons, peur des yeux ouverts et des joues en feu, dont le souvenir l'ahurissait encore.

Un seul mot, « Mama », se forma sur ses lèvres mais aucun son ne sortit.

4

Les jours des Sept Bénédictions – les festivités qui ont lieu après un mariage – furent pour Nahum comme les sept jours de deuil qui suivent la mort d'un être proche.

Nuit après nuit se déroulaient les banquets, des festins ininterrompus où tous mangeaient, buvaient, se réjouissaient et parlaient. Chaque soir son beau-père lui ordonnait de se lever pour adresser des paroles savantes et pleines de sagesse à l'assemblée. Chaque soir les mêmes Juifs édentés l'entraînaient en lui glissant à l'oreille des paroles qui le faisaient pâlir de honte. Nuit après nuit ils le conduisaient à la chambre nuptiale et claquaient la porte derrière lui.

Et chaque matin, tout de suite après les premières prières, Rabbi Melech envoyait sa fille aînée voir la mariée. Elle revenait avec le même compte rendu. Un haussement méprisant d'épaules et un seul mot : « Rien. »

De colère, Rabbi Melech tirait pendant plusieurs minutes sur son cigare sans s'apercevoir qu'il était éteint.

« Dieu du ciel ! » hurlait-il enfin.

Le septième jour le Rabbi convoqua Sourele elle-même.

Elle arriva vêtue d'une longue robe de soie jaune. Sur sa tête rasée elle portait un bonnet de velours surmonté d'un parterre de cerises, de feuillages et de fleurs. Son père la fit asseoir dans le grand fauteuil réservé aux visiteurs les plus importants et il s'installa en face d'elle, la fixant d'un air si féroce qu'elle sentit son cœur se glacer et posa sa main sur sa poitrine. L'expression de son père lui rappelait les terribles cérémonies qui avaient lieu lorsqu'on lui amenait une fille de village pour exorciser un démon.

« Eh bien ? » demanda-t-il enfin d'une voix chantante.

Sourele resta silencieuse.

« Comment tout cela finira-t-il ? » continua-t-il. Sa voix perdit son intonation talmudique et prit un accent mercantile, comme s'il essayait de tirer le meilleur parti possible d'une mauvaise affaire.

Sourele le regarda sans rien dire.

« Il a été avec toi ?

— N-n-non ! » Sourele éclata en sanglots ; elle pleurait avec son corps tout entier, avec ses yeux, sa bouche et son nez.

« Imbécile ! dit le Rabbi. Sors d'ici. » Il lui fit signe de se lever et la poussa jusqu'à la porte. « Sors d'ici, imbécile », répéta-t-il.

Il envoya alors un domestique chercher plusieurs volumes de l'édition de Lemberg de la *Choulchan Arouch*, le code des lois juives. On lui apporta les vieux livres reliés en toile avec leurs pages salies, toutes froissées.

Rabbi Melech entreprit alors, seul, de trouver dans cet océan de caractères minuscules les lois concernant le mari et la femme.

Il avait pris la décision d'écrire une lettre au père du marié, le Rabbi de Rachmanivke, qui était rentré chez lui avec sa femme le lendemain même du mariage, sans prendre part aux Sept Bénédictions. Il allait l'informer du résultat scandaleux du mariage, et entamer la procédure de divorce. Mais il voulait être sûr de la Loi. Il voulait savoir ce qu'il pouvait réclamer en compensation de la honte et de l'humiliation infligées à la mariée. Et aussi, dans quelle mesure il devait participer aux frais, et de quelle manière il pourrait récupérer les cadeaux et la dot.

Rabbi Melech feuilleta les vieux livres une journée et presque une nuit entière. Il n'avait jamais été un érudit. Depuis qu'il assumait les fonctions de Rabbi de Nyesheve, il avait renoncé à étudier. À intervalles irréguliers seulement il consultait le *Zohar*, le livre de la kabbale, et cherchait un passage facile à citer lors d'un banquet. Il n'était pas seulement le Rabbi hassidique de Nyesheve, mais aussi le Rabbi des environs; il était donc tenu de répondre à toutes les questions sur le rituel et de régler les conflits selon la loi juive. Mais il ne l'avait jamais fait lui-même. Il avait un assistant pour cela.

Il aurait pu lui demander de faire des recherches à sa place. Mais il ne voulait pas s'exposer aux moqueries de la cour. Ainsi s'aventura-t-il à tâtons dans les textes obscurs, s'égarant parmi les commentateurs, déchiffrant à la sueur de son front les termes difficiles et énigmatiques qu'ils multipliaient à plaisir.

Enfin, il trouva ce qu'il cherchait. Il était prêt à écrire sa lettre.

Le matin, après les prières, il s'assit à sa table, se préparant à donner une leçon à ce prétentieux savant de Rachmanivke, et à faire en sorte que son misérable fils lui soit renvoyé avec pour tout bagage les vêtements qu'il avait sur le dos. Rabbi Melech retroussa ses manches et commença. Il avait déjà rédigé une introduction ronflante, qu'il essayait de rendre suffisamment grandiloquente pour entamer ensuite un chapitre d'injures bien senties, quand la porte s'ouvrit soudain, et que sa fille aînée apparut, tirant Sourele par la main.

« Père ! *Mazel tov !* »

Rabbi Melech écarquilla les yeux : « Quoi ? » cria-t-il. Ses yeux paraissaient sur le point de sortir de leurs orbites. « Tu veux dire que… ?

— Il a été avec elle la nuit dernière, dit la fille aînée, d'un air triomphant. De façon inattendue. Sourele, raconte à Père. Tu n'as pas à avoir honte. »

Sourele, le visage impassible, mais en feu, raconta avec simplicité ce qui s'était passé.

« Eh bien, eh bien, Dieu soit loué, dit le Rabbi, souriant dans la broussaille de sa barbe. Ce devait être le mauvais œil. J'aurais dû y penser et faire quelque chose. Dieu soit loué ! »

Il marqua une pause puis, à sa manière habituelle, il poussa les femmes hors de la pièce, mais avec plus d'indulgence cette fois-ci.

« Allez, va, petite sotte, dit-il à Sourele. Va, et sois une bonne épouse juive bien dévouée. Tout est en ordre maintenant… »

La lettre à Rachmanivke ne fut jamais achevée. Au lieu de cela, Rabbi Melech écrivit immédiatement au bègue, l'oncle de l'orpheline. Il lui ordonna de venir à Nyesheve dès qu'il aurait reçu sa lettre, pour organiser son mariage avec la jeune Malka. Pour gagner du temps, expliqua-t-il, ils se dispenseraient de la rédaction d'un contrat de fiançailles et ne tiendraient pas compte du délai habituel. Les cérémonies du mariage et des fiançailles auraient lieu en même temps. D'ici là, un accord verbal suffirait. Le Rabbi ajouta un billet de vingt guldens. Puis, au moment de cacheter la lettre, il le reprit. Peut-être était-ce une erreur. Quinze guldens auraient suffi à ce mendiant. Mais les paroles de l'homme lui revinrent en mémoire :

« Une beauté ! Une créature magnifique ! C'est ce que disent toutes les femmes. »

Au lieu de retirer son billet, il mit encore cinq guldens avec un soupir où se mêlaient la satisfaction et le ressentiment.

« Il s'agit d'un fils de rabbin, après tout, se dit-il. Quelques guldens de plus ne lui feront pas de mal. »

Il allait fermer l'enveloppe quand il se souvint d'une chose encore. Il ajouta qu'en ce qui concernait les cadeaux de mariage, la jeune fille n'avait pas à s'inquiéter. Il veillerait en personne à ce qu'elle ne manquât de rien. Elle serait parée comme le méritait la plus belle mariée. Il l'habillerait comme il seyait à son rang – elle était la petite-fille de grands Rabbis, et serait honorée en conséquence. Tout en bas de la lettre le Rabbi écrivit encore quelques lignes embrouillées et parfaitement illisibles. Elle ne devait pas craindre les intrigues et les querelles de la cour rabbinique. Il l'abriterait sous son aile et elle pourrait se réfugier à l'ombre de sa grandeur. En outre, lui-même se serait contenté d'un mariage dans l'intimité, mais il savait que d'après la Loi une vierge avait droit à des noces publiques et joyeuses, aussi organiserait-il une fête avec beaucoup d'invités, de la musique et des banquets. Et ce mariage aurait lieu, selon la coutume, dans la ville de la mariée.

Il inscrivit son nom au bas de la page, ainsi que ceux de son père, de son grand-père et de son arrière-grand-père. Il lécha soigneusement l'enveloppe et la ferma. Puis il envoya chercher l'un de ses petits-fils, auquel il ordonna d'inscrire l'adresse. Lui-même, Rabbi de Nyesheve, ne savait pas écrire la langue des chrétiens. Il regarda le garçon qui s'appliquait, admira son talent, et lui donna un gulden.

Une fois la lettre partie, il se cala confortablement dans son fauteuil, prit un cigare tout neuf, en coupa l'extrémité, et cria :

« Srelvigdor ! Srelvigdor ! »

Cette fois-ci Israël Avigdor arriva aussitôt. Il savait que le Rabbi ne l'appelait pas simplement pour allumer son cigare. Il devait introduire dans la pièce un riche Juif de Kiev, Reb Paltiel Hurwitz, qui était venu de Russie pour assister au mariage de la fille du Rabbi, et qui avait demandé une entrevue privée.

Reb Paltiel Hurwitz était un important marchand de bois. Il avait le monopole de pans entiers de forêts. Il possédait une raffinerie de sucre. Il était un familier du gouverneur russe de Kiev, et parlait le russe à merveille, à ce qu'on racontait. De plus, c'était un fervent disciple du Rabbi de Nyesheve. Plusieurs fois par an il rassemblait ses fils et ses petits-fils, leur faisait préparer des passeports, et faisait un pèlerinage à Nyesheve.

Au mariage de la fille du Rabbi Reb Paltiel Hurwitz n'apporta pas moins de mille roubles, en plus d'autres cadeaux pour le marié, à savoir une calotte coûteuse et un énorme candélabre d'argent. Ses enfants, et même ses petits-enfants, apportèrent eux aussi des présents. Mais Rabbi Melech n'était pas satisfait. Il voulait encore autre chose. Paltiel Hurwitz lui avait raconté qu'il avait la possibilité d'acheter à un général russe une large bande de forêt, qui pouvait rapporter une fortune. Mais cela posait un problème. L'acquisition devait être réalisée de manière indirecte, car si le gouvernement découvrait que l'acquéreur était juif, Hurwitz risquait des ennuis – la prison, sans doute. Et quelqu'un s'apercevrait sûrement du stratagème et le trahirait. Il était donc venu demander conseil au Rabbi.

À peine Rabbi Melech avait-il entendu cette histoire qu'il fut convaincu que la meilleure solution pour Reb Paltiel Hurwitz était de le prendre comme partenaire. En ce moment précis, à cause du mariage de sa fille et du sien, il avait besoin d'argent. Cette association serait une bénédiction. Jamais Reb Paltiel Hurwitz n'aurait envisagé de demander au Rabbi d'investir dans une affaire. C'était inconcevable. Les disciples du Rabbi avaient souvent fait de lui leur partenaire dans une transaction. Cette fois, bien sûr, l'opération était d'une telle envergure qu'une association paraissait, à première vue, hors de question. Et Rabbi Melech craignait d'aborder le sujet. Cet important marchand s'offenserait peut-être, et le quitterait pour un autre

Rabbi. Ce serait une atteinte à son prestige et à ses revenus. Pourtant – réfléchit Rabbi Melech – cette affaire comportait des risques, n'est-ce pas ? L'ombre de la prison, de la Sibérie, planait sur ce projet. Reb Paltiel Hurwitz se sentirait infiniment plus en sécurité s'il avait comme partenaire le Rabbi, qui lui assurerait la protection de Dieu, et tout se passerait très bien.

Aussi Rabbi Melech avait-il refusé de le laisser partir. Sa méthode était simple : il n'accorda pas à Reb Paltiel l'audience privée qu'il demandait pour prendre congé et recevoir la bénédiction d'usage. Il savait que ce genre d'attitude ne manquait pas de troubler un disciple, un hassid, et particulièrement les invités importants, les hommes d'affaires débordés. Dans le cas de Reb Paltiel il obtint l'effet désiré : c'était un homme inquiet et tourmenté qui craignait la trahison, et ce cruel délai contribua à affaiblir sa volonté et à le rendre malléable.

Chaque fois que Reb Paltiel envoyait Israël Avigdor au Rabbi, celui-ci répondait : « Non, non. Il ne faut pas que Paltiel s'en aille si tôt. »

Paltiel Hurwitz ne tenait plus en place. Des rendez-vous, des transactions, des personnalités l'attendaient à Kiev. Tous les jours arrivaient des liasses de télégrammes. Il fourra une poignée de billets dans la main du *gabbaï* et dit :

« Israël Avigdor, allez immédiatement trouver le Rabbi. Dites-lui que je dois partir. Des généraux russes m'attendent – n'oubliez pas – des généraux russes. »

Mais le Rabbi ne se laissa pas ébranler.

Paltiel Hurwitz commençait à perdre patience. Sa loyauté était par trop éprouvée.

En dépit de son adoration pour les Rabbis, Paltiel Hurwitz était un homme d'affaires, et il avait des relations dans la haute société. Il avait même bu du vin avec des nobles et des officiers ; il avait mangé avec eux une fois ou deux, sans chapeau, comme un chrétien. Un rabbin n'eût certainement pas jugé ces repas conformes aux lois de la *kashrout*. Lors de ses visites à Saint-Pétersbourg, la piété de Paltiel Hurwitz était loin d'être au-dessus de tout reproche. Parfois, lors de ses voyages dans les forêts, une jeune paysanne, la femme d'un garde-chasse, prenait soin de lui. Elle lui souriait en lui retirant ses hautes bottes à l'heure du coucher. Elle le suppliait d'augmenter les gages de son mari. Il ne disait pas non. Il ne l'empêchait pas non plus de lui baiser la main avec reconnaissance quand il avait éteint la lumière…

Ces péchés hantaient Reb Paltiel Hurwitz. Ils troublaient aussi sa foi – et jetaient même le doute dans son esprit. Cette fois-ci, la mauvaise humeur l'emporta sur l'impatience. Le Rabbi est le Rabbi, se dit-il. C'est vrai. Mais les affaires sont les affaires. La révolte grondait dans le cœur de Paltiel Hurwitz.

Et un jour où Israël Avigdor vint lui transmettre le refus habituel, il explosa : « Très bien ! Il ne veut pas me recevoir ! Eh bien, je me passerai de sa bénédiction. »

Mais quelques minutes plus tard il avait changé d'avis. Il se rappela que ses affaires compliquées n'étaient pas toujours au-dessus de tout soupçon. Il était entouré d'ennemis, de Juifs envieux, qui seraient capables un jour de le dénoncer aux autorités. Cela s'était déjà produit. Et derrière la prison se profilait une ombre bien plus inquiétante – les feux de l'enfer. Il était un pécheur. Il ne s'était jamais consacré à la lecture des livres sacrés. Il avait négligé ses prières, qu'il récitait souvent seulement à moitié. Il était même allé jusqu'à oublier de mettre ses phylactères un matin. Et ce n'était pas tout – grand Dieu ! – il avait commis des péchés encore plus horribles. Et Dieu se souvient de tout. C'est un Dieu vengeur, qui fait retomber les péchés des pères sur leurs enfants. Qui peut Lui échapper sans intercession ? Et qui est mieux placé que ses Rabbis bien-aimés pour intervenir auprès de Lui ? Lorsqu'ils invoquent Sa miséricorde, Dieu leur prête une oreille bienveillante. Ceux qui croient en Ses Rabbis obtiennent Son pardon. Certes, les Rabbis paraissaient quelquefois un tant soit peu extravagants. Ils menaient une vie de château, s'habillaient de soie et de satin, ainsi que leurs femmes, leurs enfants et leurs petits-enfants, se rendaient chaque année (avec toute leur famille) dans une station thermale. Et ils avaient toujours beaucoup d'enfants. Les naissances, les mariages, les bar-mitsva étaient innombrables. Et il leur fallait toujours des cadeaux. Certes, ils en étaient dignes, tout compte fait. En période de maladie ou en cas de trahison ils offraient un refuge, une consolation. Il était bon d'avoir un appui, même si l'on était riche et puissant. Car, songea Reb Paltiel Hurwitz, un homme est peu de chose, et quelle est sa force ?

Il regretta ses mauvaises pensées et ses paroles trop vives. Comment savoir ce que le Rabbi avait en tête ? Peut-être ce délai avait-il une signification cachée. Peut-être le Rabbi pressentait-il un danger, une catastrophe, une trahison, un meurtre, que Dieu nous garde ! Le monde était rempli de voleurs, de traîtres, d'envieux.

Aussi lorsque, au bout d'une semaine de tourment, Israël Avigdor vint trouver Paltiel Hurwitz et lui annonça d'un ton joyeux : « Reb Paltiel, le Rabbi vous attend ! » celui-ci le suivit avec humilité, timidement, plein de foi et prêt à faire tout ce qu'ordonnerait le Rabbi.

Rabbi Melech l'accueillit d'un air rayonnant qui semblait annoncer de bonnes nouvelles.

« Asseyez-vous, Paltiel ! »

Tandis que son hôte prenait place, le Rabbi en personne alla chercher du gâteau dans le buffet et remplit de vin une coupe d'argent.

« Rabbi ! s'exclama Paltiel Hurwitz, stupéfait. Le Rabbi lui-même daigne servir ? »

Rabbi Melech ne répondit pas. Il continua de verser le vin qui déborda et tacha la nappe. Son hôte y vit un heureux présage, porteur de chance et de beaucoup d'argent.

Alors, avant de lui donner le vin, le Rabbi lui prit la main et dit très vite :

« Eh bien, Paltiel, je vois que vous êtes effrayé. Aussi, pour chasser toute peur de votre cœur, je vais moi-même devenir votre partenaire dans cette affaire de forêt. Car je vois que telle est la volonté du ciel. »

Paltiel ne trouva rien à objecter.

« Que le ciel nous accorde le succès ! » répondit-il en pressant la douce main rabbinique dans la sienne. Puis il but le mauvais vin que fabriquait Israël Avigdor et qu'il vendait à la cour rabbinique comme du véritable vin hongrois.

Quand il eut béni et congédié Paltiel, le Rabbi se rassit, tirant avec délice de grosses bouffées du havane que le marchand lui avait offert. Les volutes de fumée s'élevèrent, encadrant sa tête barbue, et il se frotta les mains à plusieurs reprises, murmurant :

« Béni soit le nom de l'Éternel ! »

Son travail du matin n'était pas terminé encore. Il se versa une coupe de vin, la vida, et mangea un bon morceau de gâteau. Il était d'excellente humeur. Il n'avait l'esprit occupé que par des pensées de mariage, de festivités, et par sa fiancée, la jeune orpheline. Il fronça les sourcils pour mieux se concentrer. À quoi ressemblait donc cette jeune fille qu'il n'avait jamais vue ? Il vit apparaître l'image brouillée de sa troisième femme, la dernière, celle qu'il avait le mieux aimée.

Il se remit aussitôt à sa table. Il venait d'envoyer une lettre à l'oncle de la jeune fille. Mais il en écrivit immédiatement une nouvelle. Il répéta qu'il n'admettrait aucun retard. Il fallait faire vite ! Et même si l'oncle s'apprêtait, au moment où il recevrait la lettre, à partir en tournée pour réunir de l'argent, il devait y renoncer sur-le-champ. Lui, Rabbi Melech, se chargerait de l'indemniser ; il lui rembourserait deux fois, quatre fois la somme – autant qu'il serait nécessaire !

Je peux me le permettre à présent, songea-t-il. L'affaire de la forêt va réussir. J'ai foi en Dieu, et Il ne m'abandonnera pas. Aucun Juif ne trahira Paltiel Hurwitz cette fois-ci, car les Juifs sont, après tout – Dieu soit loué ! – des Juifs.

5

Dans la tumultueuse cour rabbinique de Nyesheve, Nahum errait telle une âme solitaire et abandonnée.

Il n'entendait plus ni plaintes ni reproches. Après les premiers jours de frayeur il s'était brusquement comporté comme un homme.

Ces sept jours avaient été un cauchemar pour lui. Les réjouissances quotidiennes, les bénédictions, les deux vieillards édentés à la barbe grise qui l'entraînaient en lui murmurant des secrets à l'oreille, les soupirs et les regards significatifs des sœurs de la mariée, les marmonnements de son beau-père, l'impatience et l'attente qui planaient dans l'air, tout cela avait pesé cruellement sur le jeune marié de quatorze ans. Le soir, quand ils le poussaient dans la chambre nuptiale et claquaient la porte derrière lui, il ne voyait pas Sourele, son épouse, étendue au milieu d'un océan de blancheur soyeuse. Il voyait un fichu, des rubans cramoisis, deux yeux et des joues en feu. Il ne ressentait alors que la terreur, la honte et l'impuissance. C'étaient les seules émotions qui peuplaient ses nuits sans sommeil.

Sourele l'attendait pleine d'ardeur et de patience. Mais dans son désir il n'y avait aucun élément de crainte, de mystère ni de timidité, si susceptibles d'éveiller l'intérêt et la sensibilité des jeunes garçons. C'était une attente muette, animale, pleine d'espérance, chargée d'instincts primitifs.

Elle était saine et développée pour son âge, comme la plupart des jeunes filles juives, prête, à quatorze ans, à mettre des enfants au monde. Elle avait été préparée à son rôle par les leçons de ses sœurs et par l'enseignement des rites prescrits aux femmes. Elle attendait que son époux prédestiné l'approchât. Il n'y avait en elle ni coquetterie ni jeu. Elle était dépourvue d'artifice. Pas un mot tendre, pas un geste pour l'attirer, pas une promesse de caresse, de bonheur. Elle attendait, soumise, immobile sous la masse des couvertures, puis elle s'endormait. Dans son sommeil elle prononçait des syllabes incompréhensibles, incohérentes, qui rappelaient à Nahum son beau-père. Cela ne servait qu'à l'éloigner d'elle encore plus.

Plus tard, lorsque à la cour de Rabbi Melech tout espoir de le voir agir en homme fut abandonné, quand la pression se relâcha, qu'ils cessèrent de le tourmenter de leurs conseils, et renoncèrent le soir à l'accompagner à sa chambre, quelque chose s'éveilla en lui. Brusquement, une sensation de puissance envahit son corps. Une force douce, irrésistible, s'empara de lui, irradia ses nerfs et ses muscles. Son sang se mit à circuler plus vite.

Son regard changea. Ses yeux devinrent transparents comme le cristal. À la place du fichu blanc et des rubans rouges flottant dans le brouillard, il vit une femme. Non pas l'image floue des pages du Talmud, ni les visions diaphanes de la kabbale, mais une femme en chair et en os, bien réelle dans le lit tout blanc.

Le désir de posséder fut si fort que la première fois il l'approcha avec la certitude et la maîtrise d'un homme mûr. Sourele conçut un grand amour pour lui, le chérissant à la fois comme un homme et comme un enfant. Liée à lui par une affection profonde, elle cherchait plus un fils avide de sa tendresse, de ses sacrifices, qu'un véritable mari.

Le matin où elle annonça la bonne nouvelle à ses sœurs, la joie éclaira leurs regards. Elles avaient peur de l'étrange Nahum. Elles ne croyaient pas en sa judéité. Elles craignaient de laisser Sourele entre ses mains, et elles avaient décidé de la lui enlever et de dormir avec elle à tour de rôle les nuits où la loi lui interdisait de l'approcher.

« Rappelle-toi, Sourele, dirent-elles, sois une bonne Juive. Il existe trois péchés pour lesquels une jeune épouse meurt prématurément en couches : si elle a omis de prélever la *hala*[1] et de la jeter dans le feu. Si elle n'a pas allumé les bougies la veille du shabbat. Et si elle a eu des rapports avec son mari alors qu'elle était impure. Une femme doit aimer son mari, mais elle doit aimer la Torah encore plus. Rappelle-toi que pendant la période où tu es impure tu dois t'écarter de lui. Tu ne dois pas lui permettre de te toucher. »

Sourele hocha la tête d'un air obéissant, bien qu'elle sût au fond de son cœur que jamais elle ne pourrait résister au plus infime désir de son Nahum bien-aimé. Elle avait déjà une attitude d'adoration et

1. Morceau de pâte du pain de shabbat. *(N.d.T.)*

de soumission absolues. Elle, si simple, si fruste, mettait ce fragile garçon aux yeux noirs sur un piédestal. Jamais, au risque de commettre un péché mortel, elle ne l'aurait empêché de la toucher.

Tous ces avertissements et ces précautions étaient superflus. Nahum n'essaya pas de s'approcher d'elle quand ils étaient seuls dans l'appartement. Il se taisait même pendant les repas. Quand elle lui servait un second morceau de poulet, il repoussait son assiette sans la regarder.

Dès le premier instant, Nahum sut qu'elle ne lui plaisait pas. Elle le rebutait par sa lourdeur, son air gauche, son langage de paysanne, sa respiration bruyante, sa piété stupide. Souvent elle s'asseyait avec un livre de prières imprimé en yiddish et elle se mettait à chanter tout haut d'une voix monotone, comme une vieille Juive bigote. Il n'aimait pas son visage rouge inexpressif enlaidi par le bonnet garni de cerises et de fleurs.

Il était seul et abandonné à Nyesheve, et il songeait avec nostalgie à Rachmanivke.

La maison de son enfance apparaissait sans cesse devant ses yeux. Il voyait la grande cour avec ses murs blanchis à la chaux et la pompe au milieu. Il voyait le puits vert avec sa tête de lion sculptée. Le lion bâillait, et de ses mâchoires jaillissait une eau fraîche qui retombait sur les pierres blanches usées par le flot continuel. Les chambres étaient vastes, bien éclairées, les fenêtres toujours propres, avec des rideaux blancs qui flottaient dans la brise les jours d'été. Après Souccoth, Naphtali, le préposé de la cour, versait du sable à l'intérieur des doubles fenêtres, et Mariashka, la servante, y plantait des cônes de papier rouge. Puis elle lâchait une poignée de flocons de coton pour faire de la neige.

Dans la chambre de son père les murs étaient recouverts de papier doré et de tapisseries. On y respirait l'odeur chaude et accueillante du thé que le Rabbi buvait dans un verre peint en rouge. Il fumait de fines cigarettes très douces, et de longues spirales de fumée s'élevaient dans l'air. Dans le vaisselier en acajou s'alignaient de nombreuses boîtes à épices qui embaumaient.

Parfois il voyait son père penché sur un livre, chantant tout bas. Il levait la tête et lui souriait, comme à un jeune camarade. « Eh bien, Nahum, demandait-il, comment vont tes études ? »

L'appartement de sa mère était au premier étage. Les pièces étaient grandes, mais plus sombres. De lourds rideaux et des tentures en peluche étaient accrochés aux fenêtres. Un samovar au murmure incessant trônait sur la table. Sur les portes des armoires étaient sculptées des têtes de lion qui tenaient de gros anneaux dans leurs mâchoires. De belles crinières retombaient sur leurs épaules. Ce n'étaient pas des bêtes féroces, mais des lions d'appartement, doux et bienveillants. Partout brillaient discrètement les bougeoirs en argent, les candélabres, les tasses, les coupes, les plateaux, les vases, les verres colorés, le cristal.

Il voyait sa mère, un fichu marron lui enserrant le front. Souvent elle n'était pas bien, elle avait mal à la tête. Mais à présent cette migraine avait quelque chose de familier, d'amical. Sa mère s'installait sur le divan, sa robe de soie laissait juste apparaître le bout de ses escarpins de satin noir. La plupart du temps elle lisait.

Dans la maison vivait une tante lointaine, une dame splendide et altière. C'était une fille ou une petite-fille de Rabbi, une divorcée qui n'avait pas réussi à s'entendre avec son mari à cause de son caractère difficile. Elle était donc venue à la cour de Rachmanivke, où les gens étaient tolérants et discrets.

La cour rabbinique était isolée de la ville juive, comme un château chrétien. Le premier étage, où se trouvaient les appartements de la femme du Rabbi, était indépendant du rez-de-chaussée, occupé par le Rabbi et ses principaux disciples. Même Mottye Godul, le *gabbaï*, ne venait jamais au premier. En de rares occasions un visiteur de marque, un hassid de Moscou ou de Saint-Pétersbourg, vêtu du costume païen des grandes villes, était invité par la femme du Rabbi, qui l'accueillait en compagnie de sa parente. Ils s'asseyaient à table, buvaient du vin et mangeaient du gâteau avec distinction. Les dames écoutaient avidement les nouvelles du vaste monde.

Nahum n'était plus un enfant. Il étudiait, sous la direction de Reb Pesachiah, le célèbre érudit, les passages les plus difficiles du Talmud, concernant les lois du mariage et du divorce. On présentait des partis pour lui à ses parents. Mais déjà il se tournait vers la kabbale. Sa mère ne pouvait le comprendre. Elle l'attirait encore sur ses genoux et lui caressait les cheveux en lui chantant une vieille berceuse aux paroles un peu sottes, qu'il se rappelait distinctement :

Un jour et une nuit le phénix a volé,
Les fenêtres du palais étaient fermées.

« Princesse, éveille-toi, j'apporte à ton cœur
Un message sorti de la bouche d'un Roi. »

Il voulait se dégager de l'étreinte de sa mère. Mais elle le serrait encore plus fort.

« Nahum, mon enfant, disait-elle tendrement. Tu ne dois pas rendre ta mère triste. Reste là, je vais te chanter des chansons. »

Il avait honte. Mais il était bien au chaud, blotti contre sa mère.

Sa tante essayait aussi de le traiter comme un enfant. Elle l'attirait contre elle et lui baisait les yeux. Plus il se débattait, plus elle l'embrassait : « Stupide petit garçon ! pleurait-elle. Prince adorable ! Tu as des yeux merveilleux ! »

Il chassa ces souvenirs et se concentra sur ses livres, essayant de s'absorber dans l'étude des mystères. Mais la cour, la maison, les chambres, les visages surgissaient entre les pages. Ici, à Nyesheve, il n'y avait ni beauté ni intimité. Tout était étrange, répugnant, dégoûtant.

Il y avait quelque chose de hideux dans les bâtiments informes et délabrés qui s'agglutinaient autour de la cour. Le puits était en ruine, la chaîne rouillée, le treuil grinçait chaque fois qu'on s'en servait. Des tas d'ordures s'empilaient devant la synagogue, rendez-vous des chats, des chiens et des corbeaux. Des bains rituels montait toujours l'odeur écœurante de la vapeur et de l'eau stagnante, qui remplissait la cour et pénétrait dans les chambres. Il ne supportait pas les foules qui se bousculaient dans la cour rabbinique de Nyesheve : des parasites crasseux, des mendiants, des disciples, des domestiques en haillons, des gens négligés et sans manières. Une espèce inconnue à Rachmanivke.

Il ne supportait pas l'énorme tonneau au milieu de la cour. Il devait contenir de l'eau claire car selon la Loi les Juifs s'y trempaient les mains avant d'entrer dans la synagogue pour prier. Mais l'eau n'était jamais propre. Tout au fond stagnait un liquide visqueux. Les hassidim se penchaient pour mouiller leurs doigts, puis ils s'essuyaient dans leurs poches et ils avaient accompli leur devoir ! Il ne supportait pas la grande synagogue dépouillée, sans ornements, avec ses longs bancs tristes et les rayonnages crasseux sur lesquels s'entassaient en vrac les vieux livres aux pages déchirées, aux couvertures en lambeaux. Il ne supportait pas l'énorme poêle disgracieux derrière lequel toutes sortes de saletés s'accumulaient : des chiffons, des reliefs de repas, des balluchons abandonnés. L'endroit empestait la sueur car les mendiants et les vagabonds en avaient fait leur demeure de passage, dormant, fumant, se querellant et comptant leurs gains de la journée. Il ne supportait pas la façon de prier des Juifs de Nyesheve qui s'agitaient dans tous les sens avec des gestes désordonnés, incohérents. Leurs paroles lui étaient incompréhensibles, leurs mélodies n'avaient rien de familier. Il ne supportait pas les banquets rabbiniques à la synagogue, les foules avides qui jacassaient, la nourriture lourde. Israël Avigdor prenait des morceaux de viande dans ses mains dégoûtantes, jaunies par le tabac, pour les apporter aux invités les plus importants. Souvent le grand Rabbi en personne condescendait à choisir une bouchée de poisson avec ses doigts, pour la déposer dans l'assiette de Nahum, mais celui-ci était incapable de manger. Il avait une boule dans la gorge. Il détestait le goût du « véritable vin hongrois » que fabriquait Israël Avigdor. Il était terrifié par les hordes d'enfants, de petits-enfants et d'arrière-petits-enfants, par les hommes et les femmes massifs au regard dur, hostile.

Il détestait l'appartement qu'on lui avait attribué ; les pièces étaient encombrées d'immenses armoires, de fauteuils de cuir et de lits gigantesques recouverts d'une extraordinaire épaisseur de couvertures. Il y avait toujours des plumes qui volaient. Il ne supportait pas la nourriture mal préparée, la viande imprégnée d'eau, les ailes de poulet mutilées, les pieds de veau mal raclés, les cervelles de veau fripées, gluantes, grasses, fades. Il était incapable de boire le thé servi dans des verres épais qui lui rappelait l'eau croupie des bains rituels, dont l'odeur s'infiltrait partout.

Et il ne supportait pas sa femme, sa Sourele, coiffée de son fichu et de son bonnet, avec son corps grossier, ses vêtements informes qui pendaient, ses pas bruyants, maladroits.

Elle devenait écarlate chaque fois qu'il entrait dans la pièce. Elle était toujours occupée – occupée et soumise. Jamais elle ne prononçait un mot. Elle ne connaissait qu'une manière d'exprimer sa tendresse : lorsqu'ils étaient à table elle prenait un morceau de poulet avec ses doigts, dans sa propre assiette, et elle le lui donnait.

Il repoussait son offrande.

À ces moments-là il se sentait gagné par une violente nostalgie. Il avait l'impression que son cœur était pris comme dans un étau. Il voulait revoir sa mère, son père, et même sa tante éloignée. Revoir les pièces ensoleillées, le lion de la fontaine, l'argenterie étincelante, les volutes de fumée bleue, respirer le parfum enivrant des épices du vaisselier.

À cette pensée ses délicates narines frémissaient.

6

Le mariage du Rabbi Melech de Nyesheve et de la jeune orpheline Malka fut célébré en grande pompe peu après le shabbat de la Consolation.

Quand le 9 Av – jour de deuil en souvenir de la destruction du Temple – fut passé, des milliers de hassidim se mirent en route pour le village de Kiteve, dans les Carpates, où les noces devaient avoir lieu. La jeune fille ne voulut pas que son fiancé vînt dans sa ville natale, Przemysl. Son oncle avait essayé de lui faire miroiter l'extraordinaire honneur que représentait la venue du Rabbi de Nyesheve : il faisait ce long voyage avec tous ses disciples, rien que pour elle. Mais Malka ne voulut rien entendre. Cela l'humiliait que toute la ville, et tous ses amis, voient de leurs propres yeux le mari grisonnant qu'elle allait épouser. Elle menaça de s'enfuir le jour du mariage si la cérémonie n'avait pas lieu dans quelque village éloigné.

Son oncle bègue trembla en l'entendant. Il redoutait la colère du Rabbi de Nyesheve. Mais il redoutait plus encore la jeune fille. Il connaissait trop bien sa nièce, et il savait qu'elle avait bien mérité son surnom – Petit Démon. Elle était capable de tenir parole. Ce ne serait pas sa première fugue. Son oncle préféra faire la paix avec elle plutôt qu'avec le Rabbi. Il essaya d'expliquer la situation à ce dernier. Avec des mots choisis, et par allusions discrètes, il exposa les faits. Son embarras le fit bégayer encore plus que d'habitude, la sueur se mit à couler sur son visage. À sa stupéfaction le Rabbi de Nyesheve ne manifesta aucune colère.

« Bien, bien, dit-il. Ce n'est qu'une enfant. Nous ne devons pas la brusquer. »

Il choisit pour les noces le village de Kiteve, au fin fond des montagnes. Il y avait là des Juifs simples, croyants. Kiteve était un lieu sacré. Le Baal Shem, le Maître du Nom, y avait creusé le calcaire. Il avait suivi ces routes pour aller vendre son chargement au marché. Il s'était baigné dans la petite rivière qui traversait Kiteve. L'eau était peu profonde et s'écoulait bruyamment sur les galets, entre deux rives rocheuses. À un seul endroit on pouvait s'y tremper entièrement. C'était là que le Baal Shem avait lavé le calcaire incrusté sur sa peau. Les femmes malades et les épouses stériles venaient s'y baigner dans l'espoir d'être secourues par le Maître. Rabbi Melech avait l'intention de les imiter. Certes, il se sentait en pleine possession de sa virilité ! Mais se plonger dans ces eaux saintes, cela ne lui ferait aucun mal – en outre, il souhaitait engendrer des garçons.

Le mariage fut grandiose. En plus des milliers de hassidim et de Juifs du pays présents à la cérémonie, vinrent des centaines de chrétiens de la montagne, des bergers et des paysans, des hommes coiffés de chapeaux à plumes, des jeunes filles au teint rose, en corsages bouffants, avec des rangs de grosses perles sur la poitrine. Ils dansèrent dans les auberges juives et tirèrent des coups de feu en l'honneur du couple de mariés. Des paysans à longues moustaches attelèrent leurs chevaux de labour à des charrettes branlantes tapissées de paille, et conduisirent les hassidim au mariage. Une pareille occasion ne se présentait qu'une fois dans la vie. Ils gagnaient de si grosses sommes que le soir même ils organisaient leurs propres fêtes, allumant de grands feux de joie avec des branches sèches. Plusieurs orchestres juifs et de nombreux musiciens ambulants étaient venus. Il y avait même un orchestre chrétien, avec des violons, des flûtes de bergers et une *kozba* – une sorte de cornemuse dont jouait un vieux paysan pieds nus, vêtu d'une peau de mouton.

Le lendemain du mariage une longue caravane quitta le village et entama la descente vers Nyesheve, par des chemins tortueux. Il fallut louer plusieurs carrioles pour les cadeaux. Elles précédaient le convoi. Le Rabbi et ses intimes suivaient dans une magnifique diligence. Puis venaient les hassidim les plus riches, dans des voitures moins voyantes, et, assis sur la paille, les gens simples. Enfin arrivaient à pied, en haillons, chargés de ballots, les mendiants et les parasites, et, en queue de cortège, la jeune mariée, entourée des femmes et des domestiques. Des nuages de poussière s'élevaient du sol, le soleil brillait, les hassidim chantaient sans arrêt.

Mais ni la joie ni le faste ne réussissaient à apaiser le cœur du marié sexagénaire, Rabbi Melech.

Il était malheureux. Il rentrait de Kiteve avec l'impression non d'avoir célébré son mariage, mais d'avoir enterré un proche. Les chants des hassidim et les attentions de ses serviteurs l'exaspéraient.

Melech, le grand Rabbi de Nyesheve, avait des raisons d'être triste.

Le jour même du mariage, sa jeune femme Malka lui avait donné une idée de ce qui l'attendait.

À la cour rabbinique de Nyesheve la coutume était de raser le crâne de la mariée non pas le jour des noces – comme le font les Juifs pieux – mais la veille. À Nyesheve personne n'avait jamais songé à s'opposer à cette tradition. Le jour précédant la cérémonie, trois vieilles femmes vinrent trouver Malka. L'une d'elles brandissait la paire de ciseaux et le rasoir étincelant. Dès que Malka les vit, elle poussa un cri, empoigna son épaisse chevelure noire et s'enfuit dans un coin de la pièce.

L'Atropos du groupe, la tondeuse officielle, une femme au visage dur et décharné, avec un menton pointu et une dent unique, grimaça un sourire hideux. « Ça n'a pas d'importance, marmonna-t-elle. Elles résistent toutes. Elles résistent mais ça ne leur sert à rien. »

Elle agita ses ciseaux. « Dieu du ciel ! Si au moins je possédais autant de guldens que les têtes que j'ai tondues ! Viens, jeune mariée, viens, ma chérie. »

Malka se tapit contre le mur comme un animal aux abois.

D'autres femmes furent appelées à la rescousse. Elles supplièrent Malka, elles lui promirent toutes sortes de cadeaux – cent guldens si elle acceptait de se soumettre en silence. Malka agrippait ses cheveux convulsivement et elle hurla : « Je ne vous le permettrai pas ! Vous devrez me couper les mains d'abord !

— Mais, mon enfant, quelle différence cela fait-il ? la pressèrent-elles. Tu sais que tu devras céder avant d'aller sous le dais. Pourquoi faire tant d'histoires pour une seule journée ?

— Demain je vous obéirai, grogna-t-elle. Pas aujourd'hui. Si vous essayez de m'approcher je vous arracherai les yeux, je vous mordrai ! »

Elle découvrit ses longues dents blanches dans un rictus de rage, et les femmes s'écartèrent.

Le Rabbi en personne vint essayer de la convaincre.

« Jeune mariée ! dit-il d'un ton digne. Vous allez devenir l'épouse du Rabbi de Nyesheve ! Vous devez vous conformer à nos coutumes. Vous aurez la tête rasée aujourd'hui car telle est ma volonté.

— Personne ne me rasera la tête aujourd'hui, car telle est ma volonté », répondit-elle la voix cassante, en le regardant en face.

Un frisson glacé étreignit le cœur du Rabbi. C'était la première fois de sa vie que quelqu'un osait se dresser contre lui, ou même seulement lui répondre.

L'oncle bègue de Malka faillit s'évanouir. Un événement terrible allait se produire ! Le Rabbi entrerait dans une colère effroyable et ordonnerait immédiatement à tout le monde de plier bagage pour rentrer à Nyesheve. Mais il ne se passa rien. Rabbi Melech sourit avec douceur et dit simplement :

« Voici une enfant obstinée, une vraie fille d'érudit. Eh bien, la *Loi* n'exige pas qu'on lui tonde les cheveux la veille du mariage. C'est une coutume, sans plus. Allons. Demain suffira. »

Ce petit prélude n'était rien en comparaison de ce qui se passa ensuite. Toute la journée Rabbi Melech se prépara à la nuit de noces. Le mariage n'était pas une expérience nouvelle pour lui : trois fois il s'était tenu sous le dais auprès de l'« être prédestiné ». Chaque fois sa future épouse avait été vierge. Mais jamais il ne s'était senti aussi troublé, tourmenté et excité. Il étudia des heures d'affilée les lois auxquelles doivent se soumettre les mariés pendant la nuit de noces, exactement comme un jeune garçon immature. Il répéta les prières ; non pas les prières habituelles, mais d'autres, plus obscures, figurant dans des livres spéciaux, très anciens. Il commença brusquement à peigner de ses doigts grossiers son épaisse barbe et ses papillotes. Il n'avait pas utilisé de peigne depuis des années. Il ne jeûna pas toute la journée, comme le veut la Loi. Il prétexta la faiblesse, et prit un peu de gâteau et d'alcool. Il se fit exorciser du mauvais œil par un vieux Juif. Pendant qu'il se préparait, les femmes s'occupèrent de la mariée, Malka. Pour la centième fois elles lui vantèrent le bonheur inespéré, incroyable, qui lui arrivait ; des milliers de femmes eussent donné des années de leur vie pour devenir à sa place l'épouse du grand et puissant Rabbi de Nyesheve.

« Les anges du ciel, dirent-elles, ont sûrement accompli ce miracle. Tu devrais danser de joie. »

Elles lui expliquèrent encore et encore – à l'en rendre malade – ce qui était dû à son mari, l'illustre Rabbi.

Puis elles lui caressèrent la tête et crachèrent pieusement contre le mauvais œil. Le soir, elles se montrèrent très tendres avec elle. Elles l'habillèrent d'une longue robe blanche qui la couvrait de la tête aux pieds. Malka ne protesta pas. Passive, elle se laissa entièrement faire. Les femmes lui pardonnèrent son comportement de la veille et ne lui dirent que des gentillesses. Elles peignèrent avec leurs doigts sa chevelure noire, puis elles la coiffèrent d'un fichu bleu attaché par des rubans de satin. Elles rentrèrent soigneusement chaque mèche, disant :

« Cache-les bien, jeune mariée. Au moins ne montre pas l'objet de ta honte ! »

Elles lui baisèrent la main et reculèrent d'un pas furtif jusqu'à la porte, murmurant : « *Mazel tov ! Mazel tov !* Puissions-nous célébrer dans neuf mois la naissance de ton premier fils ! »

Lorsque le Rabbi entra dans la chambre, Malka resta silencieuse. Elle se contenta d'observer chacun de ses mouvements d'un œil vif et curieux. Elle le vit se débarrasser de son caftan en velours, et enlever par la tête, les doigts tremblants, ses franges rituelles. Elle vit ses lèvres bouger : il marmonnait ses prières. Elle l'entendit soupirer profondément, et elle aperçut derrière lui les ombres grotesques sur le mur. Quand il éteignit la lumière et commença à se frotter la tête avec sa calotte, elle bondit hors du lit avec l'agilité d'une jeune chèvre et se posta au milieu de la pièce, le fixant de ses yeux noirs au reflet phosphorescent.

Un court instant le Rabbi resta pétrifié de stupeur. Des idées confuses traversèrent son esprit las, usé par l'âge.

« Les esprits ! Les esprits du mal ! Ils viennent toujours empoisonner les fêtes juives ! »

Il tremblait des pieds à la tête. Ses mains impuissantes cherchèrent à tâtons les franges rituelles. Mais bientôt il revint à lui, et ses yeux s'ouvrirent tout grands, menaçant de sortir de leurs orbites.

« Dieu nous aide ! » grommela-t-il. Il était perdu ! Il n'avait pas la moindre idée de ce qu'il devait faire. Il s'était préparé à tout, sauf à cela.

Dans sa longue carrière de mari, qui avait commencé un demi-siècle auparavant, lors de sa treizième année, il avait vécu toutes sortes de situations. Ses femmes n'avaient pas toutes eu le même caractère. Une diversité de souvenirs, de pensées, d'expériences resurgirent. Il avait connu des nuits de grande joie et des nuits de larmes, des nuits de cruelle impuissance, des nuits d'abandon et de délire. Mais *ça* ! Cette... cette... raillerie ! Ce mépris ! C'était lui, le Rabbi de Nyesheve, qu'on traitait ainsi !

Si seulement l'oncle bègue avait été là ! Rabbi Melech se fut retourné contre lui et l'eût battu comme plâtre ! Le misérable ! Connaissait-il son bonheur ? Il était à présent le parent du Rabbi de Nyesheve ! N'avait-il pas expliqué à l'orpheline quelle chance elle avait ? Ne lui avait-il pas dit ce qu'elle devait à son mari ? Mais l'oncle n'était plus là ! Le Rabbi devait maintenant parler avec sa nièce, son épouse ingrate, impertinente, sans le sou, inconsciente de l'honneur qu'il lui faisait ! Rabbi Melech ne savait pas discuter avec une femme. Il s'était toujours contenté de commander. Jamais il n'avait eu de conversation avec ses épouses. Les seules femmes auxquelles il adressait la parole étaient les malheureuses qui venaient, toutes tremblantes, le supplier d'intercéder auprès des pouvoirs divins. Que pouvait-on bien *dire* à une femme ?

Il ne voulait pas discuter avec elle, si jeune, si stupide ! Mais... il allait lui parler de sa santé !

« Ne restez pas plantée au milieu de la chambre, grogna-t-il. Vous risquez de prendre froid, Dieu vous protège ! »

Elle ne répondit pas. Elle le fixait de ses yeux phosphorescents.

Une fois le sujet épuisé, Rabbi Melech fit appel à la piété.

« Viens ! Viens ! Une jeune fille juive ! Une épouse juive ! Une famille de Rabbis. Non, non ! C'est un grand péché que de tourmenter un marié. »

Ce fut peine perdue. Alors, ne trouvant rien d'autre, Rabbi Melech entra dans une rage terrible. Sa barbe et ses papillotes se mirent à danser dans l'obscurité.

« Impudente ! hurla-t-il. Créature ignorante ! N'as-tu pas de respect, pas d'égards ? »

Dans sa fureur il oublia qui il était et où il se trouvait. Il commença à ramper hors du lit pour l'attraper, pour apprendre de ses propres mains, à cette femme insolente, comment il fallait traiter le Rabbi de Nyesheve. Ce n'était pas encore la fin du monde… Le monde… À ce moment précis son énergie le quitta. Ses bras et ses jambes tremblaient comme s'il avait la fièvre. Brusquement il se sentit accablé par son âge et il se mit à gémir. Il était vieux, brisé, et avait plus l'impression d'être un grand-père aspirant au repos et à la tranquillité qu'un marié le soir de sa nuit de noces.

Tandis qu'il était étendu là, prostré, sanglotant presque, sa jeune femme s'approcha et, en silence, commença à caresser sa calotte. Mais il était trop faible, trop épuisé, pour tendre la main vers elle. Elle borda avec soin la lourde couverture, posa un gros édredon sur ses pieds, et le regarda s'endormir.

Maintenant, entouré de ses disciples dévoués, dans la magnifique diligence capitonnée qui le ramenait à Nyesheve, Rabbi Melech revoyait continuellement la scène de la nuit précédente, et sa tête pesait comme du plomb.

« J'ai été berné ! se répétait-il, berné ! »

Les chants de ses hassidim l'exaspéraient. Il croyait entendre un accent moqueur dans leurs voix. Plusieurs fois il voulut leur faire signe de se taire, mais il se contrôla. Pourquoi se trahir ? Personne ne devait savoir qu'il souffrait.

Assis dans la voiture surchargée, il se rendit compte qu'un divorce était hors de question. D'abord, les hassidim, ses disciples, ne le supporteraient pas. Ils n'avaient pas été peu surpris par son quatrième mariage. Mais ils n'avaient rien dit. Telle était la volonté du Rabbi et, par conséquent, celle de l'Éternel. Ils étaient venus en foule au mariage, ils avaient apporté des cadeaux. De quoi aurait-il l'air s'il répudiait sa femme ? Leur stupéfaction ne se transformerait-elle pas en un autre sentiment ? Que diraient les cours rabbiniques, les groupes hassidiques de toute l'Europe centrale ! Cela déclencherait l'hilarité générale ! Les hassidim de Nyesheve deviendraient la risée de ceux qui le détestaient et le jalousaient. Non, non, il ne dirait rien.

De plus, il y avait sa propre famille. Ses fils, ses filles, ses brus et ses gendres – tous s'étaient opposés au mariage. Ils se moqueraient de lui. Plus personne ne le respecterait à la cour de Nyesheve. Non, il ne devait pas en arriver là.

Le dernier élément, et le plus important, était Malka elle-même, la jeune mariée qui voyageait à l'arrière du convoi, avec ses servantes. Quel dommage de la perdre. Certes, elle l'avait tourmenté, blessé, elle s'était conduite d'une manière inconvenante pour une fille d'Israël. Peut-être l'avait-elle même – Dieu l'en garde ! – rendu malade. Il était vieux ! Il ne supportait pas de souffrir ! Il avait besoin de gentillesse, d'égards, de douceur ! Si on se montrait cruel avec lui il s'effondrerait comme la nuit dernière. Qui sait si cette torture – Dieu l'en garde ! – n'avait pas détruit complètement sa virilité ? Depuis le mariage il ne se sentait plus le même homme. Ce matin des centaines, des milliers de hassidim lui avaient souhaité un fils pour ses vieux jours. La bénédiction de milliers de Juifs n'était sûrement pas dépourvue de signification ni de pouvoir ! Pourtant il était vieux, faible. C'était sa faute à *elle* ! Dieu du ciel ! Avait-on jamais entendu parler d'une chose pareille ? Peut-être chez les païens, les non-Juifs, ou bien dans les couches inférieures, parmi les ouvriers… Ah ! les Rabbis et les cours rabbiniques vivaient des jours bien sombres, si de tels événements se produisaient en leur sein !

Il éprouva de la haine pour son épouse vierge. Pourtant il ne voulait pas la chasser. Que lui restait-il au monde en dehors de… de sa femme ? Ses enfants étaient des ennemis. Ils attendaient le jour de sa mort pour se partager l'héritage de son empire rabbinique. Aucun n'avait d'affection à lui donner. Mais elle… elle était si jeune, si belle, disaient les femmes.

Rabbi Melech permit donc à ses hassidim de chanter joyeusement. Il combattit son malaise et s'efforça de manifester son enthousiasme. Rien ne changerait. Personne ne saurait – sauf, peut-être, l'oncle. Il n'avait pas encore pris de décision à ce sujet. Il envisagea de raconter toute l'histoire au bègue. Quel soulagement ce serait d'agripper cet imbécile à la gorge, de déverser sa rage, son indignation et son amertume sur cet être rampant, soumis, impuissant ! Alors peut-être l'oncle, pris de terreur, convaincrait-il Malka de revenir à de meilleurs sentiments. Après réflexion Rabbi Melech comprit l'inutilité de cette démarche. Il userait de sa propre autorité pour la remettre au pas. L'essentiel était de retrouver sa confiance et sa puissance. Il irait peut-être consulter un professeur à Vienne. Personne ne devait le savoir. Il ne s'exposerait pas à l'humiliation.

Rabbi Melech raisonnait ainsi, secoué par les cahots de la voiture et, fronçant le sourcil, il reconquit son assurance. Il essaya d'oublier son accès de faiblesse, et se mit à fumer cigare sur cigare.

« Srelvigdor ! commandait-il, du feu ! »

Israël Avigdor grattait une allumette et, approchant la flamme, il regardait le Rabbi droit dans les yeux, l'air moqueur.

Il avait dû apprendre quelque chose – il apprenait toujours tout – par les domestiques. Les femmes qui étaient allées saluer la mariée très tôt ce matin – après le départ du Rabbi, à l'heure des prières – avaient sûrement bavardé. Il y avait eu des allusions, des querelles. Elles avaient examiné minutieusement les draps et, disait-on, accablé la jeune femme de reproches. Israël Avigdor avait le sentiment que le bain dans la rivière du Baal Shem n'avait guère eu d'effet sur son maître. Aussi le fixait-il d'un œil impudent.

Courage, jeune marié ! songea-t-il, en aspirant une large pincée de tabac à priser.

Un instant après le Rabbi repoussa son chapeau sur le côté d'un geste vigoureux, comme chaque fois qu'il prenait une décision importante.

« Srelvigdor ! prononça-t-il d'une voix ferme. Écoute-moi ! Je veux que les sept jours des Sept Bénédictions soient célébrés comme ils ne l'ont jamais été auparavant à Nyesheve ! Je veux que les tables soient dressées tous les jours dans la synagogue. Tu m'entends, Srelvigdor ? »

7

Pendant les sept jours de fête l'oncle et la tante de Malka vécurent dans l'angoisse, Malka était comme la poudre à canon ! Elle risquait d'exploser à tout moment ! Elle était capable de se lever, de quitter Nyesheve et de disparaître sans laisser de trace.

Depuis le jour où l'oncle bègue était rentré de Nyesheve pour annoncer que le grand Rabbi demandait la main de Malka, ni lui ni sa femme n'avaient connu un instant de paix. Malgré leur joie incroyable, presque insoutenable – eux, les misérables héritiers d'un Rabbi depuis longtemps disparu, allaient entrer dans la famille du chef de la dynastie de Nyesheve – ils ne pouvaient chasser de leur esprit la peur terrible que leur inspirait Malka le Petit Démon. Leurs vies étaient entre ses mains insouciantes. Un geste d'elle, et ils retomberaient dans la poussière d'où les avait tirés le Rabbi. Pas un moment où leur bonheur ne fût assombri par la méfiance et l'inquiétude.

Quand l'oncle bègue rentra chez lui pour annoncer la nouvelle à sa femme, elle le regarda d'un air méprisant et prononça un seul mot :

« Imbécile ! »

Tante Aidele portait la culotte dans le ménage. Elle se considérait comme le cerveau de la famille. La proposition du Rabbi de Nyesheve, dont son mari venait de lui faire part avec enthousiasme, était absurde.

« *Le* parti qu'il faut à notre Malka le Petit Démon, dit-elle ironiquement. Si tu as envie qu'on t'arrache les poils de la barbe, dis-le-lui, elle s'en chargera. »

Transporté de joie, le bègue courut aussitôt parler à Malka. Sans préambule, craignant seulement d'être interrompu et réduit au silence par sa femme, il la mit au courant.

« *M-m-mazel tov,* bonne chance ! Félicitations ! bafouilla-t-il. Tu vas devenir la femme d-du Rabb-bi de Nyesheve ! »

Tante Aidele se précipita à temps pour entendre ces paroles, et elle devint blême de terreur. Malka se contenta de rire, très naturellement au début, comme s'il s'agissait d'une bonne plaisanterie. Puis son rire se transforma peu à peu en une crise de hoquets convulsifs, incontrôlables. Elle ne pouvait plus s'arrêter. Quand elle s'apaisa un instant, elle ne demanda pas quel genre d'homme était ce célèbre Rabbi de Nyesheve, à quoi il ressemblait ni quel âge il avait. Elle haleta quelques minutes, puis, reprise de fou rire, se plia en deux.

« Ah, mama ! » cria-t-elle, et elle rit de plus belle.

Ils la regardaient fixement.

« Tu es folle ? bégaya l'oncle. Tu ne veux pas du Rabbi de Nyesheve ? »

Malka se maîtrisa un moment. « Bien sûr que si. Tu as seulement oublié le gâteau et l'alcool pour fêter l'événement… »

Le bègue regarda sa femme. C'était la première victoire qu'il eût remportée sur elle, et probablement sur quiconque. Dans sa jubilation il oublia sa peur. Il se gonfla brusquement d'un orgueil viril. Il s'approcha, se frottant le nez d'un air moqueur.

« Eh bien, fit-il fanfaron. Aristote ! Qui de nous deux est le plus sage ? »

Déconcertée, tante Aidele leva les yeux au ciel et murmura : « Dieu le veuille. » Puis elle posa le regard sur son mari : « Prends garde de ne pas vendre la peau de l'ours avant de l'avoir tué », dit-elle.

Ainsi fut décidé le mariage.

Quand la nouvelle fut rendue publique, tous les parents de Malka, proches ou éloignés, se pénétrèrent d'une dignité nouvelle. Pourtant l'incertitude régnait dans leur esprit. Si Malka avait consenti à ce mariage fabuleux avec le vieux Rabbi, c'était sûrement une ruse – trait typique de son caractère. Malka était capable de n'importe quoi, comme sa mère. À seize ans elle s'était déjà enfuie trois fois de la maison. On l'avait toujours ramenée chez son oncle, et l'affaire avait été étouffée.

« Sang maudit ! » disait-on d'elle dans la famille. « Ça lui vient de sa mère ! Du lait de sa mère. »

La mère de Malka, fille d'une maison rabbinique, belle-fille de Rabbi, s'était enfuie. Mariée à quatorze ans, elle avait donné naissance à Malka à peine un an plus tard. Onze ans après, Malka recevait déjà des demandes en mariage quand la grande tragédie eut lieu. La jeune épouse du Rabbi de Przemysl, âgée de vingt-cinq ans, abandonna son mari et sa fille pour s'enfuir à Budapest avec un officier de cavalerie de la garnison locale.

La famille la maudit et fit disparaître son nom de ses registres. Son mari, héritier souffreteux d'une maison de Rabbis, mourut de solitude et d'humiliation. Mais en dehors de la famille, personne ne sut la vérité. On racontait que la femme du Rabbi était très malade et vivait à l'étranger dans un sanatorium, sous la surveillance constante des médecins.

L'orpheline Malka fut recueillie par sa tante Aidele, qui n'avait d'autre enfant que son époux, le bègue. Comme on lui connaissait une existence irréprochable, conforme aux principes de la religion, la famille décida de la charger de l'éducation de l'orpheline. Grâce à son oncle et à sa tante, Malka deviendrait un modèle de piété juive, elle apprendrait à trembler devant Dieu.

Le bègue se mit aussitôt au travail. Chaque jour il instruisait longuement la fillette de dix ans des devoirs d'une fille d'Israël. Il lui expliquait les lois pendant des heures d'affilée, et il lui lisait des passages terrifiants de livres de morale, spécialement les descriptions de l'enfer et de ses feux. Le bègue était un érudit, une autorité en matière de régions infernales. Il connaissait tous les sentiers, les rivières impétueuses, les lacs, les instruments de torture, les grilles, la poix bouillante, les bains de soufre, les fourches chauffées à blanc des démons, et les lits d'épines. Sa femme, moins savante que lui, eut recours à d'autres moyens pour inculquer le respect et l'obéissance à la petite fille. Paresseuse de nature, trop pauvre pour s'offrir des domestiques, elle l'utilisa pour les tâches de la maison. Malka devint bonne à tout faire et femme de chambre.

La petite fille avait déjà son caractère. Elle tenait tête à son oncle et à sa tante et leur rendait coup pour coup.

Elle écoutait les histoires que lui racontait le bègue sur l'enfer. Mais la seconde fois elle se rebellait.

« Je l'ai déjà entendue ! » disait-elle sèchement, et elle tournait le dos.

Après le premier instant de soumission, elle ignora les ordres de sa tante, qui dut l'appeler vingt fois avant d'obtenir une réponse. Quand Aidele, imitant son mari, commença à lui raconter l'histoire de la sainte vie des Rabbis et de leurs chastes épouses, Malka explosa.

« Je ne veux pas le savoir ! Je veux qu'on me parle de ma mère à Budapest ! » cria-t-elle au milieu d'une légende sur le Maître du Nom et ses luttes contre un esprit du monde infernal.

Tante Aidele pinça les lèvres et répondit froidement :

« Ne prononce jamais plus ce nom. Tu n'as plus de mère. Je suis ta mère.

— Ce n'est pas vrai ! cria Malka en tapant du pied. Ma mère est ma mère ! Tu n'es que ma tante ! »

La famille commença à avoir peur de ce petit démon.

« Sa mère ! murmurèrent-ils horrifiés. L'image crachée de sa mère, que son nom soit effacé ! »

Malka devint bientôt une grande jeune fille mince, comme sa mère. Elle avait des yeux noir ardents, mais son regard n'avait rien de juif. Il y brillait une lueur folle, comme dans l'œil des tziganes. Ses épais cheveux noirs au reflet bleuté étaient raides. Ses sourcils très fournis se rejoignaient au-dessus de son nez fin et droit aux narines frémissantes, qui s'élargissait très légèrement à l'extrémité.

Tout en peignant la chevelure de sa nièce, tante Aidele soupirait :

« Tu n'as *rien* de juif. Tu as les mêmes cheveux qu'*elle*, tu as ses épaules carrées de chrétienne... »

« *Elle* » se référait à la mère, dont le nom n'était jamais prononcé. *Elle* avait eu une langue acérée, qui n'avait épargné personne. Malka était pareille, sauvage, obstinée, révoltée. Parfois elle se conduisait comme un jeune animal farouche. Elle partait d'un rire strident sans rime ni raison, courait d'une pièce à l'autre, bondissait sur les chaises. Il lui arrivait aussi de s'enfermer dans un silence obstiné, de se figer.

« Il y a de la folie en elle, disait souvent la tante à son mari. C'est un démon, un esprit échappé des enfers ! »

Cette folie se manifestait que Malka fût joyeuse ou abattue. Sa gaieté ne ressemblait pas à celle des autres enfants. Elle était violente, ingouvernable. Elle invitait tous ses amis, renversait les fauteuils en cuir, déplaçait les meubles, enlevait les tiroirs des bureaux et en éparpillait le contenu sur le sol. Elle jouait surtout à emmener les enfants en train à Budapest, chez sa mère, ou à célébrer des mariages.

Elle adorait le jeu de la mariée. Elle décrochait les robes, les fourrures, les crinolines et les chapeaux de sa tante, et elle se déguisait. Elle dénichait les bijoux d'Aidele – les broches, les chaînes, les colliers, les épingles à chapeaux – et s'en couvrait des pieds à la tête.

« Malka ! hurlait sa tante en la découvrant. Tu vas me ruiner ! Malka ! Ne suis-je pas déjà assez pauvre ? »

Malka ne se laissait nullement émouvoir. Dès que sa tante était sortie elle recommençait. Elle entraînait les autres enfants. Elle poussait des cris, dansait, chantait.

On se serait cru dans une maison de fous. « Criez ! commandait-elle. Vous êtes dans le train ! Nous approchons de Budapest. »

Les « mariages » étaient aussi bruyants que les « voyages en train ». Une fois, la voisine vint trouver tante Aidele, horrifiée. Malka s'était parée comme une mariée, et avait choisi comme époux un petit garçon de huit ans. Après un simulacre de cérémonie elle avait ordonné à deux fillettes de conduire les mariés au lit nuptial ! Une fois rentrés chez eux, les enfants racontèrent l'histoire à leurs parents, et la mère du « marié » accourut en larmes.

« Je ne comprends pas, se plaignit-elle. Où cette enfant a-t-elle appris ça ? »

Aidele harcela longtemps Malka pour savoir qui lui avait parlé de lit nuptial. La fillette serra les dents et ne répondit pas. Pendant la nuit sa tante, incapable de trouver le sommeil, réveilla son mari.

« Écoute-moi, dit-elle en tirant sur sa calotte. Ce petit démon nous couvrira de honte, comme sa mère. »

Malka conçut pour les enfants un amour immodéré, qui les faisait fuir et épouvantait leurs mères. Chaque fois qu'elle pouvait en attraper un, elle le serrait passionnément contre sa poitrine et l'embrassait avec une telle frénésie qu'il se mettait à hurler.

« Le démon », s'exclamaient les mères dès qu'elles l'apercevaient de loin. Elles s'empressaient de ramener leurs enfants à la maison, disant tout bas : « Sel dans tes yeux. Poivre dans ton nez. »

À tel point que lorsqu'un enfant tombait malade dans le village, la mère venait supplier tante Aidele de lui donner un fil d'un châle de Malka. Le vêtement d'une femme possédée était un remède contre le mauvais œil. Tante Aidele en pleurait de honte.

À l'âge de treize ans Malka fit sa première fugue.

Sans un sou, avec pour tout bagage les vêtements qu'elle avait sur le dos, elle prit le train pour Budapest, où habitait sa mère. Elle ignorait ce qu'elle y faisait et ne connaissait pas son adresse. Elle partait simplement à sa recherche. La police du train l'arrêta et la ramena chez elle. Tante Aidele crut que l'enfant, effrayée, fondrait en larmes et demanderait pardon. Malka resta de marbre. Elle fixa sa tante avec des yeux où brillait déjà la fièvre de l'adolescence, et elle dit :

« Attends seulement ! Je vais recommencer. Je vais retrouver ma mère ! »

Alors l'oncle et la tante expliquèrent la situation à Malka. Jour après jour, ils lui dirent du mal de sa mère, la décrivant comme une mauvaise femme qui avait humilié la famille et causé la mort prématurée de son mari. Elle avait un cœur de pierre, et ne s'était souciée ni de son époux ni de sa fille.

Malka n'en démordit pas. « Je vais chez ma mère, répéta-t-elle.

— Si tu vas chez ta mère, on te donnera du porc à manger.

— Je vais chez ma mère.

— Tu seras obligée de vivre avec des non-Juifs.

— Je vais chez ma mère.

— Tu devras porter une croix.

— Je vais chez ma mère. »

Malka tint parole. Elle fit encore deux fugues. Mais elle ne retrouva pas sa mère. La femme avait disparu. La jeune fille dut rentrer chez son oncle et sa tante.

Elle n'était plus la même. Ses silences devinrent plus obstinés. Elle ne jouait plus avec les autres enfants. Elle restait des heures à la fenêtre, muette, suivant des yeux les officiers de garnison qui passaient dans la rue.

Son oncle choisit un de ces moments-là pour lui annoncer la grande nouvelle. Bien entendu, sa femme et lui furent transportés de joie, car outre le prestige – et les satisfactions matérielles – que leur vaudrait cette bonne fortune, ils seraient débarrassés de leur nièce impossible. Que pouvait-elle espérer ? Pauvre, sans amis, excentrique, avec son mauvais caractère, elle était bien capable de rester chez eux jusqu'au jour où elle aurait les cheveux blancs, ou encore (Dieu l'en garde !) de s'abaisser à épouser un ouvrier.

Ils avaient peine à y croire.

« Si seulement c'était fait, répétait la tante. Si seulement je pouvais la voir sous le dais. » Elle priait tous ses ancêtres, les Rabbis et leurs pieuses femmes, de lui accorder le bonheur d'assister à ce mariage.

Son vœu fut exaucé, et tante Aidele vit sa nièce aux côtés du marié, le Rabbi de Nyesheve. Elle se rendit à Nyesheve et participa aux Sept Bénédictions. Elle était encore sceptique. Malka réservait toujours des surprises.

« Je ne comprends pas, dit-elle, nerveuse, à son mari. C'est trop beau pour être vrai. Mon cœur me dit qu'il va arriver quelque chose. »

Elle se trompait. Pendant les mois qui s'écoulèrent entre l'annonce du mariage et la cérémonie, Malka ne posa aucune question sur son futur mari. Elle dansa de joie à chaque cadeau qu'elle recevait. Il lui en envoya un grand nombre – des diamants, des boucles d'oreilles, des bracelets et même des diadèmes sertis de pierres précieuses. Tous ces bijoux avaient été portés par l'une de ses épouses. Après chaque enterrement, les filles de la disparue les avaient réclamés. Mais le Rabbi amoncela les joyaux, et même lorsque sa dernière femme mourut, il refusa de répartir les héritages. Il enferma ces richesses dans le grand coffre en fer de sa chambre, dont il gardait toujours la clé sur lui. Il n'était pas pressé. Il avait son plan. À présent il expédiait les bijoux à Malka, qui était ravie. Elle se couvrait de pierres précieuses de la tête aux pieds, et essayait de se voir en entier dans l'unique miroir qui se trouvait dans la chambre de sa tante. Elle se pavanait de long en large et faisait de grands gestes, comme il convenait, croyait-elle, à une princesse ou une comtesse. Le futur mari lui envoya aussi de grosses sommes d'argent pour son trousseau. Au début il voulut lui offrir les vêtements coûteux qu'avaient portés ses trois femmes, des satins, des soies, des fourrures. Malka refusa. Elle mit un certain temps à faire comprendre à Rabbi Melech que ces habits démodés, quoique riches et luxueux, étaient immettables.

« Comment ? » demanda-t-il stupéfait au bègue, qui lui répéta mot pour mot le message que sa femme l'avait chargé de transmettre. « Démodés ? Ces jeunes personnes ont des idées bien étranges. »

Il envoya donc de l'argent, beaucoup d'argent. Toute la journée Malka papillonnait dans les magasins, achetant de la soie, du velours, du satin, de la laine et du lin. Elle choisit les couleurs les plus vives, les plus éclatantes, et des tissus aussi changeants que ses humeurs. Elle se décidait au premier coup d'œil, avec superbe, et achetait en quantités astronomiques. Elle empêchait sa tante de marchander.

« Tu es folle ! explosait Aidele. Qu'as-tu besoin de tout cela ? Tu jettes l'argent par les fenêtres !

— Je le veux », répondait sèchement Malka.

Les tailleurs apportèrent leurs machines à coudre pour confectionner le trousseau. Les plus âgés travaillaient assis, les jambes croisées, fredonnant des mélodies, les jeunes chantaient les paroles de chansons allemandes parvenues au village, et faisaient les yeux doux à la fiancée. Le bourdonnement des machines, les chants, les essayages continuels, remplissaient Malka de joie. Elle saisit même sa tante par la taille et l'embrassa furieusement sur les deux joues.

« Espèce de folle, haleta Aidele. Lâche-moi ! Tu me fais des marques ! »

La perspective du mariage la plongeait dans l'extase. Elle ne songeait pas à son futur mari. Elle savait qu'il était vieux, aussi exigea-t-elle que les noces aient lieu dans une autre ville. Puis elle oublia totalement Rabbi Melech. Quand vint le jour du mariage, elle fut ravie. Elle avait toujours aimé le jeu, et elle y participait enfin pour de vrai, dans des proportions grandioses, avec de beaux vêtements, des cérémonies, des banquets, du vin et des musiciens. Même les incidents du début avec son mari ne la troublèrent pas. La première fois, quand elle n'avait pas voulu se laisser raser la tête, il avait cédé aussitôt. La seconde fois – dans la chambre éteinte – il s'était mis terriblement en colère, comme un vieillard grincheux. Cela n'avait pas d'importance. Même ce spectacle lui avait plu. Elle avait failli rire aux éclats.

Elle ne pensait pas à l'avenir. L'excitation du moment, les foules de hassidim, la flatterie, le bruit, les souhaits de bonheur, l'importance qu'on lui accordait – tout était bon à prendre.

Le long trajet de Kiteve à Nyesheve lui plut énormément. Ce fut très gai. Les Juifs des villages voisins vinrent regarder passer le cortège. Ils lui demandèrent de bénir leurs enfants, et offrirent en échange des bouteilles de vin et des pots de miel. Les femmes la supplièrent de leur donner sa main à baiser.

« C'est une reine ! s'exclamaient-elles. La grâce divine illumine son visage ! »

Dans chaque village où s'arrêtait le cortège pour la soirée, avait lieu une fête publique. Des lanternes éclairaient les rues, on dansait, on buvait, on chantait. Malka était dans un état d'excitation perpétuelle. Elle bondissait de joie en battant des mains. Ses domestiques, les femmes prétentieuses de la cour rabbinique de Nyesheve, rougissaient pour elle.

À Nyesheve elle fut reçue avec un déploiement d'affection qui laissait percer l'hostilité. Les filles, les brus, les petits-fils – toutes sortes de parents du Rabbi qui n'étaient pas venus au mariage – l'accueillirent avec des sourires et des compliments qui ne dissimulaient ni leur jalousie, ni leur haine. L'une après l'autre, les filles des autres femmes du Rabbi s'approchèrent d'elle, regardèrent ses bijoux, et dirent en soupirant :

« Ah, ils appartenaient à maman, que son souvenir soit béni. Puissiez-vous le porter de très longues années. »

Malka n'était pas du tout mécontente. Elle sentit leur envie et en éprouva du plaisir. Elle comprit aussitôt que cet endroit fourmillait d'intrigues et de ragots ; la cour était divisée en clans hostiles qui se surveillaient perfidement. Au bout d'une journée à peine plusieurs personnes cherchèrent, en la flattant ou en lui rapportant les méchancetés qu'on racontait à son sujet, à l'attirer dans leur camp. Tout cela lui plut. Malka le Petit Démon était à son aise dans cette atmosphère qui s'accordait avec son goût de la malfaisance et son désir de pouvoir. Elle était heureuse, et tante Aidele – si seulement elle l'avait su – n'avait pour l'instant aucune raison de s'inquiéter. Les difficultés vinrent après, lorsque, satisfaite et rassurée, elle rentra à Przemysl avec son mari bègue.

Au bout des sept jours de tumulte et d'excitation, ce fut le calme et l'ennui. Les hassidim en visite retournèrent chez eux, les orchestres se turent. Malka se retrouva livrée à elle-même dans les immenses pièces aux murs nus, aux garde-robes remplies des vêtements mités des trois femmes qui avaient vécu ici. Les grandes fenêtres sales donnaient sur le plâtre craquelé et la boue de la cour. Malka ouvrit les rideaux et colla le front à la vitre. Elle vit les murs de guingois, les greniers tentaculaires, les toits réparés de façon sommaire, le puits rouillé qui grinçait du matin au soir. Elle vit les chats et les chiens galeux, les hassidim en haillons crasseux qui traînaient devant les portes. Elle fut accablée par le poids des années à venir ; toute sa vie, elle aurait ce spectacle sous les yeux. Soudain, elle éprouva la nostalgie de Przemysl et des fenêtres de sa tante derrière lesquelles elle avait regardé passer les officiers de garnison. Elle eut envie d'entendre le sifflement lointain des trains, de voir la lanterne du chef de gare se balancer dans la nuit. Elle rêva de Budapest et de sa mère oubliée.

Dans tout l'appartement il n'y avait pas une seule glace. De telles vanités étaient interdites à l'épouse du Rabbi de Nyesheve. Quand elle mettait ses bijoux elle ne pouvait s'admirer que dans les plateaux d'argent et les coffrets sur les tables, et dans le petit miroir de poche volé à sa tante avant de partir. Elle se regardait et se mordait les lèvres quand elle apercevait sa tête rasée, amoindrie.

Elle se tirait la langue.

« Tête de singe ! » disait-elle dépitée au miroir.

Elle tirait le foulard de soie noire sur ses sourcils et se faisait des grimaces. Puis elle se lassa et commença à réfléchir.

Qu'allait-elle faire dans cet endroit ? Elle se souvint qu'elle possédait des bijoux – énormément de bijoux. Et des robes. Elle sortit les colliers, les soupesa, les fit glisser entre ses doigts. « Avec cela, pensa-t-elle, je peux partir très loin. Un soir, quand je n'en pourrai plus, quand je songerai à Budapest… »

En imaginant l'horreur qui frapperait la cour de Nyesheve lorsqu'on découvrirait le nid désert, les visages livides, les médisances, la crise d'hystérie de son oncle et de sa tante le jour où les nouvelles parviendraient à Przemysl, elle se mit brusquement à hurler de rire. Les murs amplifièrent ce son étrange, et la domestique de Malka, une vieille fille trapue aux cheveux gris, accourut.

« J'ai eu si peur », s'exclama-t-elle tout essoufflée, posant une main rouge tout égratignée sous son sein gauche.

« Peur ? demanda Malka. Pourquoi ?

— Les autres – avant vous – bégaya la bonne… elles ne riaient jamais. »

Les paroles incohérentes de la femme tombèrent comme un couperet. Un frisson parcourut Malka et son rire s'évanouit sur ses lèvres. La chambre devint étouffante à un point intolérable. Elle entendit de nouveau les voix lointaines.

Puis, un jour, un événement se produisit – un événement stupéfiant, inattendu, incroyable – qui transforma entièrement la cour rabbinique aux yeux de Malka, et en fit le lieu où elle envisagea de passer le restant de ses jours. Sa nostalgie des villes lointaines disparut, comme si elle n'avait jamais existé. Ici, dans cette cour hideuse, entre les murs sinistres à la peinture écaillée, elle avait trouvé son bonheur, son destin. Elle avait vu un visage.

Quand les sept jours des Sept Bénédictions furent passés, elle dut accomplir des corvées insignifiantes : rendre visite à l'un, à l'autre. Chaque branche de la famille – toutes les filles et les brus du Rabbi – invita Malka, la nouvelle « maîtresse de maison », et la reçut avec quantité de gâteaux, de confitures, de gelées, de flatteries, et de remarques empoisonnées. La dernière des invitations vint, naturellement, de Sourele, la plus jeune fille du Rabbi.

Sourele était peut-être la seule personne de la famille qui attendît avec une sincère impatience la venue de la nouvelle femme de son père. Elle n'avait ni l'aigreur ni la malveillance de ses sœurs. Elle était jeune, simple et totalement absorbée par son mari. Les intrigues de la cour ne l'atteignaient pas. Lente, pesante, bon enfant, elle ignorait la haine, la jalousie et les flatteries calculées. Elle voulait une amie de son âge. Comme toute jeune femme amoureuse de son mari elle avait besoin de déverser son cœur.

Sourele fit de grands préparatifs pour la venue de Malka. Elle amoncela les gâteaux, les biscuits, les bonbons, les confitures, les amandes, elle servit du vin et des jus de fruits. Elle ne connaissait pas d'autre façon de plaire. Elle ne savait pas faire la conversation. Malka avait une position insolite, sœur par l'âge, mère par le rang. Sourele ignorait si elle devait la tutoyer ou lui dire un vous plus cérémonieux. Elle évita donc l'usage de tout pronom et elle se sentit si affreusement gênée qu'elle s'en tint à une phrase unique :

« Oh, mon Dieu, Malka n'aime ni mes gâteaux ni mon vin. » Pendant ce temps elle jouait avec le collier de sa belle-mère.

La nourriture et l'affection maladroite de Sourele ne tardèrent pas à ennuyer Malka. Elles avaient le même goût sucré, écœurant. Elle écourta sa visite et se leva pour partir. Comme elle tendait la main vers la poignée de la porte, celle-ci s'ouvrit de l'extérieur. Elle se trouva face à Nahum. Ils sursautèrent, et tentèrent de s'ignorer.

C'était samedi soir. Les bougies allumées sur la table éclairaient faiblement la pièce. Nahum portait un peignoir fleuri en soie, qui le faisait paraître plus mince encore. Le col blanc de Rachmanivke, posé sur ses épaules, accentuait le brun de sa peau. Il hésita, gracieux, baignant dans le clair-obscur du shabbat. Malka se tenait devant lui, le front caché par son foulard de soie noire, frêle silhouette assortie à la sienne. Ils se regardèrent un instant, le visage illuminé par une joie inconsciente. Puis, se ressaisissant, ils détournèrent le regard, cloués sur place.

Si Sourele avait été capable, même alors, d'intervenir, de dire une phrase naturelle pour briser la tension et la stupéfaction, l'incident serait peut-être passé inaperçu. Mais elle resta sans voix, à les fixer sans rien comprendre, les bras ballants, comme une servante qui vient de laisser tomber un vase et ne sait pas quoi dire. Nahum fut le premier à revenir à lui. D'un geste brusque, inspiré par la timidité et par l'habitude, il se voila les yeux pour ne pas la voir, s'écarta, et murmura :

« Bonsoir. »

Ses paroles arrachèrent Malka à sa transe. Un flot de sang lui monta au visage, un cri lui échappa – « Mama ». Puis elle passa devant Nahum comme une flèche et courut à son appartement comme si on la poursuivait. Dans sa chambre, elle déchira sa robe, se libéra du corset étroitement lacé qui l'étouffait. L'amour, la pitié et le bonheur l'avaient brusquement envahie. L'adolescent en peignoir de soie avait réveillé en elle l'impulsion qui autrefois l'entraînait à embrasser frénétiquement les petits enfants. C'était un homme, mais encore un enfant. Troublée, elle le voulait, et en même temps elle désirait un bébé – elle pourrait le serrer dans ses bras, souffrir pour lui. Il lui ressemblerait, doux et tendre comme lui, le teint mat. Les élans les plus fous jaillirent en elle. Elle dénuda son sein frémissant et l'empoigna des deux mains comme pour allaiter un nouveau-né.

Nahum était étendu sur son lit, tremblant de fièvre. Il entendait les voix des hassidim qui chantaient dans la cour la prière de la fin du shabbat « Adieu la Reine Shabbat ». Quelqu'un tirait de l'eau du puits. Seule était réelle la jeune femme debout sur le seuil, forme sombre et gracile, les yeux brillants sous le châle noir. Dans l'obscurité Nahum attira Sourele dans ses bras, il commença à la caresser timidement ; puis, s'oubliant, il l'étreignit farouchement.

Sourele n'avait jamais connu un tel débordement de passion de sa part. Dans sa reconnaissance éperdue elle ne l'entendit pas chuchoter une fois ou deux un nom qui n'était pas le sien.

8

Nahum s'absorba dans la kabbale. Il lut :

« *Sod ha-zivoug taloui baschlemous.* Le secret de l'union réside dans la perfection. Que l'homme et la femme unissent leur énergie, et deviennent un seul corps. L'homme, l'époux prédestiné de cette femme, attend, le regard défaillant, le cœur impatient, le moment où viendra la femme belle et désirée ; il court vers elle, il l'étreint et lui donne le bonheur. Après l'union des âmes, scellée par le baiser, vient celle des corps – les mains, les lèvres, les yeux. Le baiser de ces deux êtres devient un seul souffle. Elle, la ravissante jeune fille aux yeux baissés, auprès de laquelle toutes les autres paraissent ternes et sans beauté, elle qui inspire l'amour de tous les hommes et de toutes les femmes, et qui les unit… »

Il ne parvenait plus à étudier le Talmud. Son professeur, Reb Pesachiah de Zavil, qui était venu s'installer à la cour de Nyesheve spécialement pour lui, souhaitait voir son élève briller dans la Loi. Il lui avait préparé un programme difficile. Mais Nahum fixait les pages sans distinguer les lettres. Il voyait seulement un visage. Il le voyait partout : sur l'étui de bois sculpté de l'Arche sacrée qui renfermait les rouleaux de la Loi, sur le manteau de velours les recouvrant, dans le ciel rougeoyant du crépuscule vers lequel ses yeux se tournaient, et même dans les lettres terribles de l'ineffable nom de Dieu, au-dessus de l'Arche. Il ne pouvait se concentrer que sur les pages de la kabbale, car elles lui parlaient d'elle.

Reb Pesachiah fut troublé, stupéfait par la soudaine transformation de son élève. Il réussissait, au prix d'énormes difficultés, à attirer son attention sur telle interprétation subtile de la Loi et, au moment où il croyait que Nahum avait tout assimilé, il percevait une défaillance. Nahum était distrait. Il regardait une mouche, un rayon de soleil sur le mur, un oiseau dont l'aile avait cogné la vitre.

« Nahum ! disait doucement Reb Pesachiah. Que regardez-vous ?

— Rien ! répondait Nahum, comme tiré d'un profond sommeil. Je me suis oublié. »

Souvent, tel un enfant étourdi le jour de sa première leçon, Nahum perdait sa ligne et ne la retrouvait plus. Son professeur souffrait à un point extrême. Ascète, moraliste, ses pensées étaient tournées vers l'Au-delà et les tourments des damnés en enfer. Il savait que c'était un péché mortel d'interrompre l'étude de la Loi sacrée par des pensées vaines et futiles, de négliger les paroles éternelles pour une réflexion sans valeur sur ce bas monde. Il avait parlé plus d'une fois à Nahum d'Elijah de Vilna, homme de grand savoir, qui avait coutume d'étudier les pieds dans l'eau froide pour garder l'esprit vif. Des hommes pieux, des érudits, s'étaient crevé les yeux pour ne plus jamais être tentés de s'écarter de la parole de Dieu.

Reb Pesachiah n'élevait jamais la voix. Il avait ordonné sa vie selon les enseignements des moralistes, et maîtrisé tous ses mauvais penchants. Il savait que la colère était un mal; céder à la rage équivalait à s'agenouiller devant une idole. Il savait aussi ce que les sages avaient dit : un homme coléreux ne peut être professeur. Durant toutes ses années de labeur, jamais il n'avait adressé une parole dure à un élève, même sous le coup d'une extrême provocation. À Rachmanivke, il lui était parfois arrivé de lancer un regard sévère à Nahum; à présent il pouvait encore moins se le permettre, car Nahum était le gendre du Rabbi de Nyesheve ! Il se contentait de lui lire une page ou deux de l'ouvrage d'un sage en guise de sermon.

Ces avertissements transperçaient Nahum comme des coups d'épieu. La voix de Reb Pesachiah était calme, glaciale. Ses lèvres minces, pâles, visibles sous la barbe incolore, s'entrouvraient telle une tombe. Quand, le samedi après-midi, Reb Pesachiah entonnait un chapitre de *L'Éthique des Pères*, on aurait cru entendre un chant sur la vanité et la futilité de la vie d'un homme.

Il prenait la même voix pour lire, à l'intention de Nahum, des passages d'ouvrages de morale. Chaque fois qu'il le surprenait à rêver sur le Talmud, il murmurait :

« Rabbi Chanina, fils du Rabbi Chachinaï, dit : Si un homme s'éveille au milieu de la nuit, ou s'il part seul sur une route, et s'arrête aux vanités de ce monde, il perd sa vie. Rabbi Jacob dit : Si un homme marche sur une route et interrompt ses méditations sur la Loi sacrée pour s'écrier : Comme cet arbre est beau ! ou : Comme ce champ est beau ! cet homme, est-il écrit, perd sa vie. »

Nahum tremblait. Il s'efforçait encore de rassembler ses esprits et de se concentrer sur ses études. Il couvrait ses yeux de la main, pour chasser le monde. Déjà son regard était attiré par quelque bêtise, et il avait oublié la Loi.

Il n'y avait pas d'arbres dans la cour. Mais au-delà du portail s'étendaient les champs labourés ; il apercevait toujours la silhouette d'un paysan courbé sur la terre, ou suivant son cheval. Parfois une cigogne venait se poser au sol et, perchée sur une patte rouge, elle s'immobilisait pendant de longues minutes, comme une sentinelle qui monte le guet. Nahum pouvait rester des heures à la fenêtre, contemplant la plaine ou les petits nuages qui voletaient sous le soleil brûlant.

De l'autre côté de la maison s'élevaient les prairies, vertes et humides, pleines des bruits de la vie : le cri des oies, la stridulation des grillons, le chant des oiseaux, le coassement des grenouilles. Le bourdonnement sourd des insectes, bruit de fond perpétuel, était intolérable à Nahum. Cela le hérissait et le détournait de ses livres. Quand il regardait dehors, son attention était captivée par les vaches pommelées, la tête attachée à la patte avant, par les chèvres aux grandes cornes, enchaînées à des troncs, par les chevaux qui battaient l'air de leur queue, par les troupeaux de moutons blancs et les oies nageant paisiblement dans la rivière.

Cent fois Nahum décidait de ne plus se laisser distraire par ce spectacle. Qu'y avait-il à voir ? Le paysage était toujours le même. Mais ses yeux retournaient vers la fenêtre et ne la quittaient plus. Ils ne se lassaient pas d'admirer les prés verts, les oies blanches, les renoncules jaunes. Malgré ses tourments, Nahum ressentait la joie indicible qui émanait de la nature. Une joie dépourvue de sens ; un rayon de soleil à travers les feuillages, une tache de lumière sur le front d'un cheval, le clapotis de l'eau, le motif d'un pelage de vache – ces milliers d'images lui parlaient en secret, évoquant mystérieusement la jeune femme assise au même moment dans une autre pièce. Il devinait son nom dans la mélodie des flûtes de bergers, dans le sifflement des fouets de charretiers.

À certains moments les paisibles animaux de prairies étaient gagnés par une agitation intense. Cela arrivait après une grosse pluie, quand le soleil surgissait entre les gros nuages et qu'un immense arc-en-ciel s'élevait au-dessus de l'horizon. Les juments à l'attache, prises de folie, poussaient des hennissements rauques qui s'amplifiaient dans l'air humide. Alors un étalon enfermé s'échappait de l'étable et se jetait sur l'une des juments avec une telle fureur que les bergers, armés de bâtons et de fouets, ne réussissaient pas à le chasser.

Les jeunes boucs, ayant joué jusqu'alors à se poursuivre d'une haie à l'autre, leur petite queue dressée en l'air, étaient animés d'une ardeur nouvelle ; ils attaquaient les brebis qui les avaient nourris à peine quelques mois auparavant. Même de vieux béliers poursuivaient maladroitement les moutons terrifiés, avec des bêlements frustrés.

Nahum savait qu'il était déshonorant de regarder ces choses. Pour ce péché il eût fallu jeûner des jours entiers. Il se rappela qu'il n'était plus un enfant, mais un homme marié. Il luttait contre lui-même, mais la joie multiple des champs était la plus forte. Une puissance irrésistible arrachait la main faible, impuissante qui lui couvrait les yeux. Et il regardait encore.

La même fièvre se manifestait chez les bergers. Ils abandonnaient leurs troupeaux, les laissant paître dans des prés clôturés, et ils poursuivaient les jeunes filles. Nahum voyait les bergères retirer leurs robes et plonger dans la rivière, suivies par les hommes. Une bergère plus âgée, qu'il avait souvent aperçue de loin, une femme terne tout juste bonne à garder les oies, se découvrit entièrement jusqu'à la taille et exposa son corps nu aux regards du monde.

Puis les pensées de Nahum se fixèrent sur Malka. Son corps se raidissait quand il s'imaginait l'embrassant, la serrant contre lui. Il tendait les mains en un geste aveugle, ne revenant à lui que lorsque ses doigts avides se refermaient sur l'air.

Le péché ! Péché mortel, sans pardon ! Dans la cour rabbinique de Nyesheve, il avait succombé. Il savait par les livres que le péché de désir était aussi grave que celui de possession. Aucune flamme de l'enfer ne suffirait à brûler l'homme qui avait convoité la femme d'un autre. Et il ne désirait pas une inconnue, mais la propre femme du Rabbi, son beau-père, la belle-mère de Sourele !

Dans son angoisse il se tourna vers les ouvrages des moralistes.

« Il existe des démons », lut-il à voix haute, chantant les paroles en se balançant d'avant en arrière, « des démons qui possèdent un millier d'yeux et torturent le pécheur simplement en le regardant. Il existe des feux qui s'appellent la Mort, l'Obscurité, la Malédiction et l'Abîme. Le plus petit de ces feux est soixante fois plus chaud que le feu le plus brûlant de la terre. Le hurlement des pécheurs est une plus grande torture encore. La honte est une punition bien pire, car ils doivent payer d'une telle souffrance une minute de plaisir insouciant. Les démons tout autour se moquent de leurs cris. »

Nahum bondit de sa chaise et se mit à trembler. Il regarda ses mains, fines et fragiles, qui ne supportaient pas la douleur. Une égratignure sur cette peau transparente suffisait à le faire tressaillir. Il s'imagina empoignant les charbons ardents. Il sentit la piqûre des fourches incandescentes sous ses ongles.

Couvert de sueur, il se rassit et se força à reprendre sa lecture. La voix rauque, il chanta :

« Il y avait un orfèvre, un artisan, qui voyait beaucoup de femmes, car il fabriquait des bijoux. Négligeant son âme, cet homme touchait leurs mains, il effleurait leurs cous nus en leur essayant des colliers. Aussi le désiraient-elles, car il était agréable à regarder. Alors le démon Lilith jeta son dévolu sur lui, et vint le trouver chaque fois qu'il pensait à elle. Elle venait à lui, nue et pleine de désir, elle se couchait sur un lit en or, il l'attirait contre lui et péchait avec elle. Après sa mort – Dieu nous aide ! – des millions de démons le poursuivirent, l'appelant père, et sa honte fut un plus grand tourment que les feux de l'enfer, qui sont soixante fois plus violents que les plus violents feux de la terre… »

Il ferma les yeux et vit l'orfèvre courant le long des allées enflammées de l'enfer, pourchassé par les démons. Puis l'homme s'effaça et Lilith apparut, mince et vêtue de noir, un foulard de soie recouvrant son front. Elle se transforma, belle et sensuelle, elle l'appela. Nue sur un lit en or, elle l'attira contre son corps voluptueux. Il crut qu'il péchait avec elle, criant : « Malka ! Malka ! »

Ses nuits, plus encore que ses jours, étaient habitées par l'inconnue que le Rabbi de Nyesheve avait introduite à la cour.

Dans ses rêves elle n'était plus la femme du Rabbi, mais sa fille. Il était marié avec elle. Au banquet du mariage, il se levait et proposait aux érudits rassemblés une parabole subtile. Puis il couvrait son visage d'un mouchoir de soie qui lui échappait, et les femmes gémissaient de terreur. Ensuite il se trouvait seul avec elle dans une pièce, ils goûtaient la soupe jaune d'or dans la même assiette. Les deux vieillards venaient, le conduisaient à la chambre nuptiale et claquaient la porte derrière lui. Il voyait Malka, la fille du Rabbi. Sourele était devenue la fille du bègue. Elle était malade, elle mourait. Puis le Rabbi de Nyesheve se métamorphosait en fossoyeur, il creusait la tombe de Sourele avec une grosse bêche. Nahum sanglotait, mais Malka, sa femme, essuyait ses larmes, comme sa mère le faisait toujours, et lui disait qu'un jeune marié n'avait pas le droit de pleurer.

Ces rêves devinrent intolérables. Dans de longues prières il supplia les anges de veiller sur lui et de chasser ces mauvaises pensées. Ce fut peine perdue. Les rêves recommencèrent, leur thème était toujours le même. Le matin il éprouvait un sentiment de culpabilité à l'égard de Sourele, il n'osait pas la regarder en face, comme si elle avait pu connaître ses visions de la nuit.

Il se mit à jeûner, à mortifier sa chair.

Sourele souffrait elle aussi. Elle lui prépara les plats les plus succulents. Elle confectionna des petits pains aux oignons, et les saupoudra de graines de pavot et de cumin. Elle savait qu'il les aimait. Mais il ne les mangeait pas.

« J'ai eu de mauvais rêves, dit-il. Je veux jeûner. »

Il maigrit. Ses yeux s'agrandirent, et des cernes foncés apparurent en haut de ses pommettes. Sourele commença à avoir peur pour son mari. Elle le regardait en silence, ne sachant pas quoi dire. Puis, de désespoir, elle prit une décision téméraire. Elle écrivit à sa belle-mère à Rachmanivke, pour lui parler du jeûne de Nahum. Celle-ci envoya à son fils une longue lettre en hébreu, dans laquelle elle le suppliait de renoncer à ses habitudes ascétiques et, par-dessus tout, de prendre soin de sa santé. Il ne devait jeûner à aucun prix. Elle lui proposa même de venir faire un long séjour chez ses parents, bien qu'il n'eût été marié que quelques mois.

Elle acheva sa lettre par une phrase en yiddish toute simple, comme toujours quand elle voulait s'épancher. « Mon enfant chéri, ta maman t'attend. Elle te rendra le bonheur et la santé. »

Nahum renonça alors à jeûner, car il s'aperçut que la privation, loin de diminuer les sinistres pensées dont il se repentait, les développait à un point extraordinaire. Mais il ne se rendit pas chez sa mère. Pour lui aussi, la vie avait changé à la cour de Nyesheve. Il découvrit que les fenêtres sales, le grincement de la pompe à eau et les murs écaillés lui étaient chers et proches.

Tout faisait partie d'elle. Il restait des heures assis à la fenêtre de son petit bureau dans le grenier, attendant de la voir passer en bas, dans la cour. Il avait toujours évité son beau-père. Maintenant il commença à lui rendre visite, sous prétexte de lui emprunter un livre, de l'interroger sur un problème de rituel, un point de la Loi ou… pour rien.

Elle était là, dans la pièce voisine. Il devinait sa présence de l'autre côté du mur, et il frissonnait.

Très vite elle prit l'habitude d'entrer quand Nahum se trouvait là. Prise d'un étrange accès de sollicitude à l'égard de son mari, elle lui apportait un verre de lait, ou son médicament, sans qu'il le lui eût demandé.

Le Rabbi était stupéfait et, à peine conscient de ce qu'il faisait, il lui parlait tendrement devant un tiers : « Ma chère ! De vos propres mains ! »

Nahum n'osait pas lever les yeux. Son cœur s'arrêta de battre. Il sentait son regard. Elle passa si près de lui qu'un pli de sa jupe lui effleura le genou et qu'une légère bouffée d'air rafraîchit son visage en feu. Des jours et des jours le contact de sa robe et le frémissement de l'air restèrent dans sa mémoire.

Une fois elle réussit à lui saisir la main et à l'étreindre quelques minutes. Cela arriva dans la propre chambre du Rabbi, sous ses yeux. Rabbi Melech était surpris et enchanté de la transformation de son gendre. Au lieu de le fuir, le jeune homme venait le voir fréquemment, de son plein gré, pour discuter de la Loi et bavarder. Il ordonna donc à Malka de recevoir son beau-fils avec des attentions spéciales, de lui offrir des gâteaux, du vin et des fruits. En une occasion elle servit elle-même Nahum, et dans son agitation elle se prit le pied dans sa robe. Elle trébucha, Nahum bondit. Au lieu de se rattraper au bras du fauteuil, à côté d'elle, Malka s'empara de la main de Nahum. Il resta pétrifié, incapable de l'aider, la laissant s'appuyer un instant sur lui, avant de retrouver son équilibre.

La bouteille de vin qu'elle tenait s'était brisée sur le sol. Rabbi Melech se leva, très anxieux, et la prit par la main.

« Le vin ! s'écria-t-elle, consternée.

— Peu importe le vin, répondit-il. Tant que vous n'êtes pas blessée. »

Elle s'enfuit de la pièce.

Après cet incident Nahum évita quelque temps l'appartement de Rabbi Melech. Il craignait que sa main ne le trahît. Il la lava et la brossa, pour effacer les traces de son contact. Mais ce fut impossible. Souvent, quand il étudiait le Talmud ou un ouvrage de morale, l'une de ses mains caressait l'autre sous la table, rêveusement. Une fois où il se trouvait seul dans la pièce, il se pencha pour déposer un baiser furtif sur la main qu'elle avait tenue.

Pendant ce temps la peur étreignait le cœur de Sourele. Elle s'inquiétait pour lui. Elle songea à l'envoyer chez un médecin, mais elle n'osa pas le lui suggérer. La nuit, son mari l'évitait. Les livres sur les devoirs de la femme lui avaient appris comment il était censé se comporter. Les soirs où elle revenait des bains rituels, elle disait de nombreuses prières, implorant le ciel de la rendre désirable aux yeux de son mari. Elle essayait, à mots couverts, quand sa période impure était passée, de lui suggérer de l'approcher. Mais ses yeux, ses oreilles et son cœur étaient indifférents ; rien ne l'ébranlait.

Tout d'un coup il se rapprocha d'elle, il se mit à l'embrasser et à la caresser frénétiquement. Pétrifiée de terreur, elle se raidit, ne sachant plus que faire. Les brochures en yiddish énuméraient les règles auxquelles devait se conformer une épouse. Mais elles ne mentionnaient nulle part les élans extravagants de Nahum. Sourele avait besoin de se confier à quelqu'un. Sa mère était morte. Ses sœurs étaient beaucoup plus âgées qu'elle – elle ne les considérait pas vraiment comme des sœurs. Malka seule pouvait la soutenir, c'était son unique espoir. Aussi se cramponna-t-elle à sa belle-mère, avec une affection muette, embarrassante ; elle lui raconta tout, jusqu'aux moindres détails, sur l'étrange comportement de Nahum.

Malka écouta avidement. Elle, l'étrangère de la cour rabbinique, l'intruse haïe par tous, était plus proche que quiconque de sa bru.

« Sourele, chuchotait-elle en l'embrassant, raconte encore… Dis-moi tout, comme si tu étais ma sœur. »

9

Malka commença à vivre dans l'appartement de Sourele plus que dans le sien. Elle prenait ses repas et dormait chez elle. Le reste de la journée elle était auprès de sa belle-fille.

Elle anima les pièces tristes, hideuses, d'un esprit tumultueux, et mit tout sens dessus dessous, comme elle l'avait fait dans la maison de sa tante à Przemysl. Elle changea les meubles de place, accrocha de nouveaux rideaux aux fenêtres, décora les murs de tissus aux couleurs gaies, et arrangea même les robes dans l'armoire. Elle accomplit tout cela avec une telle frénésie que Sourele la regarda, impuissante.

« Attends, Sourele, tu vas voir. Je vais trouver des tableaux pour les murs. Cette maison va devenir magnifique. Je te donnerai une grande glace. »

Sourele la fixa, terrorisée.

« Malka, ma chère ! Ce n'est pas possible. À Nyesheve, personne n'a de miroir. Si mon père l'apprend…

— Qu'il l'apprenne ! répondit Malka sans perdre contenance. Je veux que tu aies un joli appartement ! »

Quand elle eut fini, elle s'occupa de Sourele. Ses idées sur les vêtements et le maintien lui venaient d'une ou deux revues de mode, et des quelques livres qui lui étaient tombés entre les mains. Elle obligea Sourele à se changer plusieurs fois. Elle lui apprit à agiter un éventail, à marcher sa traîne relevée sur le bras. Puis elle l'attrapa par la taille et voulut lui faire danser un quadrille. Sourele se laissa entraîner, impuissante – la seule danse qu'elle connaissait s'appelait la « danse de la piété ». Malka la fit tourbillonner comme une folle, jusqu'à lui donner le vertige. Sourele tomba. On put entendre le rire aigu de la femme du Rabbi dans toute la cour.

« Malka, ma chère. Il ne faut pas rire comme cela. Nahum va vous entendre.

— Ça ne lui fera aucun mal », répondit Malka en riant de plus belle.

Sourele était troublée par l'impétuosité de sa belle-mère. On ne se conduisait pas ainsi à Nyesheve. Certes, elle n'eût jamais osé dire un seul mot à la jeune femme. Même lorsque Malka lui arracha le bonnet disgracieux garni de cerises, le remplaçant par un foulard de soie, elle ne protesta pas. Mais pendant l'opération elle se couvrit la tête des deux mains.

« Pourquoi te tiens-tu la tête ? » demanda Malka.

Sourele répondit d'une voix chantante, comme si elle lisait un livre de commandements religieux : « Une fille d'Israël ne montrera jamais sa tête nue, même aux quatre murs d'une pièce. »

Malka la laissa ainsi quelques minutes, et se moqua d'elle. « Tu ressembles à un petit agneau qu'on vient de tondre, dit-elle. Bè-è-è ! Bè-è-è ! »

Elle voulait mettre en colère cette grande fille niaise, entamer une dispute avec elle. Mais Sourele, ne sachant pas s'exprimer, était incapable de se quereller. Elle se contentait de pleurer, de grosses larmes coulaient sur son visage stupide. Alors Malka se radoucissait brusquement. Elle devenait gentille, se repentait, elle serrait sa belle-fille dans ses bras et la consolait. Dès que Sourele était calmée, Malka recommençait. Elle lui essayait une nouvelle coiffure, avec d'autres rubans. Elle l'obligea à sortir sa robe de mariage et à l'enfiler.

« Sourele ! Je vais te transformer en princesse ! Nahum ne te reconnaîtra pas !

— Nahum ne me regarde jamais, répondit Sourele tristement. Il est toujours dans ses livres.

— Je l'obligerai à te regarder, s'écria aussitôt Malka. *Je* vais faire en sorte qu'il te remarque ! Obéis-moi, c'est tout. »

Elle changea les habitudes de Sourele. Elle lui dit de ne plus monter de verres de thé à Nahum, quand il étudiait au grenier. Si Nahum voulait du thé, il pouvait descendre. Mais Sourele avait peur.

« Tu es une petite sotte, expliqua Malka. Ne sais-tu pas qu'il vient de Rachmanivke ? Là-bas ils sont moins provinciaux et stupides qu'à Nyesheve ! Les hommes *parlent* avec leurs femmes. Si tu veux que Nahum t'aime, comporte-toi comme à Rachmanivke. Fais ce que je te dis ! »

Elle obtint l'effet souhaité. Nahum ne protesta pas. Il descendait, disait un bref « bonjour », et s'asseyait à table. Malka s'installait à côté de Sourele et, attrapant une extrémité du châle de sa belle-fille, s'en couvrait la tête.

« Prenez donc un gâteau aux graines de pavot », proposait-elle à Nahum, poussant le plateau vers lui.

Il se taisait. À Nyesheve on ne parlait pas aux autres femmes, on ne mangeait pas à la même table. Mais Malka n'était pas facile à décourager. Élevée dans l'atmosphère des dynasties rabbiniques, elle connaissait l'histoire, la généalogie et le rang de toutes les cours de Russie et de Galicie. Elle voulait absolument découvrir par quelle branche Nahum lui était apparenté – excepté par son mariage récent. La complexité des alliances consanguines dans les familles de Rabbis était telle que Malka trouverait sûrement une relation entre eux.

« Si le Rabbinat de Rishineh est allié au Rabbinat de Karlin », disait-elle, étalant ses connaissances sur la préséance des familles, « alors Nahum et moi nous sommes certainement parents du côté de ma mère… »

Sourele, assise au bord de sa chaise, regardait Malka comme si elle était un monstre. Même les épouses n'avaient pas le droit de parler les premières à leur mari. Et cette étrangère s'adressait à Nahum le plus naturellement du monde ! Ni son visage ni sa voix ne trahissaient la moindre timidité. Elle avait même l'audace de prononcer son nom. Sourele, mariée depuis plusieurs mois, n'avait encore jamais osé le faire ; c'était indécent. Mais, plus étonnant encore, son mari répondait ! Certes, il parlait sans regarder la jeune femme, les yeux fixés sur la table ou sur le plancher. Sa voix était presque inaudible, ses phrases très courtes. Mais il répondait !

Nahum prit l'habitude de venir prendre le thé à heure fixe, avec Malka et Sourele. Malka tenait toujours le rôle de la maîtresse de maison. Elle donnait des ordres à Sourele et l'envoyait chercher ce qui manquait, comme une servante.

Malka trouvait toujours le moyen de rester quelques minutes seule avec Nahum pendant l'après-midi. Elle savait parfaitement – elle l'avait appris chez sa tante, et ne tarderait pas à le découvrir à Nyesheve – qu'un homme n'avait pas le droit d'être seul dans une pièce avec une femme, surtout si celle-ci était mariée. Mais l'interdiction accentuait encore sa jubilation. Elle éprouvait une sensation délicieuse de rébellion à regarder Nahum se tortiller de honte.

Il manquait toujours quelque chose : du jus de framboise, ou des gâteaux rangés dans le placard d'une autre pièce. Ou bien Malka avait brusquement froid et, se blottissant près de Sourele, elle lui disait d'une voix suave : « Sourele, trouve-moi un châle. »

Sourele savait elle aussi que c'était un péché pour un homme de rester seul avec une femme ; les petits livres le lui avaient appris. Elle savait que son mari pouvait la réprimander sévèrement pour l'avoir laissé en compagnie de Malka. Mais elle ne pouvait dire non à Malka, ni s'opposer à la volonté de quiconque ; ce n'était pas dans sa nature. Malka était tellement plus intelligente, elle connaissait si bien le monde. D'un pas pesant, Sourele quittait la pièce, traversant parfois toute la maison avant de dénicher ce qu'on l'avait envoyée chercher.

Dès qu'elle était sortie, Malka faisait le tour de la table sous prétexte d'offrir une tranche de gâteau, de mettre du sucre dans le thé, ou d'enlever plateaux et assiettes. Elle s'arrangeait toujours pour effleurer le jeune homme de sa manche ou de sa jupe. Parfois elle osait frôler son genou ou, d'un geste presque délibéré, elle glissait sa main sur la sienne.

« Nahum, disait-elle doucement, votre thé refroidit. » Tout l'amour qu'elle ressentait s'exprimait dans ces mots. Désemparé, Nahum sentait les objets lui échapper.

Une fois, en l'absence de Sourele, Malka, plus effrontée qu'à l'ordinaire, s'affaira autour de Nahum, chuchotant son nom tout en feignant de ranger les assiettes. Voyant sa gêne et son affolement, elle le taquina de plus belle. Elle s'attarda près de lui alors que se rapprochaient les pas lourds, traînants, de Sourele. Au dernier moment, comme la porte était sur le point de s'ouvrir, elle bondit avec l'agilité d'un chat de l'autre côté de la table, ne laissant paraître aucune émotion sur son visage. Nahum, au comble de l'angoisse, lâcha son verre.

Elle puisait une joie particulière dans ce jeu dangereux où se mêlaient la sensibilité et la terreur de Nahum, sa propre audace, la bonne nature et la stupidité de Sourele. Elle inventa une technique subtile, un mode de communication secret, qui lui permettait de vivre une relation intense avec Nahum en présence de Sourele. Elle lui transmettait de mille façons – par des gestes, des allusions, des jeux de regards – les nuances de son émotion. Un échange continuel les rapprochait. Sourele était la seule à ne s'apercevoir de rien.

Puis ce jeu perdit de son charme. Malka voulut autre chose – plus de risques, plus d'intimité. Elle essaya de le rencontrer en dehors de l'appartement de Sourele. Si elle l'avait osé, elle se serait glissée dans son bureau sous les combles. Mais c'était trop. Elle se contentait de lever les yeux quand elle passait sous ses fenêtres. Presque toujours, les petits rideaux s'écartaient furtivement, et les yeux noirs, avides, répondaient à son regard.

Elle connaissait l'heure précise de chacune de ses allées et venues. Elle savait quels jours il allait marcher dans les champs, le long des sentiers au bord de la rivière et dans la forêt, sur les collines au-delà des arbres. Elle se mit à le poursuivre, partant dans une autre direction, faisant un immense détour pour se trouver nez à nez avec lui. À ce moment-là, elle ne cherchait pas à l'arrêter. Elle murmurait seulement son nom et passait son chemin.

Nahum redoublait le pas, empruntait un raccourci et rentrait en courant. Il décidait de ne plus se promener. Ou bien d'emmener Reb Pesachiah avec lui, pour parler de choses sacrées tout en marchant. Mais il repartait, seul. Il suivait les mêmes sentiers, sachant qu'elle allait venir à sa rencontre, guettant le murmure de sa voix.

Un jour de chaleur, vers la fin de l'été, il sortit de la cour à la dérobée et quitta le village par un nouveau chemin. Des petits nuages de poussière s'élevaient des routes sèches. Les cigognes volaient de toit en toit. Derrière les haies des vergers les poires et les pommes mûres alourdissaient les branches feuillues. L'automne était dans l'air. Les paysans fauchaient et ramassaient le foin dont le parfum tiède venait chatouiller le nez du jeune homme. Il marchait comme en rêve. De l'autre côté de la forêt, au loin, se dressaient les montagnes. Il regardait les fourmilières sous les arbres. Il entendit le cri des piverts et chercha à les apercevoir. Les écureuils noir et roux bondissaient d'une branche à l'autre avec un craquement. Soudain un vent violent secoua les aiguilles de pin, le ciel s'assombrit, et la pluie s'abattit sur la forêt comme par surprise. La foudre zigzaguait entre les nuages, après chaque éclair le tonnerre grondait et crépitait.

Nahum vit devant lui un arbre énorme, très vieux, dont le tronc était en partie creusé par les orages et les années. Il se faufila à l'intérieur, et tendant les mains vers l'eau ruisselante il les lava pour prononcer la bénédiction du tonnerre. Avant que les mots n'eussent franchi ses lèvres, il sursauta; Malka était là, près de lui, les vêtements trempés, le regard plein de terreur. Elle se blottit dans le creux de l'arbre, la main posée sur le cœur. Son corps touchait le sien.

« Nahum ! J'ai peur ! Je me suis fait surprendre par l'orage. J'ai si peur ! »

Il ne lui demanda pas d'où elle venait, ni comment elle se trouvait là. Il éprouvait des picotements de la racine des cheveux à la pointe des pieds.

Ils restèrent silencieux, regardant les trombes d'eau se déverser du ciel, les filets de pluie dans les feuillages, les rigoles creusant la terre. Le tonnerre recommença et, à chaque grondement, Malka étreignait la main de Nahum.

« J'ai peur ! » suffoqua-t-elle.

Nahum se força à dire quelque chose. « Vous ne devriez pas avoir peur. Vous devriez vous laver les mains et dire la bénédiction du tonnerre. » Mais à cet instant un violent éclair fendit le ciel et plongea la forêt dans une clarté terrifiante. Presque simultanément le tonnerre éclata au-dessus de leurs têtes, dans un fracas assourdissant, se répercutant dans les profondeurs de la forêt, s'interrompant pour exploser à nouveau, plus terrible encore, accompagné d'innombrables échos. Malka poussa un hurlement « Mama ! » et, entourant Nahum de ses bras, elle se cramponna à lui comme une enfant effrayée.

Il se dégagea de son étreinte. Un autre éclair, aussi lumineux que le premier, jaillit des quatre coins du ciel, fouet de flamme aux mille mèches, brasier de l'Éternel pour la punition des pécheurs. Il laissa échapper un cri et s'enfuit sous la pluie.

Il entendit sa voix mourante : « Nahum ! Nahum ! J'ai peur ! »

Il arriva dans la cour trempé jusqu'aux os, fou de terreur. Les hommes étaient déjà rassemblés dans la synagogue pour les prières de l'après-midi.

Il resta couché plusieurs jours avec la fièvre. Quand il se rétablit, il n'était plus le même.

Il était devenu plus silencieux que jamais. Jamais il ne quittait son petit bureau sous les combles, et Malka hantait en vain l'appartement. Tous les jours elle allait marcher dans les champs et les bois, le long des sentiers qu'il avait parcourus, mais elle ne le trouvait pas. Elle affectionnait particulièrement le vieil arbre desséché devant lequel elle l'avait vu la dernière fois; elle l'y attendait des heures, sachant pourtant qu'il ne viendrait pas.

Nahum évitait Malka, mais il se montrait plus tendre et plus aimant avec Sourele que jamais auparavant. Il ne lui parlait pas, mais il était redevenu un mari attentif et se comportait avec elle comme il le devait, d'après les petits livres. Rougissant de bonheur, elle dit à Malka :

« Il n'est plus le même, depuis cette maladie. »

Malka ne renonça pas. Elle continua de rendre visite à Sourele, de traverser la cour en levant les yeux vers les rideaux qui ne s'écartaient plus pour elle. Elle attendait. Le terrible mois d'Eloul, mois du repentir, avait commencé. Elle pensa que lorsque cette période de prière et de pénitence serait terminée, il lui reviendrait. Il le faudrait bien ! La nuit elle imaginait de nouveaux subterfuges pour l'attirer auprès d'elle à la fin de ce mois. Elle ne pouvait penser à rien d'autre qu'à ce garçon – lui seul rendait sa vie à Nyesheve supportable.

Mais quand s'acheva le mois d'Eloul un messager spécial de Rachmanivke vint chercher Nahum.

La patience de sa mère était à bout. À toutes les lettres où elle le suppliait de rentrer quelque temps à la maison il avait répondu de façon évasive. Un jour, elle fit venir Mottye Godul, le *gabbaï* du Rabbi de Rachmanivke, elle lui donna de l'argent pour son passeport et ses dépenses, et lui ordonna de ne pas reparaître devant elle sans son fils.

Mottye Godul accepta cette mission avec une joie méchante. Il haïssait les hassidim de Galicie. Il éprouvait pour ceux de Nyesheve une aversion bien particulière. Il s'était opposé au mariage depuis le début. Ce sentiment s'était confirmé au moment du mariage, lorsqu'il avait pris contact pour la première fois avec la cour barbare de Nyesheve et avec Israël Avigdor, le *gabbaï* de Rabbi Melech. Ce serait un plaisir de leur arracher Nahum, même provisoirement, d'autant plus que la femme du Rabbi n'avait aucunement fait mention de la jeune Sourele.

Mottye Godul, armé de son mandat, fit une entrée lugubre à Nyesheve. Il alla immédiatement trouver Nahum et, écourtant les salutations d'usage, il commença à le réprimander : « Est-ce une façon de traiter vos parents ? dit-il. Ne savez-vous pas que votre mère, Dieu la bénisse, dépérit à vous attendre ? Avez-vous oublié tout le monde à Rachmanivke ? »

Il aurait aimé attraper Nahum tout de suite et l'emmener comme un prisonnier, sans lui laisser le temps de se changer ni de dire au revoir à personne. Les hassidim essayèrent de calmer Mottye Godul, ils le prièrent de rester un peu chez eux. Il ne les écouta pas.

« Je suis pressé ! dit-il d'un ton glacial. La femme du Rabbi de Rachmanivke attend son fils. »

Il évitait les hassidim de Nyesheve. Le seul homme avec lequel il parlait librement était Reb Pesachiah, le professeur de Nahum. Il lui adressa une seule phrase, comme aux autres : « Préparez Nahum ! Je n'ai pas de temps à perdre. »

Les provisions réunies pour ce voyage auraient suffi à nourrir un village entier. Les femmes firent des gâteaux, des biscuits, emballèrent du poulet froid, des jus de fruits – de quoi nourrir une petite armée. Sourele était partagée entre deux émotions : le malheur qui la paralysait et le désir de montrer à sa belle-mère combien elle prenait soin de son fils. Mais Mottye Godul criait sans cesse :

« Ce n'est pas nécessaire, je vous assure ! Vous croyez que je suis venu de Rachmanivke sans ravitaillement ? »

Pourtant il exigea que tous les vêtements de Nahum, y compris ses fourrures, soient immédiatement empaquetés. « Votre mère ne vous laissera pas revenir de sitôt à Nyesheve. Vous avez *tout* votre temps. »

Reb Pesachiah, le professeur, les accompagnait.

Sourele remplit ses devoirs, aveuglée par les larmes. Ses sœurs, qui habituellement la tenaient à l'écart, devinrent tout d'un coup très attentionnées. Elles étaient blessées – pour elle, bien sûr – parce que sa belle-mère ne l'avait pas invitée à Rachmanivke. Elles voulaient la consoler, et leurs paroles de réconfort se résumèrent à des remarques méprisantes sur les snobs de Rachmanivke, qui se jugeaient supérieurs aux simples Juifs de Nyesheve.

« Mme Rachmanivke ne s'abaisserait pas à toucher sa belle-fille de Nyesheve », disaient-elles, imitant les grimaces hautaines de la mère de Nahum.

Elle ne pouvait pas parler à Nahum, ni lui demander quand il pensait rentrer, ni lui dire combien il lui manquerait, ni même le supplier d'écrire souvent. Les femmes de la cour de Nyesheve ne disaient pas ces choses-là à leurs maris. C'étaient des phrases présomptueuses. Et si elle avait été capable de surmonter sa peur, elle n'aurait pas su quoi dire ; la tradition même de ce langage lui était étrangère. Quand Nahum eut pris congé de son beau-père et de ses beaux-frères, il vint lui dire adieu. Il ne lui tendit pas la main, il ne prononça pas un mot affectueux, pas un mot de regret. Il dit seulement : « Portez-vous bien ! » Même son nom ne franchit pas ses lèvres.

« Que Dieu vous accompagne », répondit-elle. Puis, se forçant à ajouter quelque chose, elle ne trouva rien de mieux que : « Couvrez-vous bien. Ne prenez pas froid. » L'effort la rendit écarlate.

Il salua Malka aussi brièvement, les bras le long du corps, la voix neutre, les yeux rivés au sol.

Sourele resta pétrifiée, ne sachant pas si elle pouvait seulement demander à accompagner son mari jusqu'à la gare. Ce fut Malka qui l'arracha à sa transe, disant avec colère :

« Tu peux au moins suivre la voiture à pied une partie du chemin. Viens ! »

Elles se mirent en route ; Sourele fixait la silhouette fragile, tremblante de son mari. Il ne se retourna pas. Quand le fiacre quitta le chemin boueux pour la route plus large, en terre dure, le cocher fouetta les chevaux et disparut dans un nuage de poussière. Alors Malka, qui étreignait farouchement la main de Sourele, s'assit sur une pierre au bord de la route et éclata en sanglots.

Sourele la regarda, muette de stupéfaction. Qu'avait-elle donc ? Dans son trouble, une idée lui vint et, se penchant vers la jeune femme, elle demanda d'un ton anxieux :

« Malka ! Vous allez avoir un bébé ? Il ne faut pas avoir honte, Malka ! Ne pleurez pas ! Père sera très heureux. »

Malka s'arrêta de pleurer. Elle leva les yeux vers Sourele et éclata d'un rire hystérique.

« Mama ! » hurla-t-elle, riant de plus en plus fort.

10

Le tourment, le désespoir, une souffrance absurde, un sentiment de révolte, remplissaient les journées de Malka.

Son seul refuge était l'appartement de Sourele. Elle écoutait interminablement sa conversation stupide, repoussant les gâteaux poisseux et les confitures destinés à éveiller son appétit. Elle venait chez Sourele non parce qu'elle en avait envie, ni dans un but quelconque, mais parce qu'elle ne savait pas quoi faire. Une seule fois par semaine arrivait une lettre de Nahum. Sourele la lui montrait. Le message était bref et se limitait à des informations sur sa santé et à des salutations. Mais Malka relisait ces quelques mots à n'en plus finir.

La réponse à ces lettres l'occupa. Sourele voulait, pour son mari et pour elle, impressionner sa belle-mère. Elle passait pour une idiote, et prouverait le contraire. Néanmoins, elle se savait incapable d'écrire une lettre passable. Son écriture, laide et maladroite, ressemblait à celle de son père, et en outre elle n'avait aucune idée de la façon de composer une phrase. Petite fille, elle avait appris – comme ses sœurs – des rudiments d'écriture avec un maître analphabète, dont le niveau était jugé suffisant pour des femmes. Il lui avait enseigné à rédiger un modèle de lettre dans un yiddish germanisé, très affecté, qui se terminait toujours par la phrase en hébreu : « Sarah Sourele, fille du saint Rabbi de Nyesheve. » Même cela, elle l'avait oublié. Elle pria Malka d'écrire à sa place ; elle recopierait la lettre mot pour mot.

Cette correspondance devint l'unique préoccupation de Malka. Nahum ne s'y laisserait pas tromper, c'était évident. Elle tournait et retournait chaque mot dans son esprit, cherchant la nuance qui traduirait le mieux sa tendresse, son attachement, son impatience. Elle disait qu'elle l'attendait ; sans lui la vie n'avait plus de sens. Elle décrivait la tristesse des jours et la solitude des nuits, donnant libre cours à ses passions et à ses fantasmes, sans jamais oublier que Sourele était censée parler – en épouse juive aimante, pieuse et soumise. Elle savait qu'à Rachmanivke Nahum lirait ses pensées entre les lignes raturées, les lettres mal formées.

Les beaux jours, Malka parcourait les champs et les bois où elle avait si souvent rencontré Nahum. Mais l'automne avançait. Le ciel s'assombrit et des pluies continuelles imprégnèrent la terre ; même les femmes durent mettre des bottes. L'air était froid et brumeux. L'humidité formait de la rosée sur les branches des arbres. Elle dut rester enfermée, à regarder les cochons frotter leur vilain pelage contre les murs avec un grognement répugnant. Les journées raccourcirent – un court intervalle entre l'aube et le crépuscule, et les lampes se rallumaient, donnant plus d'ombre que de clarté.

Elle arpentait la maison comme un animal en cage, gagnée par la folie.

Elle trouvait son mari – de plus en plus affectueux ces derniers temps – haïssable, repoussant, insupportable même en pensée. Quand les fêtes furent passées – Rosh Hashana et Yom Kippour – les hassidim en visite quittèrent Nyesheve. Rabbi Melech se sentit plus désœuvré que jamais. Il se couchait tôt. L'humidité pénétrait dans ses vieux os, il avait besoin de se pelotonner dans son lit, auprès de sa quatrième épouse. Après tout, il avait payé assez cher pour l'avoir ! Plus que pour les trois autres réunies.

« Eh bien, disait-il en bâillant, après la prière du soir, il est l'heure d'aller se coucher. Il n'est pas bon de veiller les nuits d'hiver. »

Elle ne répondait pas. Elle partait dans sa chambre et s'asseyait en silence. Avec un mélange de rage et de satisfaction elle l'écoutait errer dans la pièce et se déshabiller en gémissant à cause de ses rhumatismes.

Elle éprouvait une haine violente pour lui. Nahum s'était rapproché de Sourele, se sentant coupable et plein de compassion pour sa propre épouse car il aimait celle d'un autre ; mais Malka, comme toute femme amoureuse du mari d'une autre, détestait l'homme avec lequel elle vivait.

Souvent, elle s'étendait pour dormir dans une autre chambre. Parfois, si elle était couchée près de lui, elle se levait au milieu de la nuit, installait des vêtements par terre et s'endormait là, blottie sous le gros édredon.

Rabbi Melech croyait s'évanouir.

« Malka ! Malka ! appelait-il d'une voix étouffée. Ne faites pas cela ! Ce n'est pas bien. Vous risquez d'attraper froid… »

Elle ne répondait pas.

Quelquefois ce mépris silencieux ne suffisait pas à assouvir sa haine. Elle avait envie de le faire réellement souffrir, de le blesser, de l'injurier, jusqu'au moment où, au bord de la crise de rage, il s'effondrait brusquement. Alors elle se penchait vers lui d'un air moqueur, tandis qu'il frissonnait et gémissait dans son lit, et elle riait de sa vieillesse. Comme il était ridicule et misérable, cet homme que des milliers de hassidim portaient aux nues et suppliaient d'intercéder en leur faveur auprès de l'Éternel. Où était son pouvoir à présent ? Pourquoi ne demandait-il pas à la Providence de l'aider ? Il paraissait si comique avec sa barbe en broussaille, son ventre informe, tremblotant. Il lui rappelait les horribles statues de pierre qui ornaient le jardin public de Przemysl. Ce souvenir lui arrachait des hurlements de rire – Rabbi Melech transformé en statue de pierre à Przemysl ! Le Rabbi, vieil homme impatient et plus que vaniteux, ne pouvait comprendre pourquoi Malka le traitait ainsi. Ce n'était pas normal. Il avait tant fait pour elle ! D'un seul geste il l'avait tirée de la misère, de l'obscurité, d'un célibat probable, il lui avait accordé la richesse et les honneurs. Elle ne possédait pas un vêtement qu'il n'eût payé de sa poche. Pas un centime qu'il ne lui eût donné. Quel était donc le problème ? Quel démon l'habitait ? Il existait sûrement une solution… Il se remémorait inlassablement tous les avantages qu'il lui avait procurés, il n'avait rien oublié, rien… Brusquement, il eut une illumination. Qu'il était bête ! Bien sûr ! Il avait trouvé la clé du mystère.

Cette stupide jeune femme ne se sentait pas en sécurité ! Certes, il n'était plus un jeune homme. Il avait encore beaucoup d'années devant lui, mais à ses yeux il paraissait sans doute plus vieux qu'il n'était réellement. Elle avait peur. Si – Dieu nous en garde ! – s'il devait mourir avant son heure, que lui arriverait-il ? Peut-être n'avait-elle pas complètement tort. Ses fils et ses filles n'étaient pas des enfants respectueux. Ils attendaient avec une impatience non dissimulée le jour (qu'ils attendent cent vingt ans !) où ils se partageraient le grand Rabbinat de Nyesheve. Dès qu'il aurait disparu, elle serait chassée – renvoyée à Przemysl, ou n'importe où ; peu leur importerait.

Tout était devenu clair dans l'esprit du Rabbi. La solution se trouvait là ! Cette fille stupide, trop jeune, n'avait pas osé lui suggérer la vérité. Rabbi Melech rit tout bas. Il y avait une réponse à tout. Quelques heures après cette révélation il envoya Israël Avigdor chercher le notaire de Nyesheve. Et, en toute légalité, il céda à sa femme, sur-le-champ, une partie de la grande maison, l'essentiel des bijoux et une somme considérable d'argent. Puis, renvoyant le notaire, il se frotta les mains, but un verre d'alcool en compagnie de l'intendant, et grogna : « Dieu merci ! *Cette affaire* est réglée ! » Son cœur était plein de joie et de certitude.

Il garda ce secret toute la journée, mais alla se coucher plus tôt qu'à l'ordinaire. Il entonna la prière du soir et en ajouta quelques autres. Quand il se glissa dans son lit, il sourit gaiement à Malka, et la joie gonfla ses joues barbues aux poils enchevêtrés, ses lèvres, son menton et sa gorge.

« Malka ! dit-il soudain. Bonne chance ! Aujourd'hui la loi a fait de toi une femme riche ! »

Elle le regarda fixement.

« Tu es riche à présent ! » répéta-t-il en riant. Il expliqua exactement ce qu'il avait accompli.

À sa grande horreur elle n'eut pas un mot de reconnaissance. Pas le moindre signe de satisfaction n'apparut sur son visage ni dans ses yeux. Rabbi Melech crut que le monde s'écroulait sur sa tête.

Ses souffrances étaient d'autant plus vives qu'il ne pouvait se confier à personne. Lui, le conseiller universel, puits de sagesse pour des milliers de fidèles, était isolé dans ses difficultés. Enfants, parents, disciples, domestiques, tous l'entouraient ; mais il vivait seul la honte dans laquelle le plongeait cette orpheline venue de la poussière.

« Un esprit mauvais ! marmonnait-il. Un démon assis sur son cœur ! »

Sa santé déclina. Il ne mangeait ni ne dormait plus. Même les cigares ne lui donnaient plus aucun plaisir. Ils avaient un goût amer. Il consulta des médecins, prit des bains froids, avala des drogues, espérant oublier son tourment. Tout cela échoua, et il commença à s'absenter de Nyesheve. Il entreprit de longs voyages. Il fit la tournée de ses territoires, trouvant des prétextes pour créer de nouveaux impôts. Sa rapacité avait atteint des proportions démesurées. Il était insatiable, autant qu'impitoyable ; l'argent récolté lui apportait un apaisement relatif.

Malka se mit à regretter même le détestable plaisir de tourmenter son vieux mari répugnant. En dehors de la correspondance avec Nahum il ne se passait rien. Il n'y avait ni intérêts ni occupations. Pendant les nuits interminables elle écoutait le craquement de la glace sur les murs, le grincement des fenêtres gelées. Elle veillait, cherchant désespérément le sommeil.

À certains moments elle avait des crises de sanglots hystériques, déchirant les coussins avec ses dents, criant le nom du garçon dont la séparaient la frontière austro-russe et des centaines de kilomètres.

Elle songeait à lui tantôt avec une nostalgie insupportable, tantôt avec haine. Quel droit avait-il de partir ainsi, l'abandonnant dans cet horrible désert sans amis, sans espoir ? Elle serrait les poings, se disant qu'elle aurait aimé le battre, le griffer pour le punir de sa cruauté. Puis la colère passait, et son désir pour lui, tel un doux poison, coulait dans toutes les veines de son corps. Elle aggravait son tourment en lisant des histoires d'amour excitantes qu'elle se procurait en cachette. Elle ne réussissait pas, comme Nahum, à transformer parfois son amour en une pensée pure, élevée, mêlant son image au paysage spirituel de la kabbale. Ces ouvrages provocants le faisaient apparaître comme un homme de chair et de sang, avec des bras et des lèvres, un homme à prendre, à posséder. La sauvagerie de son désir lui donnait des hallucinations. Elle savait qu'il était loin d'elle. Mais un bruit accidentel, un pas éloigné, et elle sursautait : « Il arrive ! C'est Nahum », pensait-elle. Elle *savait* qu'il ne viendrait pas, mais son corps n'en tenait pas compte. Animé de passions animales, il éprouvait des sensations à part.

Quand sa rage s'apaisa, sa fureur se retourna contre l'horrible cour de Nyesheve, contre sa tante et son oncle qui l'avaient vendue, contre sa mère indifférente qui vivait gaiement à Budapest avec son officier chrétien. Cette haine venimeuse s'étendit au monde entier, à tous les hommes et les femmes qu'elle avait connus. Elle engloutit même Nahum, et l'univers se transforma en un déluge de ténèbres. Une nuit elle bondit de son lit pour fracasser l'horloge contre le sol ; elle ne supportait plus son tic-tac, ni la sonnerie des heures, séparées par une éternité. Sur une autre impulsion elle prit ses romans allemands, avec leurs caractères gothiques et leurs gravures de chevaliers en redingote et de dames en châles de dentelle, et les mit en pièces.

D'autres nuits, pleine de pitié pour elle-même, elle se levait, allumait, fouillait l'armoire, et revêtait ses habits les plus somptueux. Elle marchait de long en large, prenait des poses, des airs aguicheurs. Puis, lassée de ce jeu, elle commençait à valser, tournoyant à en avoir le vertige, s'écroulant enfin sur le lit.

Un soir elle alla à la fenêtre en chemise de nuit, ouvrit les battants, et resta immobile en claquant des dents, regardant les tas de neige sale et l'ombre pâle des maisons au clair de lune. Elle eût aimé attraper froid et mourir. Mais cela n'arriva pas.

Elle pensa aux trois femmes qui avaient vécu ici avant elle, et étaient mortes dans cette chambre. Peut-être avaient-elles aussi passé des heures de folle solitude. Elle se vit morte, dans un cercueil, portée au cimetière, suivie d'un long cortège ; Nahum était là, parmi les milliers de hassidim. Elle vit ses vêtements suspendus avec ceux des trois autres femmes, dévorés par les mites, détruits par la moisissure.

Cela ne se passerait pas ainsi ! Elle ne se mélangerait pas avec elles ! Une nuit elle courut à l'armoire, décrocha les robes démodées qu'avaient portées les épouses précédentes, les mit en lambeaux. Puis elle arracha ses propres vêtements et examina son jeune corps, pleurant sur sa beauté négligée, caressant ses épaules, ses seins et ses cuisses.

Certaines nuits elle dormait avec Sourele, se serrant contre elle, la couvrant de caresses.

Elle parlait interminablement, ne sachant pas toujours ce qu'elle disait. Alors, emportée par la fougue, elle étreignait Sourele comme elle avait autrefois embrassé les petits enfants, disant d'une voix étouffée : « Sourele ! Je vais te manger ! »

Quelquefois elle forçait la bonne à dormir avec elle – ou du moins à passer la nuit en sa compagnie, car elle ne la laissait pas fermer l'œil. Elle avait des élans curieux, imprévisibles. Elle insistait pour présenter l'une de ses plus belles robes à la vieille femme stupéfaite, et lui ordonnait – en pleine nuit – de l'essayer. Elle commençait alors à l'interroger : Pourquoi ne s'était-elle pas mariée ? N'avait-elle jamais reçu de propositions ? S'était-elle jamais fiancée ? Se levant d'un bond, elle saisissait la grosse femme par la taille et l'entraînait dans une valse effrénée.

La bonne n'aurait jamais osé approcher sa maîtresse, ni la toucher. Elle cherchait à se dérober. Elle se mit à avoir peur.

Une nuit Malka prit les vêtements du Rabbi dans son placard, enfila solennellement sa robe de chambre, mit son chapeau, et déclara à la bonne qu'elle allait recevoir la bénédiction du grand Rabbi de Nyesheve.

La femme éclata d'un rire chevalin : « Mon Dieu ! Si quelqu'un nous voyait ! » dit-elle effrayée.

Le rire stupide de la bonne gagna Malka. Elle fut prise d'une crise d'hilarité, hurlant à en avoir mal au ventre, les joues ruisselantes de larmes.

Vers la fin de l'hiver elle invita tante Aidele. Dès son arrivée celle-ci la chapitra sur les devoirs d'une pieuse épouse d'Israël, et elle voulut savoir si sa nièce avait l'espoir d'être bientôt enceinte. Malka la renvoya chez elle en lui offrant une quantité de vêtements pour expédier son départ.

Elle en arriva à ne plus supporter la maison. Sans être vue de personne, elle se glissait au-dehors et partait errer dans les prés et les bois défeuillés, seule dans la semi-obscurité. Assise sur une souche ou appuyée contre un tronc d'arbre, elle écoutait le cri désolé des corbeaux agglutinés sur les branches, qui s'envolaient sans raison, comme ils étaient venus. Drapée de noir, elle divaguait entre les ombres, telle une gigantesque corneille. Parfois, elle sautillait comme un oiseau et agitait ses bras pour voler. Un paysan qui passait au loin l'aperçut et se signa.

Elle songea de nouveau aux pays lointains, aux trains, aux lanternes des chefs de gare et à sa mère. Elle décida de s'enfuir de Nyesheve quand le printemps viendrait.

Mais quelques jours avant Pessah un télégramme arriva de Rachmanivke, annonçant la venue de Nahum. Quand Malka comprit ce que cela signifiait, elle serra Sourele dans ses bras et l'embrassa avec une telle fureur que la jeune femme se dégagea et la repoussa brutalement :

« Idiote, tu as failli m'étouffer ! »

11

Le printemps des collines environnantes gagna Nyesheve, plongeant le village dans une animation toute neuve. La neige durcie se tassa et fondit dans les champs, les glaçons suspendus aux arbres et aux gouttières se liquéfièrent, de minuscules ruisseaux se formèrent dans les ruelles, emplissant l'air d'un léger écho musical. Des torrents charrièrent jusqu'à la rivière des fragments de branches pourries, des oiseaux morts de froid, à moitié dévorés par les bêtes féroces, et des millions d'aiguilles de pin amassées sur le sol depuis l'automne. La campagne se lavait comme après un long sommeil.

Venu du ciel et des montagnes, le printemps semblait aussi émerger des fissures de la terre et des tas d'ordures. Le soleil, qui jouait sur le toit rouillé de la cour rabbinique et sur les croix en fer de l'église catholique, leur insufflait, contre leur gré, une vie nouvelle.

Vers midi une brume de chaleur s'élevait sur les champs noirâtres. Les premières pousses d'herbe, petites lames effrontées, perçaient l'épais terreau. Le blé d'hiver apparaissait, vert et frais, lumineux, les paysans le bénissaient, plaçaient des épouvantails et jetaient des mottes de terre pour effrayer les oiseaux pillards. Les perce-neige se déployaient avec éclat sur les prés dénudés. Les cigognes, revenues des pays du Sud, battaient des ailes au-dessus des maisons où elles avaient niché et cherchaient un autre logis. Les grenouilles avaient repris leur chœur nocturne. Les pluies chaudes se déversaient sur les toits et s'écoulaient avec un joli tintement dans les seaux déposés par les jeunes filles, qui savaient que l'eau de gouttière est le secret d'une belle chevelure.

L'éveil de la nature, la fraîcheur du paysage, la plénitude qui en émanait, étaient l'écho de la joie de Malka.

Nahum revint de Rachmanivke, le teint et l'œil clairs, devenu presque un homme. Sa mère avait veillé sur lui. Par des mensonges affectueux, par la persuasion et l'autorité, elle avait brisé ses habitudes ascétiques. Elle l'obligeait à manger avant les longues prières du matin. « Un fils de Rabbi en a le droit », disait-elle. Quand il protesta elle changea d'argument, répétant son avertissement habituel : « Je le veux ! Les ordres d'une mère sont plus importants que les prières ! Honore ton père et ta mère ! Ce furent les premières paroles de l'Éternel à Son peuple. Le jeûne avant les prières du matin n'est pas un commandement, mais seulement une coutume. »

Nahum cédait plus à son insistance qu'à sa logique. Elle alla plus loin encore. Elle le contraignit à manger le 10 Tébeth et le jour du jeûne d'Esther – jeûnes mineurs. « Un fils de Rabbi en a le droit, répéta-t-elle. Ton père te pardonnera. »

Il prit du poids. Un léger duvet apparut sur sa lèvre supérieure, comme chez une jeune fille très brune – premier signe d'une virilité naissante. Ses yeux étaient plus profonds ; leur reflet ardent fit frémir Malka la première fois qu'elle le revit dans l'appartement de Sourele. Elle porta vivement la main à sa poitrine, comme si son cœur défaillait brusquement.

Elle ne put lui arracher un seul mot, ni ce jour-là ni après. Il n'allait plus se promener dans les champs, et elle hantait en vain les chemins d'autrefois. L'instinct lui disait qu'il n'avait pas oublié ; son désir était aussi fort que le jour où il avait fui sous l'orage. Quand elle l'apercevait au loin, elle reconnaissait ses propres passions sur son visage, à travers sa vigilance continuelle.

Après le printemps vinrent des journées étouffantes, où le soleil brûlant alternait avec de violentes averses et des orages très courts. La foudre planait dans l'air. Les manœuvres militaires de printemps commencèrent près de Nyesheve. Plusieurs régiments d'infanterie et de cavalerie vinrent installer leur campement dans les champs aux alentours du village. C'était, apparemment, une opération d'envergure, car les commandants les plus haut placés arrivèrent de Budapest et de Vienne, accompagnés de membres de la Maison impériale. Pendant la journée le bruit des canons emplissait l'air ; la nuit les fusées illuminaient le ciel. Les rues de Nyesheve fourmillaient d'uniformes de hussards. Les jeunes Hongrois, arborant l'élégance de la capitale, le regard arrogant, la moustache insolente, marchaient par deux ou trois, le fourreau de leur épée battant contre le flanc, les éperons aux talons.

Ils étaient toujours de bonne humeur, ces jeunes officiers à monocle, la poitrine couverte de décorations.

Ils s'amusaient beaucoup du spectacle de ces Juifs étranges qui portaient des papillotes et des rubans (comment auraient-ils pu savoir que c'étaient les franges rituelles sacrées ?) qui leur descendaient jusqu'aux pieds. Les magasins juifs étaient toujours pleins. Les officiers achetaient tout : des bonbons, des cigarettes, des bibelots. Jamais ils ne marchandaient. Quelquefois ils laissaient même la monnaie. Mais ils attrapaient les jeunes filles juives par le menton et leur pinçaient les joues :

« *Hübsch, Schwarzkopf, sehr hübsch*[1] ! »

Les mères ne disaient rien en présence des officiers. Elles souriaient d'un air soumis. Dès que les militaires étaient partis, elles renvoyaient leurs filles à la maison. « Qu'ils tombent raides morts s'ils osent encore lever un doigt sur toi ! » s'écriaient-elles horrifiées, et elles crachaient.

Soldats et officiers étaient partout, répandant la gaieté, le tumulte, les chansons. Malka ne pouvait pas les éviter. Dans la rue ils la regardaient d'un œil froid, connaisseur, et disaient :

« *Warum so einsam, schöne Fräulein*[2] ? »

Dès le commencement des manœuvres, un carrousel s'installa à Nyesheve. Toute la journée le son de l'orgue se mêlait au crépitement des balles et aux cris des foules. Des soldats, tenant par la taille de solides paysannes, tournoyaient sur les chevaux et les sangliers de bois. Peu après, un nouveau centre d'attraction se créa dans la ville – un cabaret campagnard.

---

1. « Jolie tête noire, très jolie. » *(N.d.T.)*
2. « Pourquoi vas-tu seule, belle demoiselle ? » *(N.d.T.)*

Ses patrons avaient le type gitan, mais ce n'étaient pas des tziganes. Ils plantèrent leur grande tente, la décorèrent de banderoles chinoises de toutes les couleurs, ouvrirent un bar avec un musicien et des danseuses.

On ne tarda pas à savoir dans le village que ce couple, qui parlait l'allemand, le hongrois, le polonais, le tchèque, le roumain, le serbe, le turc et même le romani, était juif, originaire de Bukovine. Rabbi Melech flaira tout de suite l'odeur du péché. On racontait des histoires répugnantes sur ce qui se passait derrière les parois flottantes de la tente, et il envoya Israël Avigdor donner l'ordre aux pécheurs de comparaître devant lui. Le Juif au visage de gitan ne fut pas troublé le moins du monde. Il refusa de venir. Il répondit au *gabbaï* qu'il ne se mêlait pas des affaires du Rabbi et que celui-ci n'avait pas à intervenir dans les siennes.

Après cette démarche la musique devint encore plus assourdissante. On l'entendait de partout. Elle résonnait dans la cour rabbinique. Elle dérangeait le sommeil du Rabbi qui se retournait dans son lit en grognant : « Génération de pécheurs ! Semence du mal ! »

Malka était réveillée, mais n'éprouvait aucune irritation.

L'excitation générale éveillait en elle une frénésie extrême. Jamais elle n'avait ressenti une telle rébellion. Les visages inconnus, les comportements nouveaux, transformaient Nyesheve en une tour de Babel. Elle entendait, à travers les cris et les chants, les voix qui avaient hanté son enfance, le bruit des trains dans le lointain, le sifflement de la locomotive. Elle voyait dans ses rêves, plus clairement que jamais, les lanternes des cheminots se balançant le long de la voie.

Sa mère l'obsédait, sa mère disparue qui vivait avec un chrétien dans la tumultueuse capitale de Hongrie.

La folie qui s'était emparée de Nyesheve s'intensifia de jour en jour. Une foule de colporteurs, de mendiants et de saltimbanques s'agglutinait autour du campement. Les soldats et les officiers prirent l'habitude de rendre visite au Rabbi miraculeux du village et dans la cour rabbinique les uniformes devinrent aussi nombreux que les haillons des hassidim.

Malka ne connaissait pas de repos. La nuit elle rejetait ses couvertures et haletait de fièvre. Aussi longtemps qu'elle pouvait le supporter elle fixait le plafond, écoutant le vacarme des rues. Puis elle bondissait hors de son lit et courait autour de la pièce, se tordant les mains, criant d'une voix presque audible à l'extérieur : « Nahum ! Nahum ! Viens ! »

Très tard, le premier soir de Shavouot, elle se leva précipitamment, incapable de respirer. Les murs de la chambre se resserraient autour d'elle. Dans l'obscurité elle chercha une robe à tâtons, la passa et se faufila au-dehors.

Le ciel était noir, sans étoiles ni lune. Les bruits avaient cessé dans le village, la nuit respirait profondément, ivre de sommeil. Son souffle avait le parfum du lilas et des fleurs d'acacia, l'odeur lourde des prairies obscures.

Le jour précédent avait été le plus mouvementé depuis l'arrivée des soldats. Le comte Olcha avait organisé une partie de chasse pour les officiers, suivie d'un bal au château. Des centaines de paysans et de Juifs avaient levé le gibier, formant un grand cercle dans la forêt et se rejoignant près d'une clairière.

Armés de bâtons, accompagnés de chiens surexcités, ils avaient battu les bois toute la matinée. L'après-midi le crépitement des balles avait retenti dans Nyesheve, entrecoupé de la sonnerie des trompettes et de l'écho plus grave des cors de bergers. Maintenant le village dormait, épuisé, envahi par la torpeur.

Un seul lieu était encore éveillé – la synagogue. Le Rabbi et ses disciples disaient les prières du premier soir de Shavouot. Une faible lumière éclairait les fenêtres. Malka n'écouta pas les voix des fidèles, elle ne vit pas la lueur de leurs bougies. Elle voyait seulement la nuit, elle entendait les voix muettes de la forêt. Chuchotements secrets, senteurs mystérieuses, évocatrices. S'éloignant de la cour, elle approcha des bois, distinguant l'odeur de chaque arbre. Ses narines frémissaient comme celles d'un animal en chasse. Ses yeux grands ouverts, avides, suivaient le tracé des sentiers, parfois attirés par un ver luisant. Elle percevait l'éclat phosphorescent du bois en décomposition. Autour d'elle la nuit prenait vie.

Elle se hâtait, comme si quelqu'un l'attendait. Elle courut dans les champs, longeant les fourrés, traversant les clairières. Ses pas troublèrent les chiens de garde qui se mirent à aboyer, réveillant les chevaux dans les écuries. Effrayée, elle changea de direction, se cogna à des barrières, et faillit se perdre.

Enfin, épuisée, dans une extrême agitation, elle retourna à la cour.

Quand elle entra elle vit la lanterne suspendue au mur de la grange. Sans savoir pourquoi, elle tendit la main et retira la bougie dégoulinante. La porte était ouverte, elle franchit le seuil, la chandelle à la main ;

elle s'immobilisa brusquement, prise à la gorge par la puanteur de l'air. Sous la paille s'amoncelaient, avec d'autres loques, les uniformes cosaques qui pourrissaient d'un mariage à l'autre. Des tonneaux répugnants, à moitié démolis, et des nattes moisies – où couchaient les mendiants quand la cour était pleine – étaient éparpillés sur le sol.

Dans cette crasse nauséabonde Malka reconnut l'horreur de la cour rabbinique de Nyesheve. La grange, la cour et le village se mirent à tourbillonner. La bougie fondait entre ses doigts, les grosses gouttes de cire blanche la brûlaient. Envahie par la haine, elle lança la chandelle dans un tas de paille. Le souffle coupé, elle attendit. Quand la première flamme se mit à ramper, elle fit un bond en arrière, s'élança dans la cour, agile comme un chat, et courut dans sa chambre. Elle tira une chaise près de la fenêtre, s'y percha, et regarda en bas.

Lorsque les fidèles de la synagogue aperçurent les flammes à travers les vitres sales, le feu avait gagné les murs. Le premier cri ne fut pas : « De l'eau ! » mais : « Juifs ! Sauvez les rouleaux de la Loi ! »

Quand on les eut mis à l'abri, personne ne sembla savoir ce qu'il fallait faire ensuite. Ces Juifs étaient impuissants. Ils n'avaient aucune habitude de l'action. Les hassidim, les Rabbis, les élèves, les mendiants couraient dans tous les sens, criant, pleurant, regardant les flammes monter. Quand les charretiers et les ouvriers tant méprisés arrivèrent, ils apportèrent de l'eau. Le brasier avait déjà englouti la moitié de la grande synagogue.

Tout le village était réveillé. Les cloches de l'église sonnaient à toute volée, des foules de femmes et d'enfants, blottis à l'écart comme des moutons terrifiés, pleuraient.

Malka ressortit, comme folle. Muette, haletante, elle chercha Nahum. Elle ne voyait pas l'incendie. La nuit était illuminée, elle allait l'arracher aux ténèbres qui l'avaient toujours caché. Tel un animal en rut, elle courut de groupe en groupe, les yeux écarquillés, obsédée par une seule idée. Maintenant ! Dans cette nuit de délire !

Il se tenait en retrait de la foule. Il serrait un livre déchiré contre son cœur, regardant fixement devant lui.

Elle s'approcha d'un pas rapide et s'empara de sa main libre. D'un ton de commandement, comme une mère avec son enfant obéissant, elle dit : « Viens ! »

Il la suivit.

En silencieuse, sans être vus, ils se hâtèrent dans les champs, vers la forêt, vers l'arbre où ils s'étaient tenus pendant l'orage. Ils ne prononcèrent pas un mot, poussés par le même élan.

La démarche assurée, ils trouvèrent leur chemin sans hésiter dans l'obscurité qui les enveloppait. Une brise légère les caressait. Ils entendaient le craquement des aiguilles de pin et des brindilles sèches sous leurs pas. Ils atteignirent l'arbre rongé où elle s'était si souvent réfugiée pendant son absence et, toujours muets, ils s'assirent l'un près de l'autre. Puis, avec un doux gémissement, ils se tournèrent, s'étreignirent, et devinrent un seul être.

Elle cria, heureuse pour la première fois de sa vie, elle cria dans la nuit de printemps, baignant dans le parfum des lilas et de l'acacia. Au loin, les reflets rougeoyants s'intensifièrent dans le ciel, tandis que flambait la grande synagogue de Nyesheve.

12

La cour du Rabbi de Nyesheve était désolée.

Sa fierté, la grande synagogue, était en ruine. Les murs noircis et les cheminées lézardées se dressaient, lugubres, sous le ciel bleu printanier. À peine la chaleur des flammes dissipée, une nuée de corbeaux était venue nicher dans les décombres. Leurs croassements continuels semblaient annoncer un malheur encore plus grand. En plus de la synagogue, deux ailes de la cour avaient été détruites par l'incendie. Les parois extérieures s'étaient effondrées, et les appartements, noircis par la fumée, béaient tristement. Le reste de la maison avait été sauvé, mais la poussière s'était introduite dans tous les recoins et les meubles que les charretiers et les ouvriers n'avaient pas transportés au-dehors étaient perdus.

Le Rabbi, avec la plupart de ses enfants et de ses petits-enfants, avait quitté Nyesheve pour la station thermale. Il avait l'habitude de s'y rendre à cette époque de l'année. Mais la catastrophe avait rendu ce voyage plus nécessaire que jamais. Il se sentait usé.

Ses articulations s'étaient raidies, et l'horrible expérience de l'incendie avait affecté son cœur. Les médecins lui ordonnèrent des bains de boue en plus de la cure normale. Ce traitement fatiguerait son cœur, aussi devrait-il prendre des potions supplémentaires pour neutraliser l'effet des bains de boue.

Une troisième raison motivait le Rabbi de Nyesheve : il avait plus que jamais besoin d'argent.

La station thermale était, à ce moment de l'année, le lieu de rendez-vous de milliers de riches Juifs. Parmi eux se trouvaient de fidèles disciples de la dynastie rabbinique de Nyesheve. Ils reconstruiraient la synagogue et la maison. Ils remplaceraient les vêtements, les décorations, les fourrures, le linge, les meubles et les vases que l'incendie avait détruits. Par-dessus tout ils le rembourseraient – sans le savoir – de sa perte la plus terrible : les billets de banque qui, dans le tumulte général, avaient disparu de l'un des volumes de son Talmud personnel.

Personne, à part lui (et peut-être un autre – que Dieu le maudisse !), n'était au courant. Dans le gros traité de *Hulin*, l'un des tomes du grand Talmud que le Rabbi gardait dans son coffre, il avait déposé des milliers de guldens. C'était son trésor secret, à l'abri des regards envieux. Et il l'avait perdu. Certes, les flammes n'avaient pas atteint l'appartement du Rabbi. Mais Israël Avigdor s'était employé énergiquement à sauver les possessions du Rabbi de tout dommage éventuel. Il s'était préoccupé avant tout des livres sacrés. Les ouvrages enfermés dans le coffre lui paraissaient plus sacrés que tous les autres. Il s'était conduit en héros. Il n'avait pas choisi des objets au hasard. Il avait risqué sa vie, prenant le temps de forcer la serrure du coffre, et il avait emporté le Talmud en sécurité, dans sa propre maison, en dehors de la cour. Ce fut la première chose que le Rabbi se mit à chercher. Dès que la panique s'était dissipée, il avait retrouvé ses esprits et poussé des hurlements. Fièrement, son *gabbaï* lui apprit que le précieux Talmud était à l'abri. Il était allé le chercher sur-le-champ. Quand le Rabbi, les mains tremblantes, ouvrit les pages du traité de *Hulin,* il ne trouva pas un seul billet. Tout était là : des poils de sa barbe, pieusement conservés, une vieille frange de taleth, des taches de tabac. Mais pas trace d'argent.

Rabbi Melech fixa Israël Avigdor de ses yeux injectés de sang.

« Srelvigdor ! croassa-t-il. L'argent ! »

Israël Avigdor tombait des nues.

« Srelvigdor ! » hurla le Rabbi, une lueur meurtrière dans le regard.

Le *gabbaï* le considéra d'un œil froid, hautain.

« Si le Rabbi me soupçonne, dit-il, je suis prêt, au bout de trente ans de loyaux services, à partir seul dans le monde. Je suis prêt à jurer, sur les Rouleaux sacrés... »

Le Rabbi mordit le mégot de cigare qu'il avait dans la bouche, et s'appuya sur la table. Son regard alla de son *gabbaï* au livre ouvert. Il se rappela que sans Israël Avigdor il était perdu.

« Qui te demande de jurer ? demanda-t-il d'un ton amer. Allume plutôt mon cigare. »

Avec une dévotion peu ordinaire le *gabbaï* frotta une allumette et l'approcha des lèvres du Rabbi, qui lui souffla la fumée en pleine figure.

« Rabbi, dit-il d'une voix affectueuse, je pense que nous devrions installer provisoirement une cabane en bois dans la cour. L'été prochain il faudra construire une nouvelle synagogue, plus grande que l'autre, qui accueillera des milliers de fidèles. »

La haine secrète du Rabbi pour Israël Avigdor était impuissante. Son influence était capitale dans la cour rabbinique. Son énergie et sa ténacité étaient à ce moment plus nécessaires que jamais. Lui seul pouvait organiser un voyage d'une manière efficace. Lui seul était capable d'exercer la pression requise pour convaincre les Juifs récalcitrants de contribuer à la reconstruction de la cour et de la synagogue. Les préparatifs de ce départ – le Rabbi serait longtemps absent cette fois-ci – furent très élaborés. Dans le wagon privé qu'Israël Avigdor obtint du gouvernement, le Rabbi transporterait tous ses biens mobiliers, du linge à l'argenterie. La suite rabbinique comprenait un sacrificateur, un cuisinier et un serviteur. Le Rabbi de Nyesheve ne s'en remettait pas à des inconnus pour la *kashrout*. Et moins encore à des Juifs allemands impies qui ne portaient même pas de barbe, et se rasaient tous les jours comme les chrétiens.

Les fils et les gendres de Rabbi Melech ne l'accompagnèrent pas. Chacun se rendait dans une station différente. Ils créaient leur propre cour, prêchaient la Loi, dispensaient des faveurs et réunissaient des fonds. Les femmes stériles constituaient la source de revenus la plus sûre; elles complétaient leur cure par des prières spéciales qu'elles payaient chèrement aux saints Rabbis.

Sourele ne resta pas à Nyesheve. Elle accompagna l'un de ses frères à un *Kurort*. Une année s'était écoulée depuis son mariage, et elle n'était toujours pas enceinte. Ses sœurs plus âgées s'apitoyaient sur son sort, et demandaient régulièrement, en claquant la langue :

« Eh bien, Sourele ?

— Rien, devait-elle répondre chaque fois.

— Quand j'avais ton âge, disaient les sœurs, je portais déjà mon deuxième. »

Malheureuse, blessée par la compassion de ses sœurs, Sourele décida de se rendre dans l'une des stations thermales. Son père donna aussitôt son accord, d'autant plus qu'il s'inquiétait de la stérilité de sa propre femme. Il pourrait plus facilement persuader Malka de l'accompagner si Sourele avait choisi d'essayer la même cure. Il s'attendait à une forte résistance de la part de sa jeune femme. Elle était capable de s'opposer à ses désirs rien que pour le contrarier. Mais à sa stupéfaction elle se tut. Elle irait avec lui. Reconnaissant et confondu, Rabbi Melech se promit, quand la saison serait terminée et qu'il aurait récolté le plus d'argent possible, d'entreprendre une nouvelle tournée et de revenir à Nyesheve plus riche encore ; il réserverait à Malka une partie considérable de sa nouvelle fortune.

La veille du départ, une multitude de Juifs arriva des villages environnants, avec des cadeaux pour le Rabbi, de la nourriture et de l'argent. Ils escortèrent la diligence à la gare, et suivirent le wagon des yeux jusqu'à ce que le train disparaisse.

Alors la désolation s'abattit sur la cour de Nyesheve. Les hassidim et les parasites se dispersèrent. Une poignée de misérables mendiants s'incrustèrent dans la cour et les cuisines. Les domestiques n'avaient rien d'autre à faire qu'à s'occuper d'eux-mêmes, ils restaient au lit ou somnolaient au soleil. La vieille bonne de Malka, qui était censée maintenir l'appartement en état jusqu'au retour de sa maîtresse, abandonna la maison à la vermine et aux rats. Elle avait appris que dans un village des environs un pauvre potier était devenu veuf et élevait seul tous ses enfants. C'était la chance de sa vie. Elle avait quarante ans, les cheveux gris, le corps informe – mais Dieu était généreux, il accomplissait des miracles. Elle passait la moitié de son temps à frotter le plancher, à laver la tête grouillante des enfants, à coudre des pièces au pantalon du veuf.

« Malheureux l'homme qui n'a pas de femme pour veiller sur lui », soupirait-elle.

Dans la cour les ouvriers travaillaient activement à la reconstruction de la synagogue, détrempant la chaux, donnant des coups de pioche, des coups de marteau. Mais la nuit l'endroit ressemblait à un cimetière abandonné, ou à une ville pillée des générations auparavant. Nahum contemplait ce sinistre spectacle du haut de la fenêtre de son bureau, que l'incendie avait épargné.

Il avait refusé de quitter Nyesheve. Sourele l'avait imploré en silence. Son beau-père s'était emporté. Il avait seulement répondu :

« Je dois rester. Je ne peux pas m'en aller. »

Il restait enfermé des jours et des jours. Il ne sortait même pas pour se joindre au groupe des fidèles. Jamais on ne le voyait dans les rues du village. Il reprit les habitudes ascétiques que sa mère l'avait contraint à abandonner, mais avec une ferveur nouvelle. Les domestiques qui lui montaient des repas remportaient souvent des plateaux intacts. Ils le trouvaient soit plongé dans un livre, soit immobile à la fenêtre, le regard fixé sur les ruines.

« Le pire des péchés que peut commettre un mortel, lisait-il, est l'acte de souillure avec la femme d'un autre. L'homme qui dévoile la nudité de son voisin – disent les Écritures – mourra ainsi que la femme qui a transgressé la Loi ; ils seront tous les deux détruits au sein de leur peuple. Malheur à ceux qui pèchent avec les épouses des autres. Ils ne périront pas dans les feux de la Géhenne mais seront ballottés à travers le monde, renaîtront dans un corps d'animal, de bête sauvage, de volatile, et deviendront poisson, plante, reptile. Leur angoisse sera immense, et leur honte plus grande encore. Quand la terre les recouvrira, des démons changés en bœufs les piétineront. L'Ange du grand silence fera claquer son fouet sur leurs tombes et criera : Qui es-tu, pécheur, quel est ton nom ? Et les pécheurs qui ont souillé le peuple juif, ceux, surtout, qui ont engendré des bâtards, seront incapables de se rappeler leur nom. Alors les démons viendront, nombreux comme les grains de sable au fond de la mer, ils frapperont ces hommes, ils les tortureront, ils se moqueront d'eux. On entendra les hurlements des pécheurs à cinq cents kilomètres à la ronde. Le coupable se repentira, mais les démons diront en riant : Maintenant il est trop tard ! »

Nuit après nuit il voyait les feux de l'enfer ; ils ressemblaient à l'incendie qui avait détruit la cour de Nyesheve. À l'endroit où s'était dressée la synagogue béait le gouffre de l'enfer. Des anges en caftans de velours se tenaient devant les murs, disant les prières du soir de Shavouot. Parmi eux se trouvait le Rabbi. Des démons arrivaient, et se moquaient de lui. Ils l'attrapaient par son caftan, le traînaient dans une forêt, et lui montraient un vieil arbre rongé par les années et les orages. Nahum s'enfuyait avec Malka, ils étaient nus tous les deux. Une foule de Juifs les poursuivait, les rattrapait et les conduisait à Jérusalem, devant le Temple. Le Rabbi élevait la voix, et criait aux prêtres assemblés en désignant Malka : Elle a péché. Malka niait. Puis le Grand Prêtre se levait, le visage empreint de colère, sa longue barbe descendant jusqu'à sa ceinture. Il forçait Malka à boire l'eau amère et criait très fort : Si tu as péché, si tu t'es souillée, si tu as été infidèle à ton mari, que l'eau gonfle ton ventre, que tes cuisses éclatent, et tu deviendras une malédiction pour ton peuple. Malka se mettait à hurler : Nahum ! Nahum chéri ! Il essayait de lui faire un bouclier de son corps mais les Juifs ramassaient des pierres et le lapidaient en criant : Que disparaisse l'homme qui a dévoilé la nudité de la femme d'un autre ! Qu'il soit détruit, que son sang s'éteigne pour toujours !

Nahum se réveillait en pleine nuit, gémissant de frayeur, recroquevillé sur lui-même.

Dans ses moments de veille il avait aussi des visions, surtout au crépuscule, quand il voyait de sa fenêtre la nuit s'étendre sur les cheminées lézardées. L'écho de multiples voix lui parvenait de tous les coins du ciel et de l'intérieur de sa chambre. Des formes traversaient les murs et lui parlaient dans la semi-obscurité.

« Celui qui croit être perdu s'il a trébuché est aveugle, disait l'une d'elles. Car Dieu est miséricordieux, il a donné à l'homme le pouvoir de réparer sa propre faute. Bien que tes péchés soient écarlates, ils peuvent grâce au repentir devenir blancs comme neige.

Le pécheur doit mortifier sa chair, jeûner, se couvrir la tête de cendres. La souffrance purifie le corps comme le feu détruit la rouille. Il vaut mieux punir la chair dans ce monde, quand il est encore temps, qu'endurer mille morts dans l'Au-delà… »

Une autre forme rit avec mépris : « Cet imbécile s'imagine que par le jeûne et la mortification il peut établir l'alliance avec Dieu, la grande union. Absurde ! Il ne sait pas que la pensée est infiniment plus forte que le péché. Méditer sur un péché est bien pire que de le commettre. Car le péché est éphémère, tandis que la pensée est éternelle. Quand l'homme a cédé à ses mauvais penchants, le péché n'est plus en lui, il s'en est libéré. Son cerveau est purifié, son esprit lucide, il peut comprendre des notions plus élevées. Mais quand l'homme jeûne et ne pense qu'à la nourriture, quand il s'écarte des femmes et ne songe qu'à la souillure, sa pensée est salie, son esprit obscurci et il est incapable de servir Dieu. Il est plongé dans les tentations, qui sont l'impureté. Beaucoup de saints ont cherché, par le péché, à hâter la venue du Messie – à supposer qu'il choisisse un monde où tous les hommes sont des saints ou des pécheurs. En outre, le péché fait partie de Dieu, comme le Malin. Les pouvoirs des Ténèbres lui appartiennent. Dieu est présent dans tous les péchés, car il est partout. Il est écrit : Je reposerai avec toi dans la souillure… Le noir ne deviendra jamais blanc, et ce qui a été sali ne sera jamais pur. Il est mieux de se purifier par un excès de péché, comme le glouton qui mange au point de vomir la nourriture. Alors il ne désire plus rien. Ainsi il parviendra jusqu'à Dieu. »

Nahum écoutait ces voix, son esprit se troublait, il ne savait plus que faire.

Certains jours il mortifiait sa chair, refusait de manger, dormait à même le sol, refusait de changer de linge même le shabbat ; si la journée était fraîche il se plongeait dans le bain rituel glacé ; paralysé par le froid, il sentait le frisson de la mort.

D'autres jours, il ne prononçait pas une seule prière. Il ne mettait pas ses phylactères de peur de les souiller au contact de sa main et de son front. Pas un mot sacré ne franchissait ses lèvres impures. Les voix lui disaient : Parle, imbécile ! Souille-toi ! Jamais tu ne retrouveras la pureté ! Pèche, livre-toi à la débauche, il est écrit que je reposerai avec toi dans le mal.

Les deux forces en lui combattaient continuellement. Parfois la sainteté et la souillure, le bien et le mal, s'équilibraient ; à ces moments-là il ne savait plus qui il était. Au milieu de la prière la plus fervente, il arrachait brusquement les phylactères de sa tête et s'enfuyait de la pièce. Il se hâtait en direction des champs et des bois, sans cesser de se parler à lui-même. Il s'arrêtait au bord de la rivière, où des paysannes à moitié nues étaient accroupies sur leur lessive. Il fixait leurs jambes rouges. Il regardait longuement la croix sur le clocher de l'église, et de mauvaises pensées lui venaient.

Parfois il lui semblait qu'il n'était plus Nahum, mais un autre homme réincarné dans son propre corps. Souvent il croyait n'être pas une personne, mais deux. Terrifié, il criait alors :

« Qui es-tu ? Dis-le-moi ! »

Quand le Rabbi et sa suite revinrent des sources thermales pour la nouvelle année, ils reconnurent à peine Nahum.

La vie reprit avec entrain à la cour de Nyesheve. Rabbi Melech avait passé une saison des plus réussies. La catastrophe avait adouci les cœurs et délié les bourses de ses disciples. Il rentrait avec de grosses sommes d'argent. Ses fils avaient aussi, dans leurs diverses cours, récolté une belle moisson. Les hassidim, les disciples, les invités, les parasites remplirent la grange, la nouvelle synagogue en bois et les dépendances. De plus, tout le monde savait que la quatrième femme du Rabbi était enceinte. Ce serait un garçon, le Rabbi lui-même l'avait laissé entendre, et il ne se trompait jamais.

Nahum seul s'abstint d'assister aux nombreuses festivités. Il ne parlait à personne, refusait même d'assister aux banquets officiels présidés par Rabbi Melech. Dans la cour on se mit à avoir peur de lui.

« Il a des façons à lui, disaient les gens. Il n'est pas facile à comprendre. »

Les fêtes passèrent. Des mois s'écoulèrent. Sourele souffrait. Son mari ne l'approchait jamais. Quand elle rassemblait son courage et essayait de dire quelque chose, il se détournait en silence. Enfin, désespérée, elle se précipita chez son père.

« Père ! Que dois-je faire ? Il s'est entièrement séparé de moi. »

Rabbi Melech réfléchit un moment, puis, selon son habitude, il la chassa de la pièce.

« Va, petite sotte, grogna-t-il. Je lui parlerai moi-même. Qu'il ne s'amuse pas à jouer ce jeu-là à Nyesheve. Nous ne le tolérerons pas. Attends seulement ! »

Il avait l'intention de réprimander sévèrement son gendre. Mais il remit cette conversation de jour en jour. Il eut beaucoup à faire cet automne et cet hiver. Nyesheve regorgeait de disciples. Il fallait trouver de l'argent, et aller voir chez eux les fidèles qui n'étaient pas venus à la cour. Le Rabbi partait souvent en tournée pour prélever les impôts. Quand il revenait chez lui il avait l'esprit absorbé par d'autres problèmes que les plaintes de sa fille. Il retarda donc son entretien avec Nahum. Finalement, il se fixa une date. Il y aura un grand banquet, pensa-t-il. Tout le monde boira, l'atmosphère sera gaie, je me lèverai et je lui ferai honte. Je dirai : « Je me suis marié plus tard que vous, jeune homme ! Mais j'ai été plus rapide, petit sceptique, je ne suis pas de Rachmanivke, moi ! »

Avant Pourim une seconde calamité s'abattit sur la cour rabbinique de Nyesheve.

Durant la nuit la plus froide de l'année, qui eut lieu, étrangement, au début du printemps, Malka, la femme de Rabbi Melech, fut saisie de violentes douleurs et ne put mettre son enfant au monde. On envoya un traîneau tiré par trois chevaux chercher dans la ville la plus proche le vieux médecin qui avait accouché toutes les épouses du Rabbi. Il arriva en toute hâte, mais il était trop tard.

Malka mourut avec son bébé dans le ventre.

Rabbi Melech s'enferma dans une pièce et se lamenta bruyamment. Aucun de ses enfants n'osa l'approcher.

« Elle n'aurait pas dû épouser un *katlan !* – un tueur d'épouses ! » murmurèrent les femmes.

Un jour et une nuit elles travaillèrent le corps de la morte pour en extraire l'enfant qui devait, selon la coutume, être enterré séparément. Malka retenait le bébé. Elles dirent des Psaumes, elles plongèrent le corps dans le bain rituel, elles la supplièrent d'avoir pitié. Ce fut peine perdue.

Un tribunal de trois Rabbis fut convoqué, pour vaincre la résistance de la morte.

« Malka, fille de Shifrah, déclara-t-il, nous t'ordonnons de desserrer ton étreinte. »

Malka tint bon. Les yeux ouverts, elle fixait le tribunal, mordant sa lèvre inférieure.

La terreur gagna le village de Nyesheve. Cet événement terrible en annonçait d'autres bien pires.

La nuit où le tribunal se réunit autour du cadavre avec une foule de témoins, allumant des bougies et disant des prières, Nahum ouvrit la porte de son bureau, descendit sans bruit, et disparut.

Le lendemain matin ils trouvèrent tous les objets lui appartenant, sauf les vêtements qu'il portait, ses phylactères et son châle de prières.

On envoya des messagers sur toutes les routes partant de tous les villages des environs. La police fut pressée d'intervenir. On publia même des avis de recherche dans les journaux chrétiens. La cour rabbinique de Rachmanivke fut avisée par courrier spécial de la disparition de Nahum, mais ils furent aussi impuissants que Nyesheve. Le jeune homme s'était évanoui de la face du monde.

Sourele posa une brique sur la cuisinière et attendit qu'elle devînt incandescente. Puis elle marmonna :

« Pierre, pierre qui brûle sur le feu, fais que le cœur de mon mari brûle de désir pour moi. Reviens, reviens ! »

Nahum ne revint pas.

Au bout de quelques semaines de recherches infructueuses, quand les efforts des deux cours échouèrent, Rabbi Melech convoqua sa fille. Il ne lui proposa pas de s'asseoir, il ne la regarda même pas en face.

« Tu sais, dit-il, que tu es une *agounah*, une femme abandonnée. Tu es enceinte ? »

Sourele éclata en sanglots, mais son père ne fit pas un geste pour la consoler.

« Va-t'en », dit-il.

Elle retourna dans son appartement. Elle enleva son foulard de satin et se couvrit la tête d'un châle de laine gris tout simple, comme les femmes très pauvres. Elle mit une vieille robe noire et enfila une paire de pantoufles usées.

Elle ressemblait maintenant à n'importe quelle femme dont le mari était parti travailler en Amérique et n'avait jamais plus donné de nouvelles.

LIVRE II

13

Les routes boueuses qui conduisent à Bialogora, dans la Pologne russe, tout près de la frontière de Galicie, fourmillaient de voyageurs.

C'était l'époque de la grande foire annuelle qui chaque année, peu avant Noël, réunissait les paysans de centaines de villages des environs. De riches propriétaires en fourrures venaient dans des charrettes, accompagnés de leurs familles. Un bœuf les suivait, attaché par les cornes à l'essieu arrière. Les pauvres fermiers marchaient en tirant un cochon avec une corde. Les mendiants grouillaient. Avec leurs grandes barbes blanches et leurs robes flottantes ils ressemblaient aux personnages en pain d'épice de Saint-Nicolas. À tous les carrefours, devant les icônes ou les images peintes, dégradées, impossibles à reconnaître, ils s'agenouillaient dans la neige, se signaient, et marmonnaient des prières. Les Juifs, colporteurs, commerçants, tailleurs, chapeliers, cordonniers, fourreurs, venaient avec leurs familles dans des carrioles légères. De jeunes apprentis joyeux se frayaient un chemin entre les piétons et les grosses charrettes des propriétaires. En passant devant les haies des fermes ils saluaient de la main les jeunes paysannes et criaient en yiddish :

« Hé, pied de veau, tu as déjà mangé *kasher* ? »

Les vieilles personnes se retournaient avec colère.

« Vauriens ! Taisez-vous ! Vous cherchez des ennuis ? »

Les jeunes gens n'y prenaient pas garde.

Ils dépassèrent un paysan au visage stupide qui transportait, pour les vendre au marché, une vingtaine d'œufs enveloppés dans un mouchoir rouge. « Hé, *hoptchi-koptchi* ! crièrent-ils. Tu veux acheter ? Vendre ? Tu as quoi là-dedans ? »

Le garçon s'arrêta, mit sa main en cornet derrière son oreille, écoutant cette langue inconnue.

« Quoi ? » cria-t-il en polonais.

Les apprentis eurent une crise de fou rire et pincèrent les filles assises dans leur carriole.

Les brocanteurs et les chiffonniers juifs, la barbe taillée, le visage hâlé par le soleil et le vent, cuivré comme celui des tziganes, conduisaient des charrettes pleines de tentes, de boîtes, d'assiettes, de poêles, de casseroles, de perles de verre, de dés à coudre, de colliers, de broches, à vendre ou à échanger. Ils s'arrêtaient dans chaque village, agitaient leurs clochettes, soufflaient dans des flûtes en terre cuite, en forme de coq, et entonnaient sur un air de prière un couplet hétéroclite en polonais, yiddish et russe :

Paysannes, maîtresses, jeunes filles et sorcières,
Échangeons perles contre chemisiers et culottes,
Broches d'argent et pierres précieuses
Contre chiffons et sacs d'ossements !

Accourez, vieilles juments (et rompez-vous le cou !)
Sortez vos bas de laine, me voilà de retour,
Et prêt à marchander, Amen ! Amen !

Des jongleurs tchèques, des singes perchés sur leurs épaules, des gitans avec des bouilloires et des marmites en cuivre, des Ruthéniens affamés, des montagnards des Carpates, des raccommodeurs couvrant chaque année des milliers de kilomètres, allant de village en village, de ferme en ferme, réparant les poteries brisées – silencieux, ils avançaient, tous, péniblement, sur la route.

Quelquefois ils levaient la main vers les charrettes pleines de Juifs galiciens en chapeaux et longs caftans poussiéreux, qui franchissaient la frontière à toute vitesse, chargés de soies et de laines, et ils mendiaient : « Frère ! Quelque chose à manger ! Une croûte de pain ! N'importe quoi ! Je vais tourner de l'œil ! Dieu vous le rendra. »

Les marchands de chevaux de l'intérieur de la Russie affluaient à Bialogora. C'étaient des Juifs gigantesques, chaussés de hautes bottes, avec de gros manteaux de mouton et des bonnets de fourrure. Ils se querellaient violemment avec leurs concurrents de Galicie, des Juifs à longues papillotes vêtus de caftans qui achetaient des chevaux pour la cavalerie autrichienne.

Les jeunes chevaux hennissants, qui avaient quitté à regret la chaleur de l'écurie et les juments, semaient le désordre sur la route. En tête de la caravane galopait un Juif galicien au visage rouge, éclatant de santé, montant à cru, les jambes pendantes, son long caftan traînant dans la boue, la barbe et les papillotes flottant dans le vent, les franges rituelles volant derrière lui, son chapeau graisseux incliné sur le côté. Même la jument la plus impétueuse ne le renverserait pas.

« Hep ! Hep ! » criait-il, parcourant les chemins boueux. « Plus vite, chiens ! »

Les Russes qui le dépassaient partaient d'immenses éclats de rire en voyant ce bouffon en costume rabbinique.

« Hé ! Vieux bouc ! » criaient-ils, et, se retournant sur leur selle, ils fouettaient les flancs de son cheval pour le démonter. « Galicien ! Rabbi rouquin ! Soupe d'oignons !

— Charogne russe ! » répondait le « Rabbi » au galop. « Je crache sur la carcasse de ton père ! »

La grande synagogue de Bialogora, avec ses murs impressionnants et ses fenêtres demi-circulaires à barreaux, qui lui donnaient l'air d'une forteresse du temps de Jan Sobieski, était pleine à craquer. Des Juifs en visite, des colporteurs, des charretiers, des revendeurs, des marchands de foire suppliaient les fidèles de leur prêter un châle de prières et des phylactères.

« Ça ne prendra pas longtemps, promettaient-ils, la voix enrouée. Une deux trois, et j'aurai terminé. Vous n'aurez pas le temps de cracher deux fois. Je suis trop pressé pour les longues prières. »

Les Juifs de la ville n'avaient pas envie de prêter leurs vêtements sacrés à des étrangers.

« La prochaine fois, disaient-ils, ne les oubliez pas, c'est tout. Vous n'avez pas oublié votre provision d'alcool, n'est-ce pas ? Païens !

— Ça suffit maintenant ! » protesta un charretier, retroussant une demi-douzaine d'épaisseurs sur son bras gauche – manteau, chandail, chemises – pour y fixer la lanière du phylactère. « Allez ! Je veux seulement les garder quelques minutes, baiser les franges, cracher un coup… et hop ! Terminé ! J'ai laissé mes chevaux dehors et personne ne les surveille. »

Tandis que les uns priaient dans un coin, d'autres mangeaient et buvaient, discutaient affaires, achetaient des pois épicés à une vieille femme qui les gardait au chaud sous un tas de chiffons.

« Bonne santé ! Que Dieu bénisse cette foire ! Faites l'affaire de votre vie ! »

Les habitués de la synagogue, des jeunes gens de Bialogora, ou des garçons mariés à des filles du pays qui habitaient chez leurs beaux-parents et poursuivaient leurs études, étaient assis à des tables massives, penchés sur les textes du Talmud. Ils faisaient beaucoup de bruit, mais ne travaillaient guère. La foire leur donnait une sensation de liberté. Ils enviaient ceux de leurs camarades que leur beau-père avait obligés à servir dans un magasin ou à surveiller les jeunes vendeuses de la campagne. Ils ne tenaient pas en place dans ce vacarme, avec toutes ces nouvelles têtes. De temps à autre deux élèves s'efforçaient de reprendre leur chant :

« Maintenant étudions le cas suivant : *chor chenagach es haparah*…, un bœuf ayant encorné une vache… »

Comme toutes les synagogues, celle-ci avait un énorme poêle, construit comme un four avec une plate-forme sur laquelle couchaient les voyageurs, les clochards et les élèves pauvres. Derrière se trouvait un gros tas de bois, autour duquel campaient de nombreux mendiants – la foire était pour eux l'événement le plus important de l'année. En réalité, elle précédait le moment de leur récolte. La journée, les Juifs s'occupaient de la foire – il ne servait à rien d'aller faire des tournées. Le soir les marchands étaient absorbés par leurs comptes et se préparaient pour le lendemain. Inutile de frapper aux portes. L'heure des mendiants venait après la foire. En attendant, ils se rassemblaient autour du tas de bois. Isolé du reste de la synagogue, chaud, intime, ce lieu leur appartenait. Ils restaient assis sur des tas de loques, sur leurs propres sacs, ou par terre; ils comptaient leurs groschens et leurs kopecks, ou les pains de sucre que leur avaient donnés les maîtresses de maison avares.

Ils enveloppaient le sucre dans des sachets qu'ils soupesaient pour en évaluer le prix, et le vendaient pour la confiture et les gelées. Les patrons d'auberges bon marché l'achetaient pour le thé des clients.

Certains mendiants tuaient les poux qui infestaient leurs barbes et leurs habits. D'autres dénouaient les chiffons enveloppant leurs pieds enflés, et racontaient leur malheureuse aventure avec un Juif pieux qui, soucieux de respecter le principe de l'hospitalité, les avait emmenés chez lui un samedi. Ils avaient mis au point un système très élaboré : ils divisaient le pays en cinquante-deux sections, une par semaine de l'année. Chacune portait le nom de la *paracha*[1] du Pentateuque lue ce shabbat-là à la synagogue. Ils évitaient ainsi de se rendre dans le même village deux fois dans l'année. Mais ils ne connaissaient pas les vrais noms des endroits qu'ils désignaient par le titre de la section.

« Ma Genèse n'est pas mal du tout, disait l'un en soupirant. Du poisson, de la gelée de pied de veau, du gratin de nouilles, du ragoût de carottes, du gâteau et

1. Section hebdomadaire. *(N.d.T.)*

de l'alcool à volonté. De la soupe aux betteraves et des pommes de terre en quantité. Je ne vendrais pas cette Genèse-là pour trois guldens. »

« Mon Lévitique, disait l'autre amèrement, est lamentable. Je prie Dieu qu'il brûle. Un morceau de poisson gros comme l'ongle, juste assez de pain blanc pour la bénédiction, et après ça rien que du pain noir. »

Dans un coin, ne prenant pas part à la conversation, était assis un jeune mendiant vêtu de loques. Il avait le visage pâle et creusé, encadré par une fine barbe noire. Il tenait sur ses genoux un vieux livre de prières et chantait d'une voix monotone, ininterrompue, des passages des Psaumes.

Toute la journée il était resté là, indifférent à l'animation qui l'entourait. Enfin un vieux mendiant chercha à l'attirer dans la foule.

« Combien de sucre as-tu ? lui demanda-t-il en se penchant vers lui. J'achète.

— Je n'ai pas de sucre », répondit le jeune homme, qui poursuivit sa lecture.

« Tu as des *proutos* ? demanda un autre. Je te donne un groschen pour cinq *proutos*. »

Après le pain et le sucre, les *proutos* étaient l'aumône la plus misérable. C'étaient des morceaux de papier remboursables par la communauté à un taux bien inférieur à celui de la plus petite pièce de monnaie.

« Je n'ai pas de *proutos* », répondit le jeune homme.

Un aveugle le palpa avec des mains tremblantes. « Écoute, dit-il. Faisons affaire. Tu me montreras le chemin, et nous partagerons nos gains moitié-moitié.

— Je ne connais pas les routes moi-même, dit le jeune garçon.

— Qu'est-ce que tu connais ? demandèrent aussitôt plusieurs hommes.

— Rien.

— Que fais-tu ?

— Je chante des Psaumes.

— Un cinglé, dit quelqu'un.

— Non… un charlatan, dit un autre. Regardez : il n'est ni infirme ni malade. Et il est jeune. Alors il fait semblant d'être pieux, et ça marche. »

Un mendiant à la barbe rousse qui avait une jambe de bois fut scandalisé par cette révélation. « Que nous veut-il donc ? Il n'a pas le droit de mendier. Nous sommes des gens respectables – des mendiants de la plus basse espèce !

— Hé, chanteur de Psaumes ! Ta place n'est pas ici ! »

La foule se mit à rire.

« Enfoncez-lui son chapeau sur les yeux, se moquèrent les gens.

— Ouvrons son sac. Je parie qu'il est plein de groschens. »

Mais pour une raison mystérieuse ils l'approchèrent avec précaution. Le jeune homme n'opposa pas un geste de résistance. Il continua d'entonner des Psaumes. Un couple de mendiants ramassa sa besace, l'ouvrit et la vida. Ils ne trouvèrent que l'étui des phylactères et une pierre pour alourdir le sac.

« Laissez-le tranquille, dirent les plus vieux. Il n'a rien.

— Jetez-le dehors, crièrent d'autres. Nous ne voulons pas de saints ici.

— Qu'il s'en aille, insista le mendiant à la barbe rousse. Il n'y a pas de place. Je veux faire entrer quelqu'un. »

Sans attendre que le chanteur de Psaumes bouge, il sortit et revint quelques instants plus tard avec une jeune femme brune. Il lui manquait un œil. Elle portait un caftan d'homme avec une corde nouée à la taille.

Un cri de protestation s'éleva.

« Hé, tu n'as pas le droit de faire entrer une femme ici ! Les femmes n'entrent pas dans la synagogue ! Jetez-la dehors !

— Et ce n'est pas sa femme, hurla un autre. Il l'a enlevée à son mari, un aveugle. Je le sais !

— Envoyez-la à l'asile. Elle ne peut pas rester ici ! »

Le mendiant à la barbe rousse gonfla la poitrine et tempêta :

« Salauds ! Vous êtes jaloux ! Je vais l'amener ici, et vous pouvez tous crever ! »

Il s'élança comme un taureau. D'une main il tenait la jeune femme, et de l'autre il se frayait un chemin, Puis, arrivé au milieu de la foule, il appuya sa jambe de bois contre un tronc, se dressa tel un roc, et foudroya les mendiants du regard. Ses yeux tombèrent sur le jeune chanteur de Psaumes.

« Toi ! Sors d'ici, on a besoin d'espace !

— Ne bouge pas, hurlèrent les mendiants. Nous allons appeler le bedeau. N'aie pas peur. »

Le jeune homme ne dit rien. Il prit son sac, quitta sa place près du feu pour s'installer sur un banc derrière la porte, en pleins courants d'air, il se rassit, et reprit sa lecture.

« Imbécile ! crièrent les hommes. Espèce de fou ! »

Il ne leur accorda aucune attention. Ses yeux étaient fixés sur son livre.

Le soir les Juifs respectables de Bialogora se rassemblèrent dans la synagogue pour la prière. Les mendiants s'alignèrent à côté de la porte. À ces moments-là ils avaient un comportement exemplaire. Ils suivaient le texte de près, s'empressaient de donner les réponses, à voix haute, et essayaient, par leur posture, de mettre en évidence leur panoplie de blessures, de maladies et de cicatrices. Le mendiant à la barbe rousse avançait sa jambe de bois. Il avait chassé sa compagne avant l'arrivée des premiers fidèles. En apparence, c'était un modèle de piété et de misère. Mais en réalité, il pinçait les mendiants qui le poussaient, cachant sa jambe. Pendant la prière des Dix-huit Bénédictions, qui doit être murmurée sans interruption du début à la fin, les mendiants restaient debout, pleins de ferveur, bougeant les lèvres avec dévotion. Mais leurs paroles n'avaient rien de religieux. Ils se disputaient méchamment, se lançant des malédictions et essayant de se griffer sans changer de place.

Quand les prières furent terminées, chaque fidèle choisit un mendiant et l'emmena chez lui. Le vagabond prenait un repas et on lui donnait un lit pour la nuit.

La synagogue se vida. Le bedeau fit sa ronde et éteignit les lampes. Il s'assura qu'il était seul, et commença à ramasser les bougies du souvenir allumées par les pauvres ce jour-là. Il n'osait pas toucher celles des riches. La femme d'un ouvrier ne se plaindrait pas, de peur de perdre la face. Il cacha les chandelles sous un banc. Puis il alla à la porte en fredonnant l'air d'une prière.

Sur le seuil il faillit trébucher sur quelqu'un. Il s'arrêta, effrayé.

« Un cadavre ! » Une pensée lui traversa l'esprit : « Un cadavre dont j'ai pris la bougie ! »

Mais l'instant d'après la raison triompha de l'instinct – la raison d'un bedeau fossoyeur qui avait manipulé des cadavres pendant des années, sans jamais perdre son sang-froid. Ce n'était pas un mort. Et de toute manière, il n'y avait pas de quoi avoir peur.

Il se pencha et vit la forme recroquevillée d'un jeune homme. Il entendit une voix murmurer un Psaume.

Il demanda d'un ton sévère :

« Qui es-tu ?

— Un étranger.

— Que fais-tu ?

— J'erre.

— Où étais-tu pendant les prières ?

— Ici, dans la synagogue.

— Pourquoi n'es-tu pas resté près de la porte comme les autres, pour qu'un villageois t'emmène souper et dormir chez lui ? »

Le jeune homme se tut.

« Je ne peux pas te trouver de toit à présent, continua le bedeau en colère. Que vas-tu faire ?

— Je vais rester ici et chanter des Psaumes. »

Le bedeau le regarda attentivement. Il fronça le sourcil, puis haussa les épaules.

« Un fou », marmonna-t-il.

Il hésita, et décida de laisser le jeune homme là où il était. S'il n'avait pas assez de cervelle pour trouver de quoi manger et où dormir, comme n'importe quel autre mendiant, ce n'était pas le problème du bedeau. Il avait déjà la main sur la poignée de la porte quand il s'immobilisa, brusquement illuminé par une idée : Zivyah ! Sa fille à moitié idiote, qui avait passé l'âge de se marier ! Son seul enfant. Il se retourna.

« Qui es-tu, interrogea-t-il. Un célibataire ? Un veuf ?

— Je suis un vagabond sans abri, répondit l'inconnu.

— Quel est ton nom ? »

Le jeune homme réfléchit un moment. « Yoshe », dit-il.

Une curieuse pensée vint au bedeau. C'était peut-être, après tout, la main de Dieu. Il dit à l'étranger de se lever et de le suivre.

« Yoshe, Yoshe, tu es un fou, aussi sûr qu'il y a un Dieu au ciel », dit-il en clopinant le long de l'allée boueuse qui conduisait au vieux cimetière. L'inconnu le suivit en silence.

Ils dépassèrent le bâtiment obscur des bains, puis l'asile des mendiants, et atteignirent le mur en pierre du cimetière. On entendait le frémissement du vent dans les grands arbres.

« C'est le cimetière, dit le bedeau. Tu as peur des morts ?

— J'ai peur de Dieu », répondit l'inconnu.

Le bedeau n'ajouta rien. Cet homme silencieux avait quelque chose d'étrange. Ils arrivèrent devant un large portail avec une petite porte latérale.

« Baisse-toi ! » dit le bedeau quand l'étranger se fut cogné la tête contre le linteau de la porte.

Ils entrèrent d'abord dans une petite pièce qui contenait une planche de purification et un coffre pour les cadavres des enfants. À la lumière d'une bougie ils virent une chatte et ses petits.

« Ouste ! cria le bedeau en agitant son bâton. Va au diable. Tu ne peux pas te mettre ailleurs ? »

Les chats prirent la fuite. L'homme emmena l'inconnu dans une seconde pièce. Un bougeoir de shabbat décoré de fleurs en papier était suspendu au plafond bas. De chaque côté se trouvait un lit garni d'une quantité de coussins et d'édredons, couvert d'un drap de chintz imprimé aux couleurs gaies.

En entrant, le bedeau appela : « Zivyah ! Prépare quelque chose à manger ! J'ai amené un invité ! Il va dormir sur le poêle, tu lui donneras ma vieille fourrure pour la nuit. »

L'étranger ne remarqua pas l'immense femme qui fit le tour du poêle. Une masse de cheveux jaune paille tout emmêlés lui couvrait la tête. Elle avait des yeux verts de chat. Elle ne répondit pas à son père, mais prit un hareng dans le placard et se mit à le couper sur la table. Ses gros seins et ses cuisses charnues ballottaient à chaque mouvement. Elle paraissait incapable de toucher un objet sans l'écraser. Elle fixa l'inconnu de ses yeux verts et se mit à rire.

« Pourquoi ris-tu, Zivyah ? » lui demanda son père.

Elle rit plus fort et hacha le hareng de plus belle. Plusieurs poules perchées au-dessus du poêle se réveillèrent en sursaut en battant des ailes bruyamment et se mirent à glousser. Le coq s'étira et poussa un cri. Zivyah releva son tablier et le chassa du poêle.

« Sh-sh-sh ! » cria-t-elle.

L'étranger s'assit, les yeux baissés. Il mangea peu et pria beaucoup. La fille posa un plat de pommes de terre fumantes sur la table. Elle s'affaira autour de lui, s'approchant au point de l'effleurer de ses seins. Son corps dégageait une chaleur animale qui se mêlait à l'odeur de l'assiette. Le jeune homme se tortilla sur sa chaise. La fille rit. Après son bref repas, il prononça plusieurs prières en plus de la bénédiction habituelle. Ensuite, avant de se coucher, il continua de prier, puis il se glissa enfin sur le poêle. Elle le recouvrit d'une vieille fourrure déchirée sans cesser de rire. Elle lui chatouilla les flancs et les pieds en le bordant, répétant sans arrêt : « Toi ! Toi être le mari de Zivyah, hein ? Toi être le mari de Zivyah. »

La petite lampe suspendue au mur tremblait continuellement et les taches d'ombre dansaient.

Quand la pendule, vieille mécanique poussive, rassembla toutes ses forces pour sonner les douze coups de minuit, l'étranger se réveilla et entonna les prières de pénitence. Un gémissement étouffé s'échappait de sa gorge. Il se frappait la poitrine sans arrêt. Ses lamentations continuèrent d'heure en heure, accompagnées du ronflement du bedeau, de celui, plus léger, de sa fille, du bruissement des arbres dehors, et, parfois, du cri d'un grillon sous le poêle.

14

Le premier matin après la foire, les mendiants prirent la ville d'assaut.

Comme toujours, les habitants essayèrent de distribuer des *proutos*, mais personne n'en voulut. La foire avait été exceptionnellement réussie. Les mendiants le savaient, et n'acceptaient que les vraies pièces. Ils étaient en grève ; ils refusèrent les proutos, le sucre et les quignons de pain, qu'ils jetaient avec rage.

« Vous pouvez étouffer avec ! Donnez-nous de l'argent ! »

Les villageois grognaient et sortaient leurs groschens. Les riches offraient même des kopecks.

Un mendiant prit tous les proutos qu'on lui donna. C'était l'étranger, l'invité du bedeau.

Le soir il alla voir le gabbaï de la ville, le chef de la communauté ; pour échanger ses morceaux de papier contre de la monnaie.

« Combien en as-tu ? » demanda le gabbaï, un homme essoufflé avec un gros ventre.

« Je n'ai pas compté.

— Pourquoi leur as-tu permis de te donner seulement des proutos ?

— J'ai pris ce qu'on m'a offert. »

Le gabbaï haussa les épaules. « Un fou, que Dieu nous aide ! » Il compta lentement les proutos crasseux que l'étranger lui tendit. De temps en temps il humectait son pouce, et les retournait pour examiner les lettres hébraïques imprimées : « Un proutah de la sainte communauté de Bialogora. » Il soupirait chaque fois qu'il portait son pouce à ses lèvres.

Le mendiant ne compta pas l'argent qu'il reçut en échange de ses *proutos*. Il ramassa le petit tas de pièces et le glissa dans sa poche. Puis il se tourna, baisa la mezouza fixée au montant de la porte, et sortit.

Le bedeau l'attendait.

« Combien as-tu gagné ? demanda-t-il sévèrement.

— Je ne sais pas. C'est dans ma poche.

— Montre. »

L'étranger prit l'argent – surtout des pièces de trois groschens – et le lui tendit. L'homme le compta à la lueur de sa lanterne et le glissa dans son pantalon. L'inconnu ne dit rien. Il resserra la corde de son caftan et se détourna pour partir.

« Yoshe ! Où vas-tu ?

— Dans le monde.

— La nuit ! Tu n'as pas peur du danger ?

— Il y a du danger partout.

— Mon Dieu ! Yoshe, tu es complètement fou ! Viens ! Nous allons à la synagogue. »

Le jeune homme le suivit. À la synagogue le bedeau lui donna un balai et lui dit de nettoyer le plancher. Ensuite, il lui ordonna d'aller chercher du bois dans la cour et de rallumer le poêle. Pendant ce temps le bedeau se reposait en le regardant, très satisfait. Tard dans la soirée il ramena le jeune homme chez lui, le nourrit et lui permit de dormir sur le poêle.

L'étranger resta à Bialogora comme homme à tout faire de la synagogue. Il était l'assistant de Reb Kanah, le bedeau.

En réalité, par son travail, il remplissait les fonctions du bedeau. Il n'arrêtait pas. Dès l'aube il était debout pour ranimer le feu de la synagogue. Il fallait compléter la provision de bois, entretenir le poêle à un rythme d'enfer. Il transportait l'eau du puits dans des seaux pour remplir les tonneaux. Il balayait l'immense synagogue, ramassait soigneusement les pages des livres sacrés et les déposait au grenier. Il nettoyait les verres de lampes qu'on allumait le soir pour les heures d'études et les prières.

Si, entre ses tâches, il s'asseyait avec son livre de prières, la voix de Reb Kanah retentissait à travers toute la synagogue : « Pas de paresse ! Il y a du travail ! Tu peux lire tous les Psaumes que tu veux le shabbat. »

Reb Kanah coulait des jours faciles. Il se chargeait seulement des travaux les plus honorables et lucratifs. Il veillait à l'allumage des bougies du souvenir et en volait autant qu'il pouvait. Il apportait le dais plié destiné à abriter un couple de jeunes mariés le jour de la cérémonie. Il se mêlait aux foules des enterrements, agitant le tronc des pauvres, criant : « La charité sauve de la mort ! » Mais il laissait Yoshe se lever très tôt, pour faire la tournée des maisons juives et réveiller les fidèles.

Quand il avait fini de préparer la synagogue, Yoshe allait de porte en porte. Il tapait sur les volets avec son marteau de bois et appelait faiblement : « Juifs, levez-vous ! Il est l'heure de servir Dieu ! »

Ne sachant pas reconnaître les maisons non juives, Yoshe eut des ennuis. Quelques chrétiens habitaient au cœur du quartier juif. Jusqu'au jour où il apprit à les éviter, il reçut des chapelets d'injures en frappant à leurs volets – et, une fois, un seau d'eau glacée. Il se secoua, et poursuivit sa route.

Si quelqu'un était mort la veille, Reb Kanah lui disait : « Yoshe ! Demain matin tu as une visite de moins à faire. Il y a un mort en ville. »

Le vendredi le bedeau envoyait Yoshe taper aux portes pour rappeler aux maîtresses de maison qu'il était l'heure d'allumer les bougies du shabbat. En fait, Reb Kanah en prenait tellement à son aise qu'il laissa même Yoshe battre le tambour les jours où le grand poêle des bains publics était allumé. Il suspendait l'instrument au cou de Yoshe, lui montrait comment tenir les baguettes, et l'envoyait dehors.

« Reb Kanah a une vieillesse merveilleuse », disaient les Juifs avec envie. « Il vit comme un roi. »

Si par hasard, pendant la journée, Yoshe avait un moment de liberté et si Reb Kanah n'était pas là pour le houspiller, les jeunes talmudistes lui trouvaient des activités. Ils l'envoyaient faire des courses : « Yoshe, va me chercher des cigarettes. Hé, le fou, un seau d'eau. Yoshe, une bouteille d'alcool – c'est l'anniversaire de la mort de quelqu'un aujourd'hui. »

Yoshe obéissait sans poser de questions.

Les plus insistants, les plus méchants étaient les fils et les futurs gendres des Juifs riches, des jeunes garçons portant des montres et des chaînes en or.

Ils n'avaient pas vraiment d'occupation. Ils mangeaient bien. Ils restaient penchés sur leurs textes et le temps leur pesait terriblement. Leur énergie inutilisée et leurs désirs les agitaient. Ceux qui étaient fiancés ne connaissaient pas leur future femme, et ne pouvaient donc pas lui écrire. Mais ils devaient rédiger des lettres à l'intention de leurs beaux-pères. Ces lettres étaient de véritables œuvres d'art. Elles devaient comporter quelques allusions au Talmud et au rituel, et même un point ou deux d'exégèse savante. Elles étaient invariablement écrites par les professeurs et recopiées par les élèves. Les garçons ne savaient absolument pas à quoi ressemblaient leurs fiancées, et leur imagination allait bon train. Tous attendaient avec une impatience brûlante le jour et la nuit de noces. Ils essayaient d'apaiser leurs désirs en lisant les passages les plus osés du Talmud et les ouvrages rituels sur les devoirs et les problèmes de la femme. Les pages en question étaient toujours les plus sales, les plus graisseuses. Souvent elles étaient déchirées. Ils se lassaient vite de cette distraction. Ils se rassemblaient en petits groupes et parlaient des choses interdites. Quelquefois ils s'approchaient de Yoshe, en l'absence du bedeau, et le taquinaient.

« Yoshe ! Tu as déjà été marié ? Yoshe ? Tu as déjà obéi au premier commandement ? Yoshe le fou, réponds ! »

Yoshe ne disait rien. Ses lèvres remuaient, mais pour entonner des Psaumes. Jamais il n'arrêtait de dire des Psaumes, ni quand il allait en courses, ni quand il entretenait le poêle, ni même quand il balayait la synagogue. La nuit seulement il disait autre chose. À minuit il se réveillait infailliblement, et si la lampe était éteinte, il tâtonnait dans l'obscurité pour trouver un peu d'eau et la verser sur ses ongles. Il mettait son caftan en loques, attachait la corde autour de sa taille et disait les prières de pénitence. Il répétait de mémoire, la voix gémissante, des passages du Zohar[1] et du livre des pardons. Il se frappait la poitrine, et parfois il prenait une poignée de cendres dans le poêle et la répandait sur sa tête.

Du moins, il agit de la sorte les premières nuits de son existence sous le toit de Reb Kanah. Avant longtemps, Zivyah, la fille demeurée du bedeau, vint le tourmenter.

Elle voulait Yoshe ; elle le voulait simplement, sans honte aucune, comme un animal. Elle l'avait montré dès son arrivée dans la maison et au bout de quelques jours, non contente de le harceler du matin au soir, elle le poursuivit la nuit. Quand il venait manger elle le fixait de ses yeux verts. Ses larges narines palpitaient, ses lèvres se retroussaient en un sourire, découvrant ses dents pointues. Elle le pourchassait sans cesse, s'appuyant contre lui, comme un chat qui fait le gros dos, dresse la queue en l'air et vient se frotter contre la jambe de son maître. Il l'évitait et la repoussait, mais elle ne se décourageait pas. Elle revenait vers lui, rieuse, avide, bête. Elle se pressait contre lui et lui soufflait son haleine en pleine figure. Il détournait le visage et, serrant les dents, marmonnait obstinément des prières.

Quand elle vint le trouver la nuit pour la première fois, il se réveilla en sursaut, le cœur saisi par une folle

1. Le Livre de la Splendeur. *(N.d.T.)*

terreur. Quelque chose était sur lui, un être s'appuyait contre lui, l'haleine brûlante. Puis il comprit ce qui se passait, la frayeur fit place à l'aversion, et il se rapprocha du mur de brique pour échapper à la fille.

« Toi ! dit-elle avec un ricanement stupide. Toi... mon mari... Papa a dit, "le mari de Zivyah..." »

Elle rampa vers lui, et il dut avancer les bras pour la maintenir à distance.

« Va-t'en, grogna-t-il. Je vais réveiller ton père. Va-t'en. » Elle ne tint aucun compte de sa menace, et tendit les mains pour le palper maladroitement. Il essaya de la repousser, mais elle était la plus forte.

« Toi, Yoshe le fou », chuchota-t-elle, et elle se mit à l'embrasser frénétiquement, posant ses lèvres partout où elle le pouvait.

Il commença à appeler : « Reb Kanah ! Reb Kanah ! »

Le bedeau ne se réveilla pas. Il dormait profondément, enfoui sous deux couvertures, la sienne et celle de sa défunte femme. Ses ronflements couvraient les cris de Yoshe, et leur écho rageur donnait l'impression qu'il se disputait avec quelqu'un dans son sommeil.

Dans un dernier effort, Yoshe s'arracha à l'étreinte de la fille, se glissa en bas du poêle et se réfugia dans un coin de la pièce. Zivyah renonça. Il l'entendit marcher d'un pas traînant, puis se laisser tomber sur son lit. Yoshe recommença à prier, mais elle l'interrompit de nouveau. Cette fois elle ne se leva pas ; toujours étendue, elle se mit à gémir sourdement, comme un animal blessé. Le sang se glaça dans les veines de Yoshe – on eût dit l'appel muet d'une bête abandonnée. Elle s'arrêta, il poursuivit ses prières. Au bout d'un court silence elle éleva sa plainte, avec un désespoir plus grand encore.

Il fut envahi par une bouffée de fièvre. Il avait fui le contact de son corps, mais sa douleur le captivait. Il eut envie de s'approcher d'elle, de poser ses mains sur sa tête, de la consoler dans l'obscurité. Cette pensée le fit frémir, il secoua violemment la tête en signe de dénégation. Il se pinça furieusement, dénuda sa chair et la tordit pour chasser ses mauvaises pensées. Au milieu de son tourment il se rendit compte que c'était une sensation agréable, comme le goût du sang de son doigt un jour où il s'était coupé.

Il attendit, tremblant, que les gémissements cessent. Il se glissa sur le poêle et tira sur sa tête le manteau de fourrure miteux de Reb Kanah. Le sommeil ne vint pas. Tout son corps était en éveil. Il se força à garder les yeux fermés. Plus ses paupières pesaient, plus ses visions étaient intenses : des femmes de toutes sortes, aux corps nus, insolents, aux bras tendus vers lui, aux lèvres prometteuses. Le Malin se tenait à son chevet, sous la forme du médecin de la ville – un homme mince avec une barbe pointue et une canne à la main. Le docteur ricana.

« Imbécile ! dit-il. Tu chasses une jeune fille vierge, orpheline, pour pouvoir pécher en imagination avec des démons et des putains ignobles… »

Il se faufila au bas du poêle, s'habilla à la hâte et se dirigea vers la porte. Il allait s'enfuir dans la nuit, le plus loin possible, il ne poserait jamais plus les yeux sur cette maison. Il chercha à tâtons sa besace et son étui à phylactères. Mais sur le seuil il se sentit retenu par une force extérieure, indépendante de sa volonté. Ses jambes pesaient comme du plomb. Il lui fut impossible d'avancer.

Avant même d'avoir ouvert la porte, il éprouva la nostalgie de ce foyer, de la tiédeur des nuits, du cri strident du grillon sous le poêle, de la respiration de la femme profondément endormie. Une douce torpeur envahit tous ses membres. Une grande faiblesse gagna son esprit. Si elle était venue à ce moment-là, il n'aurait pas eu l'énergie de la repousser.

Tout habillé, en bottes et en caftan, il retourna se coucher. Il recommença à chanter des Psaumes, mais sa voix tremblait, des larmes coulaient sur son visage, dans sa bouche, ouverte.

« Dieu, pria-t-il, pourquoi m'as-Tu abandonné ? Je T'invoque le jour et Tu ne me réponds pas. Je pleure dans la nuit, et Tu es silencieux. »

15

Aux environs du cimetière de Bialogora les routes étaient hantées par la terreur.

Les charretiers qui passaient par là longtemps après le coucher du soleil avec leurs chargements de sel ou de kérosène distinguaient, malgré le grincement des roues et le bruit des sabots, des chuchotements, des remous dans l'herbe, entre les arbres. Les colporteurs juifs qui allaient de village en village, vendant des soies de porc et des peaux de lapin, racontaient que la nuit des lumières dansaient dans le cimetière.

La communauté de Bialogora prit peur. Les fidèles passèrent au crible leurs franges rituelles ; peut-être l'une des prescriptions de la Loi avait-elle été enfreinte – la torsion, le nombre des fils, l'espace entre les franges... Les femmes mariées ne se risquaient plus à sortir de chez elles après la tombée de la nuit sans manteau. Tous les habitants répugnaient, même en plein jour, à s'approcher du cimetière. Ils s'enfuyaient à toutes jambes et ne s'arrêtaient épuisés, à bout de souffle, que lorsque le mur de pierre avait disparu de leur vue. Pour rien au monde ils ne s'y seraient aventurés la nuit. La panique atteignit un tel degré que les vaillants charretiers, qui n'hésitaient pas à traverser seuls, à n'importe quelle heure, les épaisses forêts du comte Zamoiski peuplées de loups et de voleurs, refusaient de longer le cimetière. Ils passaient à toute vitesse, faisant claquer leurs fouets pour chasser la peur, marmonnant des prières et se criant des paroles d'encouragement :

« Sholom ! Leibish ! Urish ! Gedaliah ! » Les voix résonnaient d'une charrette à l'autre. « Hue ! Hue ! »

La terreur s'étendit bien au-delà du cimetière. Des garçons qui allaient encore au heder, gagnés par l'affolement de leurs parents, n'osaient plus sortir le soir, même sur la place du marché, sans une lanterne en papier. Les plus terrorisés se cramponnaient à leurs franges rituelles, répétant sans arrêt le « Shema Israël ». Les commères les plus actives de Bialogora, qui savaient où se préparait la graisse d'oie pour Pessah, où se fabriquaient les oreillers de plumes, et qui proposaient toujours leur aide car elles aimaient la compagnie, se promenaient en bande. Parcourant les ruelles étroites elles proféraient des imprécations à l'intention des esprits mauvais :

« Fumée dans tes yeux ! Vinaigre dans ta gorge ! Que ton haleine puante t'étouffe… ! »

Les femmes enceintes et les jeunes mariées n'étaient pas autorisées à sortir le soir à moins d'être accompagnées par deux hommes.

« C'est ce qu'elle attend, disaient les mères de famille ; si elle en attrape une… ! Dieu nous garde ! » Et elles crachaient.

« Elle », c'était Feigele la renégate, la fille morte de Lippe, l'entrepreneur. Elle avait été fiancée à un talmudiste, mais avant le mariage elle s'était enfuie avec un Cosaque du commissariat. Elle se fit baptiser dans la chapelle de la garnison russe de sa propre ville. Elle eut une fin horrible, ainsi que l'avaient prédit les femmes. Bientôt son Cosaque se lassa d'elle. Il la battit et la chassa. Vers la fin de sa grossesse elle se pendit à sa porte. On l'enterra à l'extrémité du cimetière russe, dans la parcelle réservée aux suicidés. Personne n'assista à son enterrement. Son mari portait une simple croix en bois à sa mémoire. Peu après sa mort, la terreur se mit à régner autour du cimetière. Le clignotement des lumières, les chuchotements, les pas étouffés – tout le monde savait que c'était Feigele.

« Durant sa vie, disaient les gens, elle nous a couverts de honte. Maintenant qu'elle est morte, elle ne nous laissera jamais en repos. »

Les jeunes filles soupiraient avec pitié.

« Pauvre femme ! Elle veut reposer dans la terre juive, mais ils ne le lui permettront pas ! »

Les scribes de Bialogora, qui avaient pour tâche de calligraphier les passages bibliques figurant sur l'énorme parchemin des rouleaux de la Loi, et les petits rouleaux placés à l'intérieur des phylactères et des mezouzas, étaient débordés de travail. Tout le monde apportait des parchemins à vérifier ; peut-être une lettre s'était-elle effacée, ou bien l'encre avait-elle séché, enlevant toute sa valeur au rouleau. Le scribe Reb Moses était particulièrement demandé par les Juifs riches.

C'était un saint. Chaque fois qu'il devait inscrire le nom sacré de l'Éternel dans le texte il faisait une pause et allait d'abord se plonger dans le bain rituel. Il jeûnait des semaines d'affilée. Bien qu'il fût scribe depuis quarante ans, il n'avait achevé que deux rouleaux de la Loi. Il lui fallait souvent des mois pour remplir le petit parchemin d'une mezouza ou d'un phylactère. Reb Moses, et lui seul, était capable de servir les riches Juifs de Bialogora. Quand *il* avait vérifié un parchemin, il ne pouvait qu'être parfait.

« Reb Moses, le suppliaient-ils, je paierai ce que vous voulez, mais examinez cette mezouza immédiatement. »

L'argent n'ébranlait pas le scribe.

« Mmm... » grognait-il avec irritation, en leur faisant signe de partir. Il était occupé à inscrire une lettre, et refusait de parler à quiconque.

La cabane dans laquelle il vivait était glacée. Des coussins calfeutraient les fenêtres et les murs étaient noircis par la fumée. Des champignons poussaient sur le sol humide en terre battue. La seconde femme de Reb Moses, une femme maigre, hagarde, assise sur une chaise basse, fourrait son sein dans la bouche d'un bébé en pleurant.

« Tète, mon chéri, prends ma vie, toute ma vie... »

Une horde d'enfants en bas âge se traînaient par terre. Sales, affamés, ils avalaient tout ce qu'ils réussissaient à attraper – des épluchures, des croûtes de pain, et même des bouts de plâtre. Ils se disputaient du matin au soir, mais Reb Moses ne leur prêtait pas attention. Il était installé à une table recouverte d'une peau de veau séchée, la plume à la main. Son châle de prières l'enveloppait des pieds à la tête, ses phylactères étaient fixés à son front. Entre deux lettres, il levait ses yeux ardents vers le ciel, attendant que l'esprit descende jusqu'à lui. Dix fois il reposait la main, puis la levait, avant de s'autoriser à inscrire une autre lettre.

« Assassin ! » hurlait sa femme, brandissant ses poings osseux sous son nez. « Assassin ! Voici des Juifs qui sont prêts à payer ! Ils te supplient de prendre leur argent ! Tu assassines des innocents ! »

Reb Moses ne répondait pas. Il avait les yeux grands ouverts, mais il ne voyait rien. Les riches Juifs repartaient déçus, en colère. « Très bien, se consolaient-ils. Il y a d'autres scribes dans la ville, des Juifs pieux, convenables. »

Reb Borouch, qu'ils appelaient le Rabbi des femmes, était scribe lui aussi. Il avait quatre filles, toutes sourdes et muettes. Il fabriquait des amulettes pour les femmes. Mais en cette période de terreur les hommes venaient aussi le consulter, même les disciples de célèbres Rabbis, qui s'étaient toujours moqués de sa clientèle féminine. Ses filles découpaient des morceaux de parchemin sur lesquels il inscrivait des formules magiques. Puis il les enfermait dans des sachets rouges et ordonnait aux femmes de les porter au cou.

« Dieu détruit le démon », écrivait Reb Borouch sur le talisman. « Au nom de l'Ange Terrible, Flamme qui dévore le Feu, Maître de tous les vents, Yahashzichikithiel, je conjure le démon redoutable, immonde, le chien qui engendre la souillure, progéniture de Satan et de Lilith, que leurs noms s'effacent, Kathashyichorzomahalitzillhashan, de disparaître dans les fissures des rochers, sous les griffes des oiseaux impurs, dont Noé a emporté un seul couple dans l'Arche, qui dévorent les cadavres et les chats.

Que soit maudit le jour où il est né. Que la rage de l'Ange pur s'abatte sur lui. Qu'il n'approche aucun homme, aucune femme, aucune jeune fille n'ayant pas connu d'homme, aucun enfant ; pas même le bébé qui repose encore dans le ventre de sa mère. Trois chiens noirs se gavent d'ordures, que Dieu nous aide ! »

Les quatre filles sourdes et muettes aidaient diligemment leur père. Elles cousaient les petits sacs contenant les amulettes, et les rubans pour les suspendre au cou. Il fallait coudre très serré de façon que les talismans ainsi confectionnés ne puissent pas s'ouvrir. Dans la panique de ces journées les gens les plus pauvres venaient chez Reb Borouch, et se dépouillaient de leurs derniers guldens pour protéger leurs enfants. Avec l'une de ces amulettes au cou, un petit garçon était à l'abri de la persécution de Feigele la renégate.

Reb Borouch examinait les guldens, les glissait dans son tiroir et recommandait :

« Portez l'amulette directement sur la peau. Surtout, ne l'ouvrez pas ! »

La seule personne de la ville qui échappât à la terreur était Reb Kanah, le bedeau. Toutes les nuits il se rendait au cimetière, comme il l'avait toujours fait, sa lampe à la main. Yoshe le fou l'accompagnait.

Reb Kanah savait qu'il n'y avait aucune raison d'avoir peur. Certes, les lumières et les bruits de pas étaient réels, mais l'âme et le corps de Feigele la renégate n'y étaient pour rien. La nuit, Reb Zanvil Moilecher et sa bande de contrebandiers venaient troubler le repos des morts. Des chargements de soie et de laine franchissaient la frontière autrichienne, et le cimetière servait de cachette.

Le bedeau gagnait beaucoup d'argent. Zanvil lui donnait chaque soir une pièce d'or de vingt guldens, et des bouteilles de liqueur autrichienne. Reb Kanah conservait les pièces dans un pot de terre qu'il enfouissait toutes les nuits près de la tombe d'un saint depuis longtemps disparu. Il ne cachait pas les bouteilles. Il les buvait au fur et à mesure qu'elles arrivaient. La nuit il dormait d'un sommeil profond, et ronflait plus bruyamment encore. Il travaillait de moins en moins. Même les enterrements ne l'intéressaient plus. Il les laissait au bedeau de la petite synagogue des bouchers. Sa vie était devenue paisible.

Paisibles aussi, les nuits de Yoshe le fou sur le poêle.

Zivyah ne venait plus le harceler. Nuit après nuit elle allait retrouver les jeunes gens qui enfouissaient des ballots de soie et de laine entre les tombes. Elle attendait le moment où résonnaient dans la maison silencieuse les ronflements de son père. Alors elle se levait, s'habillait en hâte, se couvrait la tête d'un châle déchiré, et disparaissait dans le cimetière. Elle se frayait un chemin entre les pierres faiblement éclairées, sous les branches basses des arbres, jusqu'à l'endroit où elle distinguait la lueur incandescente des cigarettes des contrebandiers. Elle restait là pendant des heures.

Ils ne la chassaient pas, comme l'avait fait Yoshe le fou. Ils lui donnaient du poulet et du canard rôtis, et lui permettaient de boire leur liqueur. Ils lui offraient même des cadeaux, des foulards de soie et des rubans de couleur vive. En échange elle allait avec eux sous le dôme à quatre piliers du tombeau du saint grand-père de Reb Borouch. Sur les dalles du mausolée les ballots de laine formaient un lit.

Dans l'obscurité elle gloussait bêtement, sans voir le visage de l'homme qui était auprès d'elle : « Toi… mari de Zivyah… mon fiancé… papa a dit… »

Yoshe, étendu sur le poêle, tout éveillé, tourmenté, entendait tous les bruits du cimetière. Sa chair le brûlait, il la griffait avec ses ongles pour chasser les mauvaises pensées. Heure après heure il répétait de mémoire de longs passages du Zohar, le Livre de la Splendeur.

16

À la fin de l'hiver, peu après la fête de Pourim, une épidémie de peste frappa les enfants de Bialogora.

Cela commença dans les quartiers les plus pauvres de la ville – construits sur une terre sableuse, à côté des baraquements et des écuries des Cosaques du Don. Des colporteurs, des tailleurs, des charretiers, des cordonniers, des porteurs de chaux – des gens simples, ignorants – vivaient là. Il y avait aussi un bordel à l'usage des soldats.

Le deuxième jour de Pourim – consacré, plus encore que Pourim même, aux fêtes et aux réjouissances – l'enfant d'une veuve qui vendait des graines de tournesol aux militaires tomba brusquement malade. Il commença à étouffer.

La veuve enleva son bas, le remplit de sel chaud et l'enroula autour du cou du petit garçon. Cela n'eut aucun effet. L'enfant étouffait toujours. Terrifiée, la femme courut chez Samson, le guérisseur musicien, à l'autre bout de la ville. Elle se précipita dans la maison, se tordant les mains, et se mit à hurler :

« Reb Samson, vite ! Mon enfant ! Aidez-moi ! Je suis veuve ! Mon enfant ! »

Très lentement le guérisseur enfonça son chapeau à huit coins, avec un bouton en velours, passa la main dans sa petite barbe dure, prit sa boîte de sangsues et suivit la veuve à contrecœur.

Il était en colère. « Le deuxième jour de Pourim ! s'exclama-t-il amèrement. Elle ne pouvait pas choisir un autre jour ! Me faire traverser les sables jusqu'à l'autre bout de la ville ! »

« Reb Samson, bon ange, haleta la veuve, je ne voulais pas aller chez le médecin, Yeretzki. Je ne voulais pas. Il n'est pas digne de nettoyer vos chaussures. Il y en a plus dans votre petit doigt que dans sa tête stupide... »

Reb Samson aimait entendre cela. Il haïssait son ennemi et rival, le médecin officiel, Yeretzki, qui, à son tour, méprisait le guérisseur sans instruction ni formation.

« Très bien, très bien, répondit-il. Je vais sauver ton enfant. » Et il accéléra le pas.

À peine avait-il pris le petit garçon dans ses bras que celui-ci renonça à lutter, ouvrit des yeux vitreux et mourut.

Reb Samson regarda fixement l'enfant mort. « Je vois », marmonna-t-il tout bas, et il repartit chez lui avec ses sangsues. La perspective de l'épidémie qui commençait dans la ville, et allait sans doute atteindre son comble au moment de Pessah, le consola de son trajet inutile. Dans son horreur et son désespoir, la veuve ne lui avait pas payé le gulden qui lui était dû.

Le lendemain matin la femme courut à la Congrégation du Dernier Devoir, pour demander qu'on emporte le cadavre. Mais ses membres étaient encore ivres à cause des festivités de la veille. Ils avaient bu toute la nuit et fait le tour de la ville, s'introduisant dans les maisons pour profiter de l'hospitalité traditionnelle de Pourim, emporter des friandises et voler des bouteilles de vin dans les caves. Ils refusèrent de l'écouter. À ses cris le gabbaï de la congrégation répondit gaiement : « Joyeux Pourim ! Maudite soit Zeresh la femme d'Aman ! » Il était trop soûl pour savoir ce qu'il disait.

La veuve courut alors chez le chef de la communauté. Il ne voulut rien entendre non plus.

« Quoi ? répondit-il avec colère. En un jour comme celui-ci ? Me déplacer à l'autre bout de la ville ? »

La femme retourna dans sa cabane. Elle alla prendre, dans un coin obscur, le drap qui recouvrait sa vieille robe de mariée. Elle le découpa et cousit un linceul pour l'enfant. Elle vida le panier dans lequel elle transportait ses graines de tournesol et y déposa le cadavre du petit garçon. En gémissant, elle le porta au cimetière, et donna un gulden à Reb Kanah pour qu'il fasse le nécessaire. En sortant elle retira le châle noir de sa tête, tendit ses deux bras décharnés vers la ville et la maudit :

« Sodome ! hurla-t-elle. Tu n'échapperas pas ! Tu connaîtras ma souffrance et mon désespoir, tu paieras pour la honte de la veuve et de l'orphelin. »

Venue des taudis, la peste s'étendit dans la ville. Elle gagna d'abord les ruelles des ouvriers. Puis elle atteignit la place du marché, où habitaient les riches et les marchands. Bialogora ne dormait plus. Les lamentations y résonnaient nuit et jour.

« Juifs ! pleuraient les femmes. Ayez pitié ! Sauvez mon enfant chéri ! »

Les premiers jours de la peste les Juifs durent s'en remettre aux médecins. Un flot incessant de femmes en haillons se dirigeait vers la maison de Samson, le guérisseur. Il ne pouvait s'occuper de tous. Elles frappaient sur sa porte avec leurs poings.

« Assassin ! Ouvrez ! »

Les bourgeois allèrent chez le médecin polonais, Yeretzki, un homme excentrique au mauvais caractère. Il détestait les Juifs. Il criait après eux comme s'ils lui avaient infligé une blessure. Il les battait même parfois.

« Pantin ! » disait-il méchamment en imitant leur yiddish. « Moishe ! Montre-moi ça, *oï veh* !

— Prince ! le suppliaient les Juifs, la tête découverte. Après Dieu, Professeur, vous êtes le plus grand. »

Les Juifs riches consultaient le médecin cosaque, Shalupin-Shalapnikoff, un général dont la barbe descendait jusqu'à la taille. Il était toujours de bonne humeur, même en présence d'un malade agonisant.

« Nitchevo, mon cher, *nitchevo* ! » disait-il toujours de sa voix profonde, consolante.

Les médecins travaillaient, examinaient, donnaient leur diagnostic, faisaient des ordonnances et se lavaient soigneusement les mains à l'eau chaude. Cela ne servait à rien.

La peste s'étendait de jour en jour.

Puis les Juifs, désespérés, se tournèrent vers Reb Borouch, qu'ils appelaient le Rabbi des femmes.

Il se mit à travailler toute la nuit, fabriquant des amulettes ordinaires, et d'autres détenant un pouvoir spécial contre l'apparition d'un mal général. Ils lui demandèrent aussi des herbes séchées qui, pilées et enfermées dans de petits sachets, avaient des vertus particulières.

Reb Borouch possédait en outre certains remèdes rares et précieux contre la maladie et la mort. Des morceaux d'ambre sur lesquels le Maggid[1] de Kozhenitz, bénie soit sa mémoire, avait dit des prières, des fragments de sucre noir qui avaient touché les lèvres du saint grand-père de Shpoleh, des colliers de dents de loup, des doigts de Satan, des ceintures en vieux tissu, de l'huile bénite de la ville de Safed en Terre sainte. Les quatre filles sourdes-muettes de Reb Borouch l'aidaient à empaqueter les herbes, à verser l'huile, à découper le parchemin et à coudre les ceintures.

À toutes les heures des femmes se précipitaient dans la synagogue, ouvraient avec violence les portes de l'Arche sacrée et invoquaient la parole divine. Le visage recouvert de leur châle, elles s'approchaient des hommes en pleurant :

« Juifs, priez pour Leah, la fille de Hannah Dvorah ; Juifs, dites des Psaumes pour Simchah Meïr, fils de Feine Hedel... »

Les Juifs chantaient des Psaumes. Ils changeaient les noms de leurs enfants. Ou bien ils ajoutaient au nom de leurs fils le mot *Haïm*, la vie, afin qu'ils vivent longtemps, ou encore *Zeïde*, grand-père, ou *Alter*, vieux. Ils donnaient d'autres noms à leurs filles, ou ajoutaient les mots *Haïah, Alte* ou *Bobbe.* Certains donnaient même les trois noms à la fois. Si la mort devait frapper le porteur de l'un des noms, le deuxième ou le troisième le sauverait. Des mères qui avant l'épidémie avaient perdu tous leurs fils à l'exception d'un seul habillaient ce dernier – le « diseur de la prière des

1. Conteur religieux. *(N.d.T.)*

morts » – d'une robe de toile blanche. Dans la rue les enfants des pauvres couraient après les fils uniques des riches, leur jetant des pierres en criant :

« Chéri à sa maman ! Ange de la mort ! »

Les mères insistaient, disant : « Si tu es destiné à être vêtu de blanc, mets cette robe et ce chapeau tant que tu es vivant. Tu n'auras peut-être pas, Dieu t'en préserve, à les porter dans la mort. »

Les mendiants de Bialogora entrèrent dans une période faste. Plus de croûtes de pain ni de sucre, plus de proutos, mais des groschens, parfois même des pièces de deux ou trois groschens. La nuit le bedeau, Reb Kanah, se rendait à la synagogue, et, à l'aide d'un fil de fer, retirait les pièces des boîtes à offrandes pour la Terre sainte. Il ne se souciait plus des bougies. D'ailleurs, il en avait déjà amassé tout un tas.

« Quand ça commence, disait-il avec sagesse, ça va tout seul. »

La peste s'étendait de jour en jour.

Les femmes se tournèrent vers le cimetière.

Quand un enfant mourait, elles criaient dans l'Arche sacrée, suppliant le disparu d'intercéder auprès de l'Éternel.

« Cours, hurlaient-elles, vers les Mères, Sarah, Rébecca, Rachel et Leah. Dis-leur que ça suffit ! »

Des bougies étaient allumées sur les tombes des saints ; des petits mots étaient glissés entre les pierres. On apporta des tables dans le cimetière. Des hommes s'installèrent avec une plume et de l'encre, ils prenaient dix-huit groschens pour chaque prière écrite – dix-huit parce qu'en hébreu les lettres du mot *Haï* correspondent au dix-huit. Les mères venaient en foule, et les scribes travaillaient vite.

« Le nom de l'enfant et celui de la mère, disaient-ils précipitamment. Et dix-huit groschens. Vite ! Les autres attendent. »

Les femmes stériles mesurèrent la circonférence du cimetière avec des coupons de lin qu'elles donnèrent aux bonnes œuvres pour le trousseau des jeunes mariées pauvres. D'autres alignèrent des mèches de bougies tout autour du cimetière. Elles espéraient ainsi créer un cordon infranchissable devant l'Éternelle Maison des Morts, afin qu'elle n'accueille plus de vivants. Ce fut peine perdue.

La peste s'étendait de jour en jour.

Reb Meïr, le Rabbi de la ville, réunit les habitants de Bialogora.

« Le péché sévit dans notre cité ! s'écria-t-il. Juifs, repentez-vous ! Peut-être l'Éternel aura-t-Il pitié de nous. À cause des péchés d'un seul homme, tous les enfants de la ville risquent de périr. »

Les Juifs de Bialogora tremblèrent. Ils se mirent à chercher le péché, à surveiller leurs voisins. Les femmes montèrent la garde devant la porte de Samson le guérisseur pour s'assurer que le samedi soir, à la répétition, les musiciens ne touchaient pas les servantes. On raconta que des bals avaient lieu chez lui. Le tenancier du bordel du quartier pauvre fut convoqué, et le Rabbi lui ordonna de chasser la Juive qu'il gardait parmi les chrétiennes. Cet homme, un Juif avec une blouse russe qui pendait sur son large pantalon – il avait servi de longues années dans la garnison de Podolia –, commença à discuter.

« Rabbi, supplia-t-il, il me faut une Juive. Ces porcs en demandent toujours une… »

Le Rabbi n'en démordit pas, et le tenancier invoqua les lois de la justice et de la charité. « Rabbi, dit-il, où ira cette fille ? Pauvre petite, c'est une orpheline, elle n'a pas d'amis au monde… »

Le Rabbi entra en fureur. Il jura au patron du bordel qu'après sa mort aucun de ses fils n'aurait le droit de réciter le Kaddish à la synagogue de Bialogora. L'abomination juive devait disparaître de la ville. Terrifié par la menace, le tenancier congédia la fille.

Un comité de Juifs riches fit venir le préposé aux bains rituels pour lui demander les noms des femmes qui négligeaient de venir. On ordonna aux maris de surveiller de près leurs épouses, de veiller à ce que leur tête soit couverte, pas une mèche de cheveux ne devait dépasser du châle, sous l'oreille ou sur la nuque. Les pères recommandèrent avec sévérité à leurs filles de ne pas découvrir leur cou et de ne jamais sortir bras nus.

Le Rabbi de la ville rédigea aussi une longue proclamation, dont le style et le contenu semblaient dater de plusieurs siècles. Les talmudistes furent chargés de recopier le texte de leur plus belle écriture, et elle fut placée sur tous les murs, depuis la cour de la synagogue jusqu'à la palissade de l'asile des mendiants.

« Avec l'aide de l'Être suprême, Béni soit Son nom ! On nous a rapporté que le péché est apparu en terre d'Israël. On nous a rapporté (que Dieu nous protège !) que plusieurs femmes de cette communauté gardent leurs cheveux sous leur perruque, à la manière des païens. Elles ne cachent pas les boucles sur leur front ni sous leurs oreilles, c'est un grand péché, une grande honte, qui ne devrait jamais exister en Israël. De plus, les mères qui allaitent leurs enfants sur le pas de leur porte ne se soucient pas des passants et exposent leurs seins à la vue des hommes. Cela aussi est une honte. Les jeunes filles sont insouciantes, elles se promènent la nuque découverte, elles ne portent pas de manches pour cacher leurs bras. Elles chantent tout haut, ce qui est un péché, un acte honteux. Aucune bénédiction ne doit être prononcée près du lieu où chante une femme. Il nous a été rapporté que les jeunes filles se peignent le jour du shabbat, ce qui est aussi grave que d'allumer un feu le samedi. C'est pourquoi le châtiment du Ciel a frappé nos enfants, qui n'ont jamais péché, et sont victimes de la colère divine. Que la mort disparaisse à jamais ! Amen ! Aux portes d'Israël nous lançons cet appel : que la honte s'efface de notre sein. Que les femmes et les jeunes filles réfléchissent ! Que tous les lits soient séparés par un intervalle d'une aune, que les épouses rasent leur tête. La communauté paiera, avec l'aide de Dieu, pour les femmes pauvres ; elles pourront se rendre tous les jours aux bains rituels pour s'y faire raser le crâne, à nos frais. Elles auront aussi la permission de s'y baigner gratuitement. Que vienne l'heure de la délivrance, que l'Être suprême dise à l'Esprit mauvais : Cela suffit ! Que la Mort disparaisse. Ce sont les paroles d'hommes brisés, qui écrivent la main tremblante, l'âme accablée. Que s'efface la honte de notre sein. »

Suivaient les signatures du Rabbi, Reb Meïr, et de Reb Borouch, le second Rabbi, appelé le Rabbi des femmes, avec leurs titres d'humilité :

« Le jeune et petit Meïr Judah, fils du grand Rabbi et puissant esprit Reb Samuel Zev, que sa mémoire soit bénie, Rabbi de la sainte communauté.

« Le petit et totalement indigne Borouch, fils de l'ange divin, Reb Nisan de Torbin, et petit-fils des martyrs, prêcheur de la sainte communauté. »

La ferveur s'empara des Juifs de Bialogora. Les femmes obéirent aux ordres des Rabbis, et cachèrent leurs oreilles sous leur perruque. Elles se couvrirent le visage d'un châle, ne laissant voir que le bout de leur nez et leurs yeux. Des jeunes gens venant à peine de se marier s'interdirent d'être gais avec leurs épouses. La terreur gagna même les écoliers qui, pris dans ce raz de marée religieux, disaient toutes leurs prières sans en rien omettre. Les ouvriers ne chantaient plus de chansons d'un goût douteux en travaillant, et les servantes ne s'arrêtaient plus pour flirter avec les charretiers en allant chercher de l'eau à la rivière. Mais cela ne servit à rien.

La peste s'étendait de jour en jour.

Reb Meïr le Rabbi et Reb Borouch le prêcheur, appelé le Rabbi des femmes, rassemblèrent les Juifs de Bialogora, dans la synagogue cette fois-ci, et ils lancèrent une excommunication contre celui qui avait péché et ne s'était pas confessé. Ayant dit les prières de pénitence de minuit au milieu de la semaine, Reb Kanah, le bedeau, alluma les grandes bougies comme la veille de la terrible journée du Grand Pardon. Yoshe le fou apporta la planche de purification des morts et la posa contre un mur. Les hommes les plus importants de la communauté sortirent les rouleaux de la Loi de l'Arche. Le bedeau donna trois coups de marteau sur la chaire, et le Rabbi lut d'une voix grave le parchemin déroulé devant lui :

« Avec l'accord de la Communauté, et la sanction de son Tribunal, nous appelons ceux qui ont péché – hommes ou femmes, jeunes garçons ou vierges, habitants de la ville ou visiteurs – à se confesser devant nous, car une terrible calamité s'est abattue sur notre cité, et nos enfants meurent telles des mouches. Il est de notre devoir d'agir comme au temps où nous vivions sur notre propre terre, et de proclamer aux portes de la ville : Nos mains n'ont pas versé ce sang. Car le pécheur est semblable à l'homme qui s'est dressé dans un champ pour assassiner son prochain. Le sang des petits enfants nous accuse. Avant la construction du Temple saint, le Tribunal tenait lieu de Temple. Nous pouvons donc procéder, en tant que Tribunal, avec la rigueur exigée. Nous crions : Maudits soient ceux qui cachent leurs péchés, hommes ou femmes, jeunes garçons ou vierges, habitants ou visiteurs, que leurs noms soient effacés, que la douleur étreigne leurs reins, que leur souvenir devienne un sujet de honte et de moquerie en Israël. Si c'est un homme, que ses mains s'engourdissent, que ses jambes cessent de le porter, que ses reins se dessèchent, que ses enfants périssent, que sa semence se perde. Si c'est une femme, que sa présence soit balayée, que ses enfants disparaissent, qu'ils deviennent la risée d'Israël, Amen. »

« Amen ! » répondirent hommes et femmes en pleurant.

« Sonnez le *shofar* ! » commanda le Rabbi.

Le gabbaï approcha la corne de bélier de ses lèvres et fit retentir trois sonneries.

Un silence mortel pétrifia la synagogue. On n'entendait plus un souffle. Seul un oiseau, qui s'était introduit par un carreau cassé, voletait éperdument autour du lion sculpté de l'Arche sacrée. Les fidèles attendirent, dans un silence tendu.

Brusquement Reb Moses, le scribe, se leva de sa place, courut vers la chaire et s'écria :

« Juifs ! J'avoue ! »

Un frisson parcourut l'assistance.

« Juifs ! cria Reb Moses, le regard fou. Je suis plein de péché, je suis couvert de corruption de la tête aux pieds. »

Il se rua en bas des marches, se jeta au pied de la chaire et supplia, la voix rauque :

« Juifs, piétinez-moi, crachez sur moi, couvrez-moi de honte ! »

Personne ne bougea. Seuls le Rabbi et le prêcheur, appelé le Rabbi des femmes, coururent vers lui, le relevèrent et le raisonnèrent :

« Reb Moses, puissent vos vertus intercéder en notre faveur au ciel. Priez pour nous ! »

Les femmes, dissimulées dans la galerie de la synagogue, gémirent : « Saint homme, sauvez nos enfants. »

La malédiction de l'excommunication n'eut aucun résultat. Kanah, le bedeau, passait ses journées à agiter le tronc des pauvres aux enterrements des enfants, répétant d'une voix enrouée : « La charité sauve de la mort ! »

La peste s'étendait de jour en jour.

Abish, le boucher, entreprit de trouver lui-même le pécheur. C'était un homme immense, le chef de la synagogue des bouchers à Bialogora. Le samedi après-midi qui suivit la cérémonie d'excommunication, il s'adressa ainsi aux autres bouchers :

« Excommunications ! Shofars ! Caquetages de poules ! Ce n'est pas le bon moyen de faire avouer un pécheur. Bouchers ! Nous allons nous charger nous-mêmes de ce travail ! Cherchons dans la ville, et pardieu, quand nous l'attraperons, nous le mettrons en pièces et nous le réduirons en chair à pâté, aussi vrai que je suis juif ! »

Abish était sur le qui-vive. Il surveillait les femmes qui entraient dans sa boucherie. Il écoutait les ragots, il traînait à la porte. Le cinquième jour il découvrit la coupable.

Ce fut un hasard.

Au bout d'une longue file de femmes venues acheter de la viande pour shabbat, se tenait Zivyah, la fille de Reb Kanah, le bedeau. Son père prospérait et elle faisait de grosses provisions.

Les autres clientes parties, Abish ne put s'arracher à Zivyah – pas plus qu'à toute femme se trouvant seule avec lui dans le magasin. Il s'était juré si souvent de se retenir, d'être un homme pieux et convenable, surtout en cette période difficile. Mais dès qu'il entrait dans sa boucherie il était perdu. Il ne pouvait empêcher ses mains – elles bougeaient toutes seules – de se glisser vers une jambe, un sein, de pincer un petit morceau de chair, de dérober une caresse. Sa femme, Beileh Dobbeh, paresseuse et négligée, ne lui prêtait aucune attention. Parfois même elle sommeillait dans un coin de la boutique quand retentissait la voix furieuse de certaines clientes :

« Abish ! Que vos mains tombent en poussière ! »

Ses mains commencèrent machinalement à caresser Zivyah. Il la pinça et la palpa – la jeune fille ne cria pas, ni ne chercha à se dégager. Elle se mit à rire :

« Hi, hi, hi, Abish le boucher ! »

Soudain la main experte d'Abish sentit quelque chose, et s'immobilisa. Au même instant une pensée lui traversa le cerveau, telle une hache fendant le crâne d'un bœuf. Le boucher Abish eut une illumination.

Il se précipita vers sa femme Beileh Dobbeh, qui somnolait dans un coin, se pencha sur elle, la secoua violemment et haleta : « Beileh Dobbeh ! Beileh Dobbeh ! Je l'ai trouvée ! Je l'ai trouvée ! Regarde la précieuse fille de Kanah... ! Regarde ! »

Il ferma un œil et cligna de l'autre, considérant la silhouette de la fille.

« Tu ne sais pas de quoi tu parles ! répondit sa femme avec colère. Tu es fou.

— Fou ? rugit Abish. Je vais te faire voir si je suis fou. »

Il s'avança vers Zivyah et, posant brusquement les deux mains sur son ventre, appuya très fort.

« Mama ! » hurla la jeune fille, et Abish cracha si violemment en direction de sa femme qu'il faillit viser juste.

« Le bâtard donne déjà des coups de pied là-dedans, cria-t-il. Viens, Beileh Dobbeh ! Viens voir qui est fou. Touche ! »

Sans attendre, il courut à la porte et hurla :

« Femmes ! Par ici ! J'ai quelque chose à vous montrer ! »

Les femmes des bouchers accoururent. Zivyah essaya de fuir, mais une douzaine de mains l'agrippaient. Elle leur arracha leurs perruques, elle mordit et cria, mais elle ne réussit pas à se dégager. Elles la soulevèrent, l'étendirent sur l'étal du boucher et la palpèrent.

« Le cinquième mois ! hurla une femme. Dieu du ciel ! Qu'il sorte de ton ventre ! »

Une autre femme, qui avait perdu un enfant à cause de la peste huit jours auparavant, et qui sortait pour la première fois après les sept jours de deuil, se jeta sur Zivyah, lui empoigna les cheveux, et hurla : « Voilà pour mon petit Chaskel qui est maintenant à dix pieds sous terre à cause de toi, salope ! »

Avec un effort désespéré, Zivyah s'arracha à l'étal, se rua vers la porte et, hurlante, courut en direction du cimetière et de sa maison. Mais le boucher Abish la poursuivit. Il l'attrapa et apostropha la foule :

« Emmenez-la chez le Rabbi ! Emmenez-la... Mais ne la tuez pas en chemin ! »

Quatre bouchers la soulevèrent, prenant chacun sur leur épaule un bras ou une jambe, comme s'ils chargeaient un animal égorgé. Us la portèrent en procession vers la demeure de Reb Meïr. Elle criait et se débattait. Entendant ce vacarme hystérique les femmes et les enfants accoururent, laissant la soupe déborder, la viande brûler. Des ouvriers se joignirent à eux, brandissant ciseaux et marteaux, des cordonniers, une botte enfilée au bras, des hommes sans manteau, les franges rituelles flottant au vent. Les porteurs d'eau oublièrent de poser leur fardeau et coururent avec leurs seaux pleins. En avant galopait Abish le boucher, tel un maréchal.

« Nous l'avons attrapée, criait-il à la cantonade. Zivyah, la fille de Reb Kanah. Nous l'emmenons chez le Rabbi. »

Des hommes riaient, mais les femmes, le visage brûlant de haine, agitaient leurs poings vers la jeune fille pantelante et hurlaient :

« Lapidez-la, cette putain ! Pour l'amour de nos petits enfants, lapidez-la ! »

17

Reb Meïr, le Rabbi de Bialogora, était assis dans son large fauteuil de juge, un vieux livre ouvert devant lui. Bien que la journée fut chaude, il était enveloppé dans sa robe de chambre de velours rouge doublée de mouton. Il avait sa longue pipe à la bouche et, de temps en temps, il soupirait.

« Dieu de l'univers, murmurait-il. Jusqu'à quand ? Si nous n'avons pas besoin du Sauveur aujourd'hui, quand aurons-nous besoin de Lui ? »

L'âme de Reb Meïr était tourmentée. En plus de la peste et des sanglots des femmes qui faisaient irruption tous les jours, le suppliant de prier pour leurs enfants, il avait beaucoup de problèmes difficiles et douloureux. Il y avait, par exemple, ce nouveau décret, pris par l'empereur en personne, qui interdisait aux Juifs de porter des papillotes, des ceintures et des calottes s'ils n'étaient ni Rabbis ni professeurs. La police n'avait jamais éprouvé un tel plaisir à appliquer la loi. Les Juifs riches pouvaient, comme toujours, bénéficier de dérogations. Mais les pauvres étaient impuissants.

Le chef de police de Bialogora avait donné des ordres très stricts à ses hommes, et il était dangereux pour un Juif portant des papillotes, une barbe et une ceinture de quitter sa maison. Il n'échappait pas non plus à la honte, car le policier n'attendait pas le procès. Il dégainait son épée et tranchait les papillotes sur-le-champ. Souvent une poignée de barbe et quelques bouts de peau venaient avec. Puis il s'emparait de la ceinture et de la calotte comme pièces à conviction, et il conduisait le Juif à la prison. Si celui-ci possédait les trois roubles de l'amende, il était relâché. Autrement il était emprisonné trois jours.

Un certain nombre de Juifs imaginèrent le même subterfuge. En sortant de chez eux ils nouaient un mouchoir sur leur visage, comme s'ils souffraient d'une rage de dents. Les policiers n'y eussent pas pris garde, mais le chef de la police, stupéfait par cette épidémie de maux de dents, comprit aussitôt le stratagème et ordonna à ses hommes d'enlever tous ces mouchoirs.

« Filou ! ricanaient les policiers. Donne-moi donc ces papillotes ! »

Tôt un matin, avant qu'il n'ait dit ses prières, Reb Meïr fut convoqué chez le chef de police, et écouta un discours sévère et fort irrité.

La veille, Reb Moses, le scribe, avait été arrêté dans la rue et avait perdu une papillote. Voici ce qui était arrivé : dans le rouleau de la Loi qu'il transcrivait, il avait atteint le Nom ineffable de Dieu. Donc, quittant sa table, il s'était rendu aux bains rituels pour se purifier avant de poser sa plume sur le parchemin. En revenant des bains il courait plus qu'il ne marchait, espérant préserver sa pureté, et ne pas rencontrer en route un incroyant incirconcis, ou même un Juif sans instruction. Si grande était sa hâte qu'il ne s'était pas convenablement séché après son immersion. Il courait les yeux grands ouverts, sans rien voir. Il se jeta tout droit dans les bras d'un policier.

« Brr !... Holà, papa ! » grogna celui-ci, repoussant de sa large poitrine le petit Juif éberlué. « Youpin, oï veh... »

Reb Moses sursauta d'horreur. Il couvrit ses papillotes de ses deux mains. Quand le policier dégaina et menaça de les lui couper, le scribe ne sourcilla pas. Plutôt perdre une main qu'une papillote. L'homme le traîna jusqu'à la prison et là, avec l'aide d'un autre policier, il lui lia les bras dans le dos. Puis il trancha la papillote droite à la racine et jeta Reb Moses dans une cellule occupée par des ivrognes.

Les Juifs de Bialogora étaient en émoi. Une délégation se rendit aussitôt chez le chef de police :

« Prince, supplièrent-ils. Laissez-le sortir ! C'est un homme saint, un Rabbi, un scribe ! »

Le chef de police envoya chercher Reb Meïr, le Rabbi, et l'interrogea avec sévérité.

« Qui est le Rabbi dans cette ville ? cria-t-il. Vous, ou l'autre ? »

Reb Meïr ne comprit pas un seul mot, et ne put répondre. Il frissonnait de peur. Le chef de la police convoqua le Rabbi d'État, le Rabbi officiel reconnu par le gouvernement russe. Il traduisit.

« Dites-lui, supplia Reb Meïr, expliquez-lui, que je suis le Rav, le professeur, l'interprète de la Loi ; mais Reb Moses est un scribe, un saint homme, plus grand qu'un Rav. »

Le Rabbi traduisit dans un russe excellent. Mais la distinction était trop subtile pour le chef de police.

« Filous juifs ! cria-t-il. Vous croyez que je ne connais pas vos ruses de youpins ? »

On ne pouvait abandonner Reb Moses. Un comité fit le tour des maisons juives et rassembla dans un mouchoir rouge assez de menue monnaie pour l'échanger contre une pièce d'or. Reb Samson, le guérisseur, fut chargé de la glisser au chef de la police, ce qu'il fit avec une grande habileté, feignant d'attraper la main de l'homme en un geste de supplication. Reb Moses fut relâché. Mais Reb Meïr était encore secoué par l'incident.

« Quel malheur ! soupira-t-il. Un saint homme comme lui ! Penser que des mains aussi impures ont osé le toucher ! »

Et comme si le décret sur les papillotes, les ceintures et les calottes ne suffisait pas, le gouvernement envisageait à présent, racontait-on, de rendre obligatoire l'instruction chrétienne pour tous les enfants juifs. Les garçons seraient retirés du heder et devraient renoncer à l'étude de la Loi sacrée pour apprendre le russe et l'athéisme. Le Rabbi d'État lui-même l'avait lu dans les journaux russes. L'empereur était sur le point de promulguer ce décret.

Reb Meïr savait, bien sûr, que les Juifs ne plieraient pas l'échine. Il savait que de nombreux hommes saints, des Rabbis et d'autres, remueraient ciel et terre contre ce mal. On racontait même que de grosses sommes d'argent avaient été réunies – des centaines de milliers de roubles – pour obtenir l'annulation du décret. L'argent serait apporté à Saint-Pétersbourg et remis en main propre au ministre, bras droit de l'empereur. En outre, les Juifs jeûnaient et priaient. Ce n'était pas la première fois qu'un gouvernement envisageait de contraindre les Juifs à renier leur religion – n'était-ce pas le but de l'éducation chrétienne ? On avait voulu leur imposer la langue allemande. On avait voulu transformer les Juifs en paysans, les disperser dans les villages chrétiens, où la parole de Dieu ne les atteindrait jamais, où ils deviendraient comme les campagnards ignorants qui les entouraient. Oh, il y avait eu beaucoup de décrets néfastes. Les Juifs avaient toujours prié, jeûné et collecté des fonds. Dieu s'était montré miséricordieux et les avait aidés. Les Juifs étaient restés des Juifs.

D'un autre côté, songea Reb Meïr avec amertume, on disait que les Juifs, les mauvais Juifs, étaient responsables de ce genre de décrets. Certains d'entre eux (Dieu nous aide !) suppliaient les chrétiens de Saint-Pétersbourg d'ouvrir ces écoles pour les enfants juifs. Ils avaient réussi à persuader les Russes d'accepter des jeunes gens juifs dans leur armée, où ils mangeaient de la nourriture non kasher et travaillaient le samedi. Ces mêmes Juifs (était-ce croyable ?) avaient déclenché la campagne contre les papillotes, les ceintures et les calottes. Ils voulaient, comme les sadducéens d'autrefois (maudit soit leur nom !), forcer les Juifs à renier leurs convictions. Oui, le peuple juif connaissait un double exil : il était environné de nations hostiles, et trahi, de l'intérieur, par ses propres membres.

« C'est l'époque messianique ! pensa brusquement Reb Meïr. La situation ne peut être pire. Il va arriver. Il y a d'autres signes de Sa venue. »

Quelques jours auparavant, Reb Meïr avait trouvé, dans un vieux livre, quelques phrases qui indiquaient clairement que le Messie devait apparaître dans l'année. Il avait montré le texte à des amis proches, des érudits, comme lui, et ils avaient reconnu qu'il ne pouvait être plus limpide. Mieux encore, il avait découvert un ancien commentaire qui déclarait que lorsque la Grèce serait en guerre avec Ismaël, la délivrance viendrait. Il venait d'apprendre, lors d'une conversation aux bains rituels, que la Russie et la Turquie étaient sur le point d'entrer en guerre. La Russie était la Grèce, bien sûr, et on savait depuis toujours que la Turquie descendait d'Ismaël, le fils d'Agar, l'esclave de Sarah.

« Il ne peut en être autrement », marmonna le Rabbi, de plus en plus excité.

Un instant, un doute indigne, contraire au judaïsme, plana dans son esprit. Depuis le jour où il avait commencé à penser, Reb Meïr découvrait régulièrement des allusions, des indications mystérieuses qui annonçaient une Rédemption prochaine. Chaque fois qu'une guerre éclatait, il découvrait un commentaire qui, en des termes très clairs, prouvait que c'était l'ultime combat. Le Messie allait enfin apparaître. Mais il n'était pas encore venu ! Les Juifs se trouvaient encore en exil ! Un saint comme Reb Moses avait eu une papillote arrachée !

Le doute disparut. Reb Meïr savait qu'il avait péché. C'était le Malin qui inspirait cette hésitation obscure. Un Juif devait avoir la foi ! Il devait être prêt, chaque jour, chaque heure, chaque instant, à entendre les trompettes de la délivrance ! Le grand-père de Reb

Meïr s'était toujours couché tout habillé (quittant seulement sa robe de chambre) de peur d'être pris au dépourvu en pleine nuit ! Reb Meïr revoyait sa grand-mère discuter avec son mari pour le convaincre de retirer au moins ses chaussettes. « Quoi ? disait le grand-père. Si le Messie arrive, je vais me mettre à chercher mes chaussettes ? »

Reb Meïr, songeant à ce saint homme, reprit confiance. Peu à peu la certitude de la délivrance chassa ses idées sombres. Il oublia les horribles décrets. Il oublia l'innommable chef de la police, devant lequel il avait tremblé. Il ne pensa plus aux souffrances qui accablaient les Juifs pieux. Le son lointain d'un clairon résonna dans ses vieilles oreilles, son écho emplit tout l'univers.

Il n'imaginait pas clairement comment viendrait la délivrance. Les livres anciens décrivaient une variété de signes annonciateurs. Certains disaient que le Messie arriverait avec le tonnerre et la foudre. Trois jours avant éclaterait un orage tel que la terre n'en avait jamais connu ; la terreur fondrait sur tous les êtres vivants. Puis une voix retentirait dans le ciel, proclamant l'heureuse nouvelle. D'autres ouvrages affirmaient que le Messie viendrait sans bruit, à l'heure où les Juifs s'affairent sur la place du marché. Il serait monté sur un âne blanc, comme un pauvre homme, il n'y aurait ni ouragan ni présages. Peu importait de quelle manière le Messie choisirait d'apparaître. Sa venue serait un événement heureux pour les Juifs, surtout pour les hommes pieux et instruits.

Bien sûr, se dit-il avec mépris, les gens simples, ignorants, se l'imaginent très naïvement : un festin avec du rôti de léviathan et de Grand Bœuf, du vin en quantité illimitée, et les chrétiens du monde pour les servir. Reb Meïr sourit devant un tel manque d'imagination. Peut-être Dieu offrirait-il des plaisirs aussi terre à terre aux ouvriers et aux charretiers. Que connaissaient-ils d'autre ? Que valait leur intelligence ? Tout autres étaient les joies des hommes instruits. Pour eux la nourriture, la boisson et le confort n'étaient pas une fin en soi. Ils n'avaient pas souffert, étudié et prié pour cela. Leur récompense serait plus noble.

Il voyait distinctement un monde illuminé par une clarté que les enfants d'ici-bas ne peuvent imaginer. Une lumière que Dieu avait cachée en prévision de la fin du monde. Une série de tables où s'alignaient les saints et les érudits de tous âges, selon leur rang. Les patriarches se trouveraient là eux aussi. Et Moïse, Aaron, les anges, les prophètes, les sages, les professeurs. Lui, le Tout-Puissant, l'Infini, présiderait, il bavarderait avec les saints et leur expliquerait la Loi.

Grande est la Loi, et pleine de mystères. Reb Meïr le savait. Dans chaque mot, dans chaque lettre, dans chaque point, se dissimulent de grandes vérités. Des hommes au savoir sublime, savait aussi Reb Meïr, avaient révélé avec une extrême clarté de nombreux secrets de la Loi. Des milliers d'années les Juifs avaient étudié la Loi et fouillé dans ses trésors cachés. Ils avaient écrit tant de livres ! Des rayons entiers. Lui-même, Reb Meïr, qui était un sot et un ignorant en comparaison de ces grands hommes, avait rédigé plusieurs ouvrages, apportant son humble participation à l'infinie tâche de la Loi. Peut-être serait-il jugé digne, après tout, de s'asseoir à l'une des tables. Certes, ce serait la place la plus étroite à la table la plus basse. Mais il serait présent. Car le Tout-Puissant aime ceux qui se préoccupent des sens cachés de la Loi. Malgré cela, il restait encore beaucoup de choses à clarifier. C'était comme si l'étude de la Loi n'avait pas encore commencé. Quelle joie lorsque le Tout-Puissant révélerait à tous ses saints les profondeurs et la gloire qu'ils avaient contemplées !

La joie étreignit le cœur de Reb Meïr, une joie immense qui réchauffa ses vieux os.

« *Ani maamin !* Je crois ! s'écria-t-il tout haut, avec ferveur. Je crois à la venue du Messie ! Et bien qu'il tarde, j'attends Sa venue chaque jour, chaque heure, chaque seconde. »

Ses yeux, tournés vers le ciel, ne voyaient plus le plafond bas, noirci par la fumée. Ils virent une grande lumière. Le son des trompettes retentit clairement à ses oreilles. Une voix puissante s'approchait. Il entendit des cris, des sifflements, des pleurs, une multitude de voix. Son cœur frémit. Il attendit. Les voix étaient plus près, les pas distincts, innombrables. Brusquement, la porte s'ouvrit toute grande et une horde de Juifs se rua à l'intérieur.

« Rabbi ! annoncèrent des voix joyeuses. Rabbi ! »

Reb Meïr se leva d'un bond.

Il est venu ! Cette pensée fulgurante s'empara de son esprit et de son corps, de ce corps si frêle et tendu qui avait souffert tant d'années dans l'attente du Messie. Il est là !

Il y eut un énorme fracas derrière la porte. Quatre Juifs ensanglantés entrèrent en titubant et jetèrent sur le sol une masse de chair, de loques et de cheveux qui gémissait violemment.

« Rabbi ! hurla le boucher Abish. Je l'ai trouvée ! La fille du bedeau Reb Kanah, la putain ! »

Reb Meïr resta pétrifié, se cramponnant des deux mains au bord de la table du jugement.

« Qui êtes-vous ? » croassa-t-il.

Il ne reconnut pas Abish, qui venait le voir presque tous les jours avec le foie et les poumons d'un animal, pour savoir s'ils étaient purs ou impurs.

18

Zivyah, la fille du bedeau, était étendue par terre devant la table du jugement, dans la même position.

« Salope ! Lève-toi ! crièrent plusieurs voix. Comment oses-tu rester par terre dans la maison du jugement ? »

Elle ne paraissait pas entendre. Sans bouger, elle hurlait comme un animal.

Abish s'approcha les poings serrés. Reb Meïr l'arrêta sévèrement.

« Pas par la force ! » dit-il.

Le Rabbi essaya la douceur. Sans regarder directement la fille, il lui dit : « Vous. Levez-vous. Un être humain ne doit pas se coucher sur le sol comme un animal. »

Elle ne répondit pas, elle ne se tourna pas vers lui. La femme de Reb Meïr s'approcha.

« Jeune fille ! dit-elle. Vous n'avez pas honte ? Il y a des hommes dans la pièce. »

Zivyah ne répondit pas.

La femme du Rabbi dénoua son large tablier et couvrit les jambes à demi nues de la fille.

« Une demeurée ! » dit le Rabbi avec pitié et, regardant les Juifs tout autour, qui crachaient de dégoût et marmonnaient des malédictions, il ajouta : « Je ne le supporterai pas ! Il est interdit aux Juifs de maudire ! »

Il ordonna à quelqu'un d'aller chercher le père de Zivyah, puis il recommença à interroger la jeune fille.

« Fille de Kanah, dit-il, dites si ce dont on vous accuse est vrai – si vous avez, le Ciel nous en garde, péché et si vous vous êtes prostituée. »

La fille leva les yeux vers lui, mais ne répondit pas.

« Vous vous taisez ! continua le Rabbi. Vous ne niez pas. Cela signifie que vous avouez. Si c'est le cas, déclarez devant ce tribunal qui est l'homme avec lequel vous avez péché. »

La fille resta silencieuse, immobile.

« N'ayez pas peur, reprit le Rabbi. Vous êtes dans ma maison, qui est celle du jugement. Aucun mal ne vous arrivera ici. Avez-vous péché de votre plein gré, inspirée par un désir mauvais, ou avez-vous été prise par la violence ? Un homme a-t-il abusé de vous contre votre volonté ? »

La fille le regardait les yeux écarquillés.

« Car si le mal a été commis contre votre volonté, si un homme a utilisé la force contre vous – la voix du Rabbi se mit à chanter, comme s'il donnait une leçon à un élève – si vous avez crié et que personne n'a entendu votre voix, alors vous n'êtes pas coupable, car vous avez été tourmentée contre votre gré. Ainsi le dit la Loi sacrée. Si un homme rencontre une femme dans un champ, et la force à se coucher avec lui, tu ne feras rien à la femme. C'est un criminel, comme l'homme qui s'élève contre son frère et le tue. Il l'a trouvée dans le champ, elle a crié et personne n'est venu la secourir. »

La jeune fille le regardait avec curiosité, comme un enfant à qui l'on raconte une belle histoire.

« Et même si, chanta le Rabbi, même s'il n'y a pas eu violence, si un homme vous a persuadée, si vous vous êtes laissé convaincre, vous devez déclarer au tribunal le nom de cet homme. Il sera alors appelé à comparaître devant nous et il sera jugé selon la Loi sacrée. S'il est célibataire, il sera contraint de vous épouser pour que vous ne mettiez pas au monde – Dieu nous aide ! – un bâtard. Si c'est un homme marié il sera obligé de vous verser des dommages et intérêts, à vous et à votre père à cause du mal et de la souffrance qu'il vous a infligés, et il devra faire pénitence pour le grand péché qu'il a commis. »

La fille continua de le fixer, les yeux grands ouverts. C'était la première fois que quelqu'un lui adressait des paroles aussi étranges, musicales. Cela lui plaisait.

Reb Meïr fronça son immense front, et continua :

« Et même si vous n'avez pas été persuadée, mais – que Dieu préserve les filles juives ! – si vous avez agi de votre plein gré, si vous avez désiré ce mal, vous devez prononcer le nom de l'homme qui a péché avec vous, qu'il soit marié ou non, qu'il soit vieux ou jeune, qu'il habite cette ville ou qu'il soit étranger. Car même alors le tribunal convoquera l'homme ici, l'obligera à vous prendre pour femme, ou à vous dédommager avec de l'argent. Dites seulement la vérité, car vous êtes devant le tribunal, qui représente le Tout-Puissant. »

Elle ne répondit pas.

« Peut-être avez-vous honte d'avouer devant tous ces gens, poursuivit Reb Meïr. Dans ce cas vous pouvez aller dans une autre pièce, ou bien j'ordonnerai à ces personnes de sortir. Je resterai seul avec un autre Juif, comme l'exige la Loi, pour vous écouter. »

Zivyah était toujours étendue sur le sol, muette.

Le visage du Rabbi ruisselait de sueur. Il prit son mouchoir et s'épongea. Il cessa d'évoquer la Loi et fit appel à des émotions humaines.

« Vous », dit-il, ne sachant comment s'adresser à elle. « À cause de vous et de l'homme avec lequel vous avez péché, les petits enfants de cette ville meurent avant leur heure. Le tribunal doit savoir avec qui vous vous êtes prostituée. Il a le devoir de purifier la communauté, afin que l'ange du Ciel se détourne d'elle. Des vies humaines sont en jeu, comprenez-vous ? »

Toujours pas de réponse.

« Vous ne devez pas être effrayée, insista le Rabbi, si l'homme avec lequel vous avez péché est riche, puissant, fort ou cruel, ou s'il vous a donné de l'argent. En présence du tribunal les riches, les pauvres, les faibles et les forts sont pareils. L'homme important est comme celui qui écorche les cadavres pour gagner sa vie. Avouez votre péché et prononcez le nom du coupable. L'ange du Ciel se détournera alors des âmes innocentes, des petits enfants, qui n'ont commis aucun mal. »

La fille fixa le Rabbi, souleva son tablier et se moucha. La foule perdit patience.

« Salope ! Réponds ! C'est le Rabbi qui te parle ! »

Le boucher Abish fut incapable de se contenir plus longtemps.

« Rabbi ! supplia-t-il. Je vous en prie ! Je vais la faire parler ! Je sais m'y prendre ! »

Mais Reb Meïr l'écarta du geste. Voyant qu'il ne servait à rien de discuter, il éleva la voix et s'adressa sévèrement à la fille.

« Ne croyez pas, cria-t-il, que la communauté autorisera cela. Vous serez poursuivie et punie. Vous serez pourchassée comme une bête sauvage. L'enfant que vous portez sera un bâtard. Il est écrit dans la Loi qu'il n'aura pas le droit d'entrer dans la communauté, et qu'il est interdit à quiconque de l'épouser. Aucun homme ne pourra vous proposer le mariage. Vous serez méprisée et tournée en dérision, vous couvrirez votre père de honte. Il sera peut-être chassé de la synagogue, car les péchés des enfants rejaillissent sur les parents. Mais si vous avouez, si vous nommez celui qui a péché avec vous, nous le contraindrons à vous épouser, et la honte ne pèsera ni sur vous ni sur les générations que vous mettrez au monde. Le tribunal vous veut du bien. Parlez ! »

Le boucher Abish n'en pouvait plus. Sans être vu du Rabbi il s'était glissé près de la jeune fille. Brusquement il se pencha, la remit violemment debout, et lui administra deux gifles terribles, une sur chaque joue.

« Réponds, putain ! C'est le Rabbi en personne, que Dieu le bénisse, qui te parle ! »

Il la lâcha et elle s'effondra de nouveau, hurlant, lançant des coups de pied dans tous les sens et se découvrant jusqu'à mi-cuisse. Le tumulte régnait. Le Rabbi parla avec sévérité au boucher Abish, mais sa faible voix se perdit au milieu des cris d'approbation de la foule. Les méthodes d'Abish leur plaisaient beaucoup.

« Tue-la ! hurlèrent-ils. Écorche-la ! »

La fille eût été mise en pièces sur-le-champ si la porte ne s'était pas brusquement ouverte. Reb Kanah, son père, entra, tenant sa lanterne d'une main, son bâton de l'autre, non comme un suppliant, mais droit, fou de rage. Il plongea dans la foule, écartant hommes et femmes, et se dressa au centre de la pièce : « Que se passe-t-il ? rugit-il. Avez-vous oublié où vous êtes ? Ceci est la maison du Rabbi, le tribunal ! Sortez tous ! »

Ce ne fut pas sa voix qui rétablit l'ordre, ni même la menace de ses poings, mais son insolence totalement inattendue. Il n'était pas le père responsable d'une femme coupable. Il était Kanah, le bedeau. Un silence abasourdi gagna l'assistance.

Kanah se baissa pour relever sa fille. Il recouvrit sa tête échevelée, ensanglantée, de son châle et, la soutenant, il se tourna vers Reb Meïr.

« Que voulez-vous à cette pauvre orpheline ? demanda-t-il sèchement. Vous ne voyez pas, tous autant que vous êtes, que cette malheureuse est une infirme, une demeurée, une créature impuissante ? Pourquoi n'allez-vous pas le chercher lui, le fou, le pécheur d'Israël ? C'est lui le coupable. »

Le Rabbi plissa son large front soucieux.

« Quel fou ? demanda-t-il, stupéfait. De quoi parlez-vous, Kanah ?

— Du fou, Dieu le maudisse ! cria le bedeau. Yoshe le fou, mon assistant ! C'est ainsi qu'il m'a remercié pour mon hospitalité. Je l'ai accueilli dans ma maison alors qu'il n'était qu'un chien errant. Je lui ai donné un toit et de quoi manger. Et voici ce que je reçois en échange !

— Yoshe ? » murmura-t-on dans tous les coins de la pièce. « Yoshe ? Le diseur de Psaumes ? Yoshe le fou ? »

On entendit brusquement la voix du boucher Abish. « Le fou ? Vous appelez ça un fou ? Il a trop de bon sens… C'est ça le problème ! »

Reb Meïr était blanc et gris, comme les murs de sa propre salle d'audience que la communauté n'avait pas repeinte à la chaux depuis des années. Malheur aux Juifs de Bialogora ! Quel mal innommable Satan avait-il accompli ici… Et à la barbe du Rav, dans sa propre synagogue ! Il avait été aveugle, lui, le berger du troupeau. Une fille de bedeau ! Avec l'assistant du bedeau ! Et dans quel lieu ! Dans le cimetière, Maison de l'Éternité ! Grands dieux ! Une communauté tombée si bas ne se relèverait jamais !

Le Rabbi s'appuyait aux bras de son fauteuil en bois.

« Kanah ! Allez immédiatement chercher l'assistant du bedeau et amenez-le devant le tribunal. Immédiatement ! »

L'ordre était inutile. Abish s'était déjà précipité dehors avec une demi-douzaine de jeunes bouchers. Ils se dirigeaient au pas de course vers la synagogue, et la voix d'Abish rugissait : « Un fou ! Il n'est pas fou du tout. Il a trop de bon sens, voilà ce qu'il a, aussi vrai que je suis juif ! »

Yoshe le fou était assis dans la synagogue.

Il était le seul de toute la communauté à ignorer que Zivyah, la fille de Kanah, le bedeau, avait été prise en flagrant délit de péché par le boucher Abish. Il avait perçu une certaine agitation. Les gens étaient excités.

Ils couraient, discutaient, juraient, riaient. Mais, selon son habitude, il n'avait approché personne, il n'avait posé aucune question. Sa vie se bornait à remplir ses tâches dans la synagogue, à prendre soin des pages déchirées des livres sacrés, qu'il ramassait précieusement pour les ranger dans le grenier, à faire ses tournées tôt le matin, avec son maillet de bois, à chanter des Psaumes toute la journée, à rentrer le soir au cimetière, à dire les prières de minuit.

Rien d'autre n'existait pour lui, rien d'autre ne l'intéressait. Il ne parlait jamais de son plein gré, il se contentait de répondre aux questions qu'on lui posait. Et, quand il le pouvait, il disait seulement oui ou non.

Au moment où la ville entière était en émoi, Yoshe se trouvait à la synagogue, loin de tous. Il avait rempli d'eau les tonneaux, remis les livres à leur place, rangé les pages arrachées. À présent il récitait des Psaumes, assis près de la porte. La synagogue était déserte, et il pouvait prier sans être dérangé. Plus de courses à faire, plus de jeunes talmudistes bruyants pour le harceler. Il lut pour la millième fois le livre de Psaumes dans sa totalité, chapitre par chapitre, prononçant distinctement chaque mot, se concentrant sur sa signification. Soudain, il entendit la porte s'ouvrir avec fracas et des craquements de bottes sur le plancher. Avant qu'il n'ait eu le temps de se lever, des mains l'empoignèrent.

« Le voilà ! Nous le tenons ! »

Il posa son regard stupéfait et terrifié sur les visages qui l'entouraient, mais il ne dit rien. Jamais il n'interrompait la lecture d'un Psaume s'il pouvait l'éviter ; il se dit que c'était encore l'une des farces stupides auxquelles il s'était habitué. Tant de fois les talmudistes l'avaient frappé, l'allongeant sur un banc pour lui administrer des coups de lanière. Mais en cet instant précis Yoshe vit à l'expression des visages, à la violence des gestes qu'il se passait un événement hors de l'ordinaire. Ces hommes ne lui étaient pas familiers. Ils ne fréquentaient pas sa synagogue.

Il poussa des grognements, indiquant qu'ils ne devaient pas le forcer à parler au milieu de sa prière. Il leva les bras vers eux, mais un jeune garçon les attrapa et les attacha solidement avec une ceinture. Yoshe se mit à avoir très peur.

« *Mafsik !* » cria-t-il en hébreu, leur interdisant de l'interrompre.

Il reçut pour toute réponse une bordée de rires et d'injures.

« Arrête de jouer les idiots ! » cria Abish avec fureur.

« Pauvre petit saint, ajouta un autre. Il n'ose pas parler au milieu de ses prières. Tu n'as pas attendu d'avoir fini ta prière pour sauter sur Zivyah, hein ? »

Ces paroles lui étaient incompréhensibles, et il ne pouvait imaginer pourquoi elles lui étaient adressées. Il comprit seulement qu'un grand danger le menaçait. Il y avait trop de haine dans le visage et dans la voix de ces inconnus. Il oublia brusquement son Psaume et hurla : « À l'aide ! »

Comme le mot lui échappait, Abish le boucher lui assena un coup terrible en pleine figure, le sang jaillit de son nez et de ses lèvres, ruissela sur les petites boucles noires de sa barbe, et il perdit conscience. Abish avait l'habitude d'assommer de la sorte les bêtes rebelles qu'il conduisait à l'abattoir.

« Quatre hommes pour le porter ! » ordonna-t-il.

Ils le chargèrent sur leurs épaules comme Zivyah, quelques heures auparavant, et ils le transportèrent dans les rues de la même façon. Il ressemblait à un animal égorgé. Son chapeau glissa au sol, sa tête ensanglantée pendait sur le côté.

« Nous le tenons ! proclamait Abish dans toute la ville. Et ce n'est pas un fou – il a trop de bon sens. Nous l'emmenons chez le Rabbi. Qu'il fasse son numéro là-bas. »

La foule les suivit, comme elle avait suivi Zivyah. Des femmes crachaient, des petits enfants jetaient des pierres.

« Lapidez-le ! Pécheur d'Israël ! Assassin d'enfants innocents ! »

Derrière le cortège courait un pauvre petit talmudiste chaussé d'une paire de bottes données, tenant à la main le chapeau taché de sang et de boue de Yoshe.

19

Le tribunal juif de Bialogora interrogea des heures et des heures Yoshe le fou, sans obtenir de réponse claire.

Il était constitué de trois juges. Le Rabbi présidait. À sa droite était assis Reb Shachnah, un de ses assistants, un homme coléreux avec une bronchite chronique qui ne cessait de se moucher dans un grand mouchoir rouge. À sa gauche se trouvait Reb Tevel Borer, un marchand de bois qui était suffisamment instruit pour répondre à toutes les questions de rituel, mais qui généralement refusait d'agir en qualité de Rabbi. Sur deux bancs s'alignaient les membres riches et influents de la communauté. Contre les murs et autour du poêle s'entassaient les ouvriers et les pauvres gens. Aux portes et aux fenêtres s'agglutinaient les femmes, les enfants et les mendiants.

Le Rabbi commença, comme toujours, avec beaucoup de douceur.

Quand on fit entrer Yoshe dans la pièce, le Rabbi pâlit en voyant tout ce sang.

« Quelle honte ! s'écria-t-il. Du sang ! Ce n'est pas ainsi que doivent se comporter des Juifs ! Honte sur vous ! »

Il descendit de son banc, prit Yoshe par la manche et le conduisit dans une antichambre où se trouvait un tonneau d'eau. Il prit la louche en cuivre et aida lui-même Yoshe à se laver.

« Pauvre de moi ! » gémit-il, détournant la tête. La vue et l'odeur du sang humain lui donnaient le vertige.

Il donna une serviette à Yoshe, puis le ramena dans la salle d'audience et lui ordonna même de s'asseoir. Yoshe resta debout.

« Yoshe, dit-il, un péché a été découvert dans la communauté. La fille de Kanah, le bedeau, s'est prostituée, et elle porte un bâtard dans son sein. Son père, Reb Kanah, affirme devant ce tribunal que vous êtes le coupable. Vous l'avez persuadée, dit-il, et vous avez péché avec elle. Je vous demande donc si ce qu'il déclare est vrai ? »

Yoshe ne répondit pas.

« Yoshe, dit Rabbi Meïr. Vous comparaissez devant le tribunal. Vous devez répondre aux questions que je vous pose. Je vous demande : Reb Kanah dit-il la vérité, ou bien êtes-vous innocent de ce dont il vous accuse ?

— Je ne connais pas la vérité », répondit Yoshe à voix basse.

Reb Meïr repoussa son chapeau en arrière.

« Yoshe, dit-il. Reb Kanah vous accuse d'un péché mortel, d'un crime. Si vous êtes innocent, vous devez le prouver, pour que votre nom reste sans tache. Si vous vous taisez, vous vous ferez du tort à vous-même. La Loi sacrée dit que le silence a la valeur d'un aveu. Vous le savez ?

— Oui.

— Dans ce cas, que pensez-vous de l'accusation de Reb Kanah ?

— Rien. »

Reb Meïr commença à s'échauffer. Il ne connaissait Yoshe que vaguement, de loin. Il l'avait remarqué dans la synagogue alors qu'il travaillait ou récitait des Psaumes, assis près de la porte. Il l'étudia très attentivement, et plus il le regardait, plus il se sentait mal à l'aise. Il y avait chez cet idiot quelque chose d'étrange, de troublant. Le Rabbi fut même légèrement effrayé par l'homme et ses manières.

« Qui êtes-vous ? demanda-t-il brusquement à Yoshe.

— Je ne sais pas. »

Des rires fusèrent. Reb Meïr bouillait.

« Je ne comprends pas », dit-il, et il se tut.

Reb Tevel, le marchand de bois, le troisième membre du tribunal, fit une autre tentative. Il aborda le sujet froidement, sur le mode pratique, comme un commerçant. Il tapa sur la table, s'exclama : « Un peu de silence ! » puis se tourna vers Yoshe.

« Yoshe, dites au tribunal d'où vous venez.

— Je viens du monde.

— Pourquoi êtes-vous venu dans notre ville ?

— Je ne sais pas.

— Que voulez-vous parmi nous ?

— Rien.

— Qui êtes-vous ? Un orphelin ? Ou bien avez-vous des parents ? Êtes-vous célibataire ou veuf ? Êtes-vous divorcé, avez-vous laissé une femme derrière vous ?

— Je suis une pierre », répondit Yoshe.

Les rires furent encore plus forts. Reb Tevel ne réprimanda même pas la salle.

« Un fou, prononça-t-il d'une voix distincte. Impossible de parler avec lui. »

Reb Shachnah, l'assistant du Rabbi, se moucha violemment, avec colère, et s'attela énergiquement à la tâche.

« Yoshe, niez-vous, en présence du tribunal, avoir passé des nuits sous le toit de Reb Kanah ?

— Non », répondit Yoshe tout bas.

Le nez de Reb Shachnah rougit de satisfaction. Enfin, il parvenait à un résultat.

« Yoshe, dit-il, vous n'êtes pas un érudit. Mais vous savez lire, et vous savez donc qu'un Juif n'a pas le droit de rester seul avec une femme, pas même si elle est vierge.

— Oui.

— Alors si vous le savez, pourquoi êtes-vous resté avec elle ? Pourquoi n'avez-vous pas évité cette situation ?

— Je ne sais pas.

— Si c'est le cas, Reb Kanah, le bedeau, peut à juste titre vous soupçonner de ce péché.

— Oui. »

Reb Shachnah se prit la barbe des deux mains.

« Vous reconnaissez que Zivyah est enceinte de vous ?

— Non.

— Mais vous avez reconnu, n'est-ce pas, que vous êtes suspect.

— Oui.

— Si vous dites vous-même qu'on peut vous soupçonner à juste titre, nous avons le droit d'interpréter cette réponse comme un aveu.

— Je ne sais pas. »

Reb Shachnah entra dans une telle rage qu'il faillit s'arracher le nez avec son propre mouchoir.

« Pécheur ! hurla-t-il. Répondez clairement ! »

Il se leva et remonta ses larges manches. Il parut sur le point de se jeter sur Yoshe pour l'attaquer. Mais Reb Meïr le retint par le bras, et dit :

« Pas de colère, Dieu nous aide. »

Reb Shachnah se maîtrisa, se rassit et se lança dans une autre voie.

« Yoshe, dit-il, essayant de conserver son calme, quel âge avez-vous ?

— Je ne sais pas.

— Cela veut dire que vous ne vous en souvenez pas. Très bien. Mais vous n'êtes certainement pas un enfant. Vous êtes un homme fait. Pourquoi n'avez-vous pas de femme ?

— Je ne sais pas.

— Est-ce parce que vous n'êtes pas – Dieu nous garde ! – un homme à part entière ? Parce que vous êtes infirme ?

— Non.

— Vous êtes alors un homme normal, avec des instincts et des appétits normaux ?

— Oui.

— Pourquoi ne vous êtes-vous pas marié, comme tous les Juifs ? Pourquoi n'avez-vous pas demandé à cette communauté de vous trouver une pauvre orpheline ?

— Je ne sais pas.

— Quoi alors… êtes-vous plus fort que les élans mauvais ?

— Non.

— Vous avouez alors que Zivyah est enceinte de vous ?

— Non. »

Reb Shachnah se cramponna de nouveau à sa barbe.

« Pécheur ! hurla-t-il. Païen ! Insolent ! »

Reb Meïr essaya de l'arrêter, mais il ne baissa pas le ton.

« Yoshe, cria-t-il, le tribunal sait que la fille de Kanah n'a eu aucun rapport avec d'autres hommes. Avouez votre péché, ou vous le regretterez amèrement. »

Yoshe resta silencieux.

Reb Shachnah se pencha en avant et brandit un doigt menaçant.

« Yoshe ! Si vous avouez, le tribunal vous disculpera, et vous épouserez la fille de Reb Kanah. La communauté réunira même un peu d'argent pour vous, afin que vous preniez un travail et nourrissiez votre femme. Si vous avouez et si vous faites pénitence, vous serez pardonné. Et quand le temps sera révolu, dans cent vingt ans, vous deviendrez peut-être même le bedeau de la synagogue. Ou bien vous deviendrez fossoyeur. Mais si vous vous obstinez à nier, on vous liera les pieds et les mains dans la cour de la synagogue, et vous serez fouetté en présence de toute la communauté. »

Yoshe se taisait. Reb Shachnah agita le doigt encore plus fort. C'était avec ce doigt, surmonté d'un ongle crochu, qu'il vérifiait le tranchant des couteaux des égorgeurs, pour voir s'ils étaient conformes aux exigences rituelles.

« N'imaginez pas, cria-t-il, que ce sera tout. Quand nous en aurons fini avec vous nous vous livrerons aux chrétiens. Ils vous enchaîneront et vous enverront en

Sibérie. Un si grand pécheur d'Israël peut en toute justice être abandonné aux chrétiens ! »

Yoshe resta silencieux.

Reb Shachnah essaya une dernière menace.

« Yoshe ! On vous enverra à l'armée ! »

Mais là encore il échoua à arracher une réponse au jeune homme.

Reb Shachnah s'effondra sur sa chaise, regarda autour de lui et dit faiblement : « Il m'a épuisé. Je n'en peux plus. »

Abish, debout contre le mur, se mit à taper du pied avec fureur. Comme un chien à l'attache, il grognait tout bas.

« Rabbi ! s'écria-t-il soudain. Laissez-moi faire ! Si je le tiens, je le ferai parler ! »

Une clameur d'approbation s'éleva dans l'assistance. Hommes et femmes poussaient des hurlements féroces.

« Tue-le ! Assassin de petits enfants ! »

Le Rabbi intervint à nouveau. « Kanah, dit-il durement, faites venir votre fille. Peut-être dira-t-elle quelque chose à l'accusé. »

Reb Meïr n'avait guère foi en sa propre suggestion. Il y eut des murmures dans la salle. La plupart des personnes présentes avaient assisté au premier interrogatoire de Zivyah. « Que va-t-il en tirer à présent ? » se demandèrent-elles.

Un événement inattendu se produisit alors. Quand Zivyah comparut devant les juges, elle était devenue une autre femme. Au lieu d'opposer un silence indifférent, bestial, à toutes les questions, elle se montra attentive à tout ce qui se passait, et à un signal de son père elle répondit sans hésitation.

« Allez, Zivyah, dit Reb Kanah d'une voix ferme et calme. Le Rabbi veut te parler. »

Zivyah saisit la manche de son père et s'approcha du tribunal.

« Couvre ta tête, dit Reb Kanah. Tu ne peux pas rester ainsi en présence du Rabbi. »

Zivyah obéit.

« Le Rabbi en personne va t'interroger, continua le bedeau. Tu ne dois pas avoir peur de lui... C'est un Rabbi, Dieu le bénisse, il ne te fera aucun mal. Tu dois lui répondre, tu entends ?

— Oui. Bien. » Elle hocha la tête énergiquement.

Le Rabbi s'adressa à elle comme à un petit enfant. Désignant Yoshe, il demanda :

« Vous connaissez ce Juif ? »

Zivyah gloussa, et acquiesça encore de la tête. « Je sais, dit-elle.

— Comment s'appelle-t-il ?

— Yoshe le fou », répondit-elle fièrement. Son visage s'illumina, comme si elle avait oublié tout ce qui venait de lui arriver.

« Vous ne devez pas appeler un Juif de cette façon, dit patiemment le Rabbi. Son nom est Yoshe.

— Oui, Yoshe. » Elle rit encore.

Le Rabbi reprit courage. Se tournant vers ses collègues, il murmura : « Elle répond comme un être humain à présent. » Alors commença la partie la plus difficile de l'interrogatoire. Il ne pouvait pas l'appeler par son nom. Il n'avait jamais prononcé le nom d'une femme. Les questions qu'il voulait poser étaient délicates. Il hésita avant de parler.

« Dites au tribunal, commença-t-il, embarrassé, si cet homme, Yoshe, est déjà resté seul avec vous. »

La fille gloussa encore plus fort. Son père lui jeta un regard sévère. « Ne ris pas, Zivyah, commanda-t-il. Le Rabbi te demande si Yoshe est déjà resté seul avec toi dans la même pièce. C'est arrivé plusieurs fois la nuit, quand on m'a appelé au chevet d'un mort, n'est-ce pas ? »

La jeune fille hocha la tête : « Oui ! Oui ! »

Reb Meïr prononça la question suivante avec une extrême difficulté.

« A-t-il jamais essayé de se conduire d'une manière indécente avec vous ? »

Zivyah ne comprit pas. Elle fourra un coin de son châle dans sa bouche pour se retenir de rire. Le Rabbi fit encore une tentative.

« Je veux dire, reprit-il, s'est-il conduit légèrement avec vous, a-t-il eu des gestes frivoles ? Vous a-t-il prise par la main ? A-t-il jamais tenté de vous persuader ? A-t-il jamais dit qu'il serait votre mari ? »

La fille sortit le morceau de tissu de sa bouche. Au vu et au su du tribunal et de l'assistance, elle se glissa auprès de Yoshe, comme elle avait pris l'habitude de le faire dans la chambre de son père, et elle pressa son corps contre le sien.

« Mari ! » Elle avait saisi ce mot. « Yoshe, le mari de Zivyah… Yoshe… » Elle éclata de rire. On eût dit un cheval qui hennissait.

Une rumeur monta dans la salle : « Écoutez ! Vous avez entendu ça ! »

Il n'y avait pas l'ombre d'un doute dans l'esprit des gens, ni dans celui du Rabbi. Il était convaincu mais, pour accomplir son devoir, il voulait obtenir une preuve irréfutable.

Il alla plus loin.

« Fille de Kanah », dit-il soudain, s'adressant à elle pour la première fois, lui conférant le titre réservé aux femmes respectables. « Dites au tribunal s'il s'est passé entre vous et Yoshe ce qui arrive entre un mari et sa femme. »

Elle ne comprit pas.

Reb Meïr choisit un langage plus simple.

« S'est-il uni avec vous ? »

Elle ne comprenait toujours pas.

Quelques instants le Rabbi se frotta la tête avec son chapeau. Il chercha un mot qui ébranlerait l'esprit borné de la jeune fille. Il se sentit envahi par une chaleur soudaine et rougit. Dans sa gêne, il retrouva les mots de la Bible.

« Il a couché avec vous ? » demanda-t-il.

La fille fourra de nouveau le coin de son châle dans sa bouche et étouffa une crise de fou rire. Le bedeau tapa brusquement sur le banc et cria d'une voix qui n'annonçait rien de bon : « Zivyah ! Réponds !

— Coucher avec moi, bredouilla-t-elle. Yoshe... sur le poêle... »

La rumeur monta de nouveau, violente, comme un rugissement de bête féroce. La voix d'Abish retentit, plus forte que les autres : « Je vous dis qu'il n'est pas fou ! »

Les hommes commencèrent à s'avancer. Reb Meïr se précipita aux côtés de Yoshe. « Juifs ! cria-t-il. Rentrez chez vous ! Le tribunal, avec l'aide de Dieu, fera son devoir, et la communauté en sera informée. »

Il fallut les efforts conjugués du tribunal et de Reb Kanah pour dégager la salle. Le boucher Abish fut le dernier à sortir. « Rabbi, permettez-moi de rester dans un coin ! suppliait-il. Je vais me cacher derrière le poêle. Vous ne me verrez même pas. »

Mais personne n'eut le droit de rester, pas même Kanah, le père de Zivyah. Dès que les trois juges furent seuls, Reb Meïr, avec la légèreté et l'énergie d'un jeune homme, tira l'échelle jusqu'à l'une des bibliothèques, grimpa allègrement jusqu'en haut, et redescendit avec plusieurs énormes volumes poussiéreux, reliés en cuir. Il les ouvrit sur la table, et les trois hommes s'assirent pour discuter de l'affaire.

Ils passèrent la nuit à consulter les textes.

Ce n'était pas une affaire simple. La culpabilité de Yoshe était clairement établie dans l'esprit de Reb Meïr et de ses assistants. Mais, en dernière analyse, il n'y avait aucun témoin. La Loi exigeait le témoignage de personnes ayant assisté au crime. D'autre part, l'orpheline avait fait une déclaration sans équivoque au tribunal. Pourtant, il existait une bonne raison de minimiser ses aveux : elle était impliquée. Malgré tout, c'était une demeurée, et on pouvait en déduire qu'elle avait dit la vérité. Si au moins Yoshe avait nié ! Mais non. Il avait répondu de manière évasive à toutes les questions – des demi-réponses, dépourvues de sens, sans aucune valeur de démenti.

L'affaire eût été infiniment plus complexe, cependant, si la femme avait été mariée à un autre homme, ou même si l'on avait pu soupçonner que son époux était encore vivant. Mais il s'agissait d'une jeune fille. Certes, on ne savait pas si Yoshe était marié ou non.

Personne ne savait réellement d'où il venait. Dans la ville de Bialogora on pensait qu'il était célibataire, et rien ne permettait de croire le contraire. Même si Yoshe avait été marié, ce n'était pas une difficulté insurmontable. Car selon la Loi sacrée un Juif peut avoir plusieurs femmes. La monogamie n'était pas une loi, mais une coutume, elle datait seulement de l'époque de la *takana*[1] du grand Rabbi Gershom. En Terre sainte il existait encore des Juifs pieux qui avaient deux femmes. Le tribunal devait se rappeler que la destinée d'une jeune fille juive était en jeu, qu'il fallait sauver une orpheline de la honte éternelle.

Ces points furent débattus durant les longues heures de la nuit. Cependant la décision finale fut le résultat d'une inspiration. Reb Meïr se souvint brusquement que dans une période de calamité il était recommandé à la communauté d'implorer la miséricorde du Tout-Puissant par un acte vertueux – comme de marier au cimetière un garçon et une fille très pauvres. Les plus misérables, les plus obscurs, les plus désespérés étaient choisis – ceux qui, sans l'intervention de la communauté, n'auraient jamais connu les liens sacrés du mariage : des idiots, des infirmes, Dieu nous garde, une femme ayant dépassé l'âge de se marier, ou même une fille perdue, un homme que personne ne voudrait regarder. Par un tel acte de charité et d'humanité, affirma Reb Meïr, l'ange du Ciel serait écarté. Il évoqua les nombreuses fois où ce remède avait suffi à enrayer la peste.

Plus il parlait, plus il apparaissait que la main de la Providence avait provoqué cette situation. Le Ciel

1. Modification de commandement. *(N.d.T.)*

leur avait montré l'issue. Le Rabbi referma ses livres et dit à ses assistants, épuisé, mais le regard illuminé :

« Je déclare que c'est la seule réponse. Nous les marierons sur-le-champ, à l'intérieur de la Maison de l'Éternité. Grâce à cette bonne action, la colère du Ciel s'apaisera. »

Reb Tevel étira ses membres douloureux et eut un bref sourire.

« C'est un arrangement très convenable, dit-il. Une idiote et un fou ! Que peut-on trouver de mieux ? »

L'aube filtrait à travers la fenêtre, éclairant leurs visages hagards. Rabbi Meïr regarda le jour en fronçant le sourcil. Il se demanda s'il faisait assez clair pour distinguer un fil bleu d'un fil vert. Si, selon la Loi, il était l'heure de dire la première prière du matin. Non que ce fût d'un grand secours, car en plein soleil le Rabbi n'était pas sûr de reconnaître le bleu du vert.

« Que pensez-vous, messieurs ? demanda-t-il. Est-ce l'heure de la prière ? »

Dans la pièce voisine Yoshe le fou dormait près du tonneau. À bout de forces, il ne se leva pas à l'heure habituelle pour faire sa tournée et réveiller les fidèles. La lueur bleutée de l'aube jouait sur son visage d'enfant.

20

Avec une profonde ferveur et beaucoup d'enthousiasme, la communauté de Bialogora célébra, dans l'enceinte du cimetière, le mariage de Zivyah, fille du bedeau Kanah, et de son assistant à la grande synagogue, Yoshe le fou.

Dès que le Rabbi eut prononcé du haut de sa chaire, le lendemain du procès, le jugement rendu par le tribunal, et donné la raison de sa décision, les hommes et les femmes de Bialogora virent en Zivyah et Yoshe le salut de leur communauté. Là où les médecins et Reb Borouch avaient échoué, ces deux êtres réussiraient. Ce que les prières, les coupons de lin et les mèches de bougies n'avaient pas réalisé, ce mariage l'accomplirait. La place du marché, la synagogue et les rues résonnaient des louanges de Reb Meïr.

« C'est un saint ! disaient les gens. Un saint et un sage. Seul le Ciel a pu lui inspirer cette idée. »

La haine envers les deux pécheurs, l'idiote et le simple d'esprit, se métamorphosa immédiatement en pitié, et même en affection.

« Pauvres orphelins ! » soupiraient les femmes en s'affairant. Les noces du cimetière seraient grandioses, elles feraient honneur à la communauté, le Ciel ne résisterait pas à cet appel. Le bonheur de Zivyah et de Yoshe devint la préoccupation de tous. Pourvu qu'il ne leur arrive rien avant le mariage ! Pourvu que Yoshe le fou n'imagine pas de s'enfuir de Bialogora, de déshonorer la ville une seconde fois et de lui attirer d'autres malheurs.

Son comportement les troublait. Pas un signe de joie, ni même de soulagement, sur son visage. Il était plus silencieux que jamais. Les Juifs de Bialogora essayèrent de le tirer de sa réserve. Ils le traitèrent avec la considération et le respect dus à un futur marié de haut rang. Ils l'invitèrent à dîner chez eux. Ils interdirent aux élèves de la synagogue de le harceler; quand un jeune talmudiste lui jetait, moqueur : « Hé, Yoshe ! C'était comment sur le poêle ? » les Juifs plus âgés le réprimandaient, criant : « Païen ! Laisse-le en paix ! C'est un fiancé ! »

Yoshe n'accordait aucune attention à toutes ces propositions. Il refusait les invitations. Il n'entrait en conversation avec personne. Jour après jour, il restait assis près de la porte à murmurer des Psaumes. La nuit il dormait sur un banc dans la synagogue.

« Yoshe ! lui disaient-ils. Tu t'es assez repenti. Un futur marié ne doit pas être triste. Il faut te réjouir. »

Yoshe ne se laissait pas dérider. Il devint encore plus sombre qu'auparavant. Des femmes pieuses lui apportaient des repas chauds dans la synagogue. Il n'y touchait pas. Il mâchait un morceau de pain dur, buvait de l'eau et prononçait de longues bénédictions. Il ne parlait à personne. De temps en temps seulement, il allait à la fenêtre et regardait les champs. Les Juifs l'observaient et tremblaient. Ils montaient la garde à tour de rôle, plaçaient des hommes sûrs auprès de lui. Il ne pouvait pas sortir dans la cour sans être accompagné.

« Il est dangereux pour un futur marié d'être seul », lui disaient-ils avec douceur.

Pas une habitante de Bialogora qui ne participât aux préparatifs du mariage. Les plus actives étaient les femmes des maisons riches et les épouses des personnalités de la synagogue.

Les derniers rouleaux de tissu utilisés pour le cimetière servirent à confectionner des chemises, des housses de coussins, des draps de lit et des nappes pour les mariés. Des groupes de femmes se réunirent pour mesurer, couper et coudre. Les épouses dévotes allèrent même jusqu'à décorer les cols des chemises de nuit de Zivyah de jolis motifs rouges. Les pauvres femmes qui avaient des filles trop vieilles pour se marier murmuraient avec envie. « Quelle chance cette idiote a ! »

Le boucher Abish, qui avait voulu briser les os de Yoshe, était le plus efficace de tous. Un grand sac suspendu à l'épaule, il allait de maison en maison, amassant des cadeaux pour le marié : des caftans, un châle de prières, des phylactères, des chapeaux, des calottes, et même des ceintures. Il prenait ce qu'il y avait de plus beau.

« Pas de vieilleries, s'il vous plaît, disait-il. Pas de vêtements déchirés ni rapiécés. Cela ne convient pas à un fiancé. »

La Congrégation du Dernier Devoir envoya ses hommes dans les magasins et les échoppes de la place du marché. Ils firent provision de farine, d'œufs, de raisins secs et de graisse d'oie pour les noces. Les femmes leur donnèrent de généreuses portions.

« Que Dieu ait pitié de nous, disaient-elles en levant les yeux au ciel. Puisse ce mariage nous délivrer de notre malheur. »

Les mères dont les enfants étaient morts de la peste rassemblèrent les chemises et les robes de leurs morts et les apportèrent à la fiancée enceinte. « Vous en aurez besoin bientôt », dirent-elles. Ce genre de cadeau avait pour vertu de protéger les vivants.

Les femmes les plus riches de la ville s'engouffrèrent chez la boulangère, la veuve Shprintze, et réquisitionnèrent son four pour préparer les gâteaux et le pain du mariage. Elles firent tout de leurs propres mains. Elles allèrent même chercher l'eau à la rivière. Elles voulaient participer le plus étroitement possible à la bonne action entreprise par la ville de Bialogora. Aucun effort ne leur paraissait assez grand. Aucun gâteau ne leur semblait assez bon, et elles faillirent gâcher la pâte à force d'ajouter des œufs et du sucre.

Le matin du mariage, qui était un mardi, jour de chance, les magasins de la ville juive fermèrent. Pas une femme, pas un homme, pas un enfant ne devait manquer la cérémonie, quel que fût son âge ou son rang. Toute la ville était conviée. Et toute la ville participa aux préparatifs. On n'avait jamais vu autant de femmes à leurs fourneaux. Le boucher Abish récolta d'énormes quartiers de bœuf, des douzaines de poules et d'oies. On envoya les pêcheurs à la rivière en leur recommandant de revenir avec la plus belle prise de leur vie. Samson, le guérisseur musicien, réunit son orchestre et lui fit répéter de nouvelles marches nuptiales. Tous les heder de Bialogora étaient fermés.

Dans les rues et les maisons on entendait sans cesse « *Mazel tov !* » « Félicitations ! Longue vie au peuple juif ! Que Dieu ait pitié de notre communauté, par égard pour ce couple de malheureux ! »

Des jeunes filles ambitieuses, désireuses de paraître à leur avantage le jour des noces, se lavèrent les cheveux dans l'eau fraîche de la rivière. Les filles de parents fortunés prêtèrent leurs lainages du shabbat à de pauvres couturières et à des servantes, pour leur permettre d'assister aux noces. Dans cette orgie de piété leurs mères aidèrent les domestiques à s'habiller. Gênées de les voir dans ce costume inhabituel elles disaient :

« Que la grâce divine vienne en aide à notre ville ! Jeune fille, il convient que tu sois bien habillée un jour comme aujourd'hui. »

À midi toute la communauté prit la route du cimetière.

Les Juifs hassidiques, les disciples de Rabbis miraculeux, portaient des caftans en satin et des chapeaux de velours. Les ouvriers avaient mis leurs caftans du shabbat en drap noir, fendus derrière, et des chapeaux en popeline. Les riches dames, vêtues de soie et de satin, avaient ressorti les dentelles de leurs noces. Les jeunes mariées arboraient leurs plus belles coiffures, échafaudages de linon et de gaze, surmontées d'oiseaux joyeux aux ailes déployées. Tous les colliers, broches, épingles à diamants, boucles d'oreilles et bracelets chatoyaient dans l'enceinte du cimetière. Yente, l'usurier, ouvrit son cœur, et prêta aux pauvres ménagères les bijoux qu'elles avaient mis en gage.

Les jeunes filles riches portaient des bas blancs, des escarpins vernis, et tenaient délicatement des ombrelles aux couleurs vives. Des servantes habillées de vêtements d'emprunt rougissaient en rencontrant des connaissances, priant Dieu qu'elles ne s'aperçoivent de rien. Leurs cheveux étaient relevés en un chignon rigide, orné d'un ruban.

Du sable jaune avait été répandu autour de la maison de Kanah, contiguë à la chambre de purification. Les lanternes chinoises avaient été suspendues aux branches des arbres par les soins des élèves du heder. Des fillettes avaient décoré la chambre de Kanah avec des fleurs en papier et recouvert une chaise de peluche. Zivyah y trônait dans sa robe blanche toute neuve. Son visage était lavé, ses cheveux peignés. Elle gloussait de joie.

Samson, le guérisseur, se surpassa. Il portait un pardessus allemand, avec des rubans qui pendaient aux manches et aux revers. Il avait sur la tête une calotte en soie à quatre coins. Sa barbe venait d'être taillée et laissait apparaître une bande de menton luisant. Il se comportait comme s'il avait eu affaire au couple le plus riche de la ville. Il jouait de la flûte, dirigeait son orchestre, et se lançait dans des improvisations à la manière des bouffons traditionnels :

Musiciens, mettez du sentiment
Dans le menu de vos violons !
Jouez votre air le plus beau
Pour la fille de Kanah, le bedeau !

Les femmes se frayaient un chemin à travers la foule pour venir saluer la mariée. « *Mazel tov,* jeune épousée », disaient-elles, la larme à l'œil, et elles l'embrassaient. *« Mazel tov »*, bredouillait Zivyah à droite et à gauche.

Les jeunes filles se disputaient le privilège de commander les danses.

« Reb Samson ! Une valse. Dix kopecks pour une bonne valse ! »

« Vingt kopecks pour une polka-mazurka, Reb Samson ! »

Elles dansaient avec raideur, hautaines, un bras délicatement posé sur la taille de leur partenaire, l'autre bras dans le vide, le petit doigt en l'air. Reb Samson était cramoisi à force de jouer de la flûte. Plus il soufflait, plus les danseuses se crispaient. Elles se regardaient d'un air sévère, la lèvre boudeuse, semblant dire ne-me-touchez-pas. C'était l'idée qu'elles se faisaient des grands bals.

Malheureusement elles ne purent dissuader Zivyah de se joindre à elles.

« Jeune mariée, dirent-elles avec douceur. Une mariée est faible, elle doit se reposer. »

Mais Zivyah hurlait à Reb Samson : « Encore ! Encore ! C'est bon ! Zivyah aime ça ! »

Les hommes étaient assis au-dehors, puisque l'unique pièce était monopolisée par les femmes. On avait aligné des tonneaux sous les arbres, et posé des planches par-dessus ; la table improvisée était recouverte d'une nappe. Une profusion de gâteaux, de fruits, de confitures, de gelées, de vins et d'alcools y étaient servis.

« *Mazel tov* aux jeunes mariés ! *Mazel tov*, Yoshe ! »

Comme si la joie de Zivyah avait suffi, largement suffi pour deux, Yoshe restait silencieux, morose. Ils ne purent lui arracher une seule parole. Il avait les dents serrées, le regard fixe. Il les laissa faire de lui ce qu'ils voulaient. Il se laissa conduire aux bains rituels, habiller de neuf des pieds à la tête ; puis on l'emmena au cimetière. Toujours sans rien dire, comme si son corps et son esprit appartenaient à deux personnes différentes, il se laissa placer en tête de la table, parmi les membres les plus importants de la communauté.

Ils s'employèrent de leur mieux à l'égayer. Ils étaient non seulement oppressés, mais un peu effrayés par son silence. C'était un mauvais présage. Ils se penchèrent vers lui, plaisantant et battant des mains :

« C'est le devoir d'un jeune marié d'être joyeux ! Réjouissez-vous ! »

Samson le guérisseur se mit de la partie. Il vint installer son orchestre juste devant Yoshe. L'âme la plus sombre de tout Bialogora ne résistait pas à Samson quand il était d'humeur à faire rire. Il se répandit en plaisanteries, poèmes improvisés et épigrammes spirituelles. Il se contorsionna, mit son caftan à l'envers et joua des airs de flûte avec des fioritures extravagantes, tout en gardant la bouche collée à l'embouchure. Yoshe resta impassible. Des jeunes ouvriers qui avaient bu plusieurs verres d'alcool fourrèrent le bout de leur barbe dans leur bouche, soulevèrent les pans de leur caftan et se lancèrent dans une *kazatski* russe endiablée. L'assistance se tordait de rire ; même Reb Meïr s'autorisa à pouffer. Mais sur le pâle visage de Yoshe, pas une lueur d'amusement, ni même d'intérêt. Il était de marbre, comme le jour où il avait comparu devant le tribunal.

Le mariage, quoique somptueux, dura moins longtemps que les autres noces. Les Juifs de Bialogora voulaient en finir le soir même. Ils ne passeraient pas la nuit au cimetière.

Près du mausolée de saint grand-père de Reb Borouch, où, les nuits d'hiver, des ballots de laine avaient servi de lit à Zivyah et aux contrebandiers, fut érigé le dais nuptial. Au son d'une marche entraînante que Samson avait empruntée à l'orchestre des Cosaques, un long cortège d'hommes et de femmes portant des bougies allumées conduisit les mariés jusqu'au dais.

Un incident fâcheux se produisit pendant la cérémonie.

Une jeune femme dont l'enfant était mort de la peste aperçut la tombe toute fraîche et, quittant le cortège, se jeta sur le petit monticule avec des pleurs hystériques.

« Chaïmele, mon tout petit ! Qu'ai-je fait de toi ? Où t'ai-je laissé ? »

D'autres femmes laissèrent tomber leurs chandelles et se mirent à gémir avec elle. Mais le Rabbi en personne, Reb Meïr, intervint sévèrement.

« Femmes ! ordonna-t-il. Pas de pleurs en un moment pareil ! À ce mariage il ne doit y avoir que des réjouissances ! »

Samson fit signe à son orchestre de redoubler d'intensité. Les lamentations furent noyées par la musique.

« Bravo ! crièrent les hommes. Longue vie aux mariés ! Longue vie à Samson et à sa musique ! »

Des femmes s'emparèrent d'un énorme pain de mariage, décoré d'animaux et de fleurs dorés et, le brandissant au-dessus de leurs têtes, se mirent à danser en criant :

Hip ! Hop ! Les mariés !
Hip ! Hop ! Les mariés !

Les hommes essayèrent de leur arracher la miche de pain, mais elles les repoussèrent et poursuivirent leur danse.

Les petites filles formèrent une ronde et tournoyèrent en chantant à tue-tête :

Du grenier à la cave,
Tout est changé
Vive la mariée !
Vive le marié !

Zivyah, debout sous le dais, ne tenait pas en place. Elle voulait aller danser. Yoshe se dressait à côté d'elle, figé, l'air absent. Il ne bougea même pas quand ils lui présentèrent le doigt de la mariée pour la remise de l'anneau.

« Jeune marié ! ordonna joyeusement le Rabbi. Prononcez la formule de consécration ! »

Yoshe resta immobile. Deux hommes lui prirent la main, et l'alliance fut glissée au doigt de Zivyah. Personne ne l'entendit énoncer la phrase rituelle : « Voici, tu m'es consacrée par cet anneau selon la Loi de Moïse et d'Israël. » Il y avait trop de cris, de bousculade. Seul le bedeau, Kanah, déclara d'une voix forte : « Oui, il l'a dit ! Je l'ai entendu ! »

Le Rabbi fronça le front, hésita, et accepta la parole du bedeau.

« Qu'il en soit ainsi, dit-il enfin. *Mazel tov !* »

À table, après la cérémonie, Yoshe ne toucha pas à la nourriture. Le bol de soupe jaune d'or, que les deux époux devaient manger ensemble, afin que leur existence commune brille comme l'or, fut placé devant eux.

Zivyah y plongea sa cuillère, déglutit bruyamment, se frotta les mains et lança un coup de coude à son mari.

« Yoshe ! Bon ! Soupe ! Yoshe ! »

Il ne répondit pas aux toasts portés à sa santé – *Lehaïm !* – par les joyeux convives. Et quand le Rabbi en personne lui tendit la main, il ne parut pas la voir.

« Eh bien, chuchotèrent-ils en colère, que peut-on attendre d'un fou ? »

Le mariage s'acheva brusquement et les invités se hâtèrent de partir avant la tombée de la nuit. Malgré la gaieté générale, ils préféraient s'éloigner au plus vite. Quand la foule approcha de la ville certains se souvinrent de détails qu'il valait mieux ignorer – une mariée enceinte le jour de la cérémonie... ! Ces pensées étaient sacrilèges dans l'enceinte d'un cimetière.

Quand tout le monde fut parti, Kanah ramassa méthodiquement tous les restes et les emporta dans la maison. Il avait déjà rassemblé tous les cadeaux. Il compta les billets de banque et les fourra dans sa poche.

« Mes enfants ! dit-il, généreux. Cette nuit vous pouvez dormir sur les lits. Pour une fois je coucherai sur le poêle. »

Zivyah se jeta tout habillée sur son lit. La journée l'avait épuisée. Elle avait mangé, jacassé, dansé avec les invitées les plus animées. En d'autres circonstances, elle aurait conservé une partie de son énergie. Mais dans son état elle était à bout de forces.

Yoshe ne s'approcha pas de son lit. Il resta debout près de la porte, écoutant le ronflement sourd, étouffé, du bedeau, et le léger grognement de sa fille. Il guetta le bruissement des arbres, le cri intermittent du grillon sous le poêle. Il se tint immobile un long moment. Puis, quand la pendule se mit en branle et sonna les coups de minuit, il se dirigea à tâtons vers un angle de la pièce et ramassa ses anciens vêtements. Il se changea dans l'obscurité. Il trouva son bâton et son sac, s'assura que sa besace contenait encore la pierre et les phylactères. Il alla jusqu'à la porte et se glissa au-dehors en silence.

Le lendemain matin, quand Zivyah se réveilla et vit le lit vide en face d'elle, elle poussa un gémissement qui tira son père de son sommeil. D'instinct la jeune femme sentit qu'il était arrivé quelque chose de terrible.

Le bedeau s'extirpa du poêle, prit son bâton et sa lanterne – bien que le jour fût déjà levé – et sortit précipitamment.

Il chercha d'abord dans le cimetière. Puis il fonça à la synagogue, et de la synagogue il s'élança dans les rues que parcourait Yoshe pour annoncer l'heure de la prière aux fidèles. Personne. Kanah se rua chez Abish, qui réveilla tous les autres bouchers, et les envoya sur les routes et les chemins partant de Bialogora.

Ils ne trouvèrent pas Yoshe.

Kanah rentra chez lui ce soir-là avec la certitude que Yoshe ne reviendrait pas.

« Il n'y aura plus de Yoshe, dit-il à sa fille. Tu es une *agounah* – une femme abandonnée. »

Il fit porter à Zivyah un pauvre châle gris sur sa perruque et un large tablier sur le ventre – comme toutes les femmes mariées. Dans la ville on ne l'appela plus par le nom de son père, mais par celui de son mari.

« Zivyah, la Zivyah de Yoshe le fou », tel était son nom.

LIVRE III

21

À Nyesheve, dans la grande synagogue de bois construite provisoirement après le grand incendie, mais qui, au bout de quinze ans, n'avait pas été remplacée par une synagogue en pierre, des centaines de hassidim venus de l'extérieur de la ville étaient rassemblés.

C'était le douzième jour du mois de Tamouz, l'anniversaire de la mort du très célèbre Rabbi de Nyesheve, grand-père du Rabbi en exercice, Reb Melech. Ce jour-là d'innombrables bougies étaient allumées autour de la tombe du saint, et des Juifs de dizaines de villages étaient venus déposer leurs prières. Les scribes assis en plein air écrivaient rapidement sous leur dictée. Les fidèles payaient selon leurs moyens, ou selon l'obstination de l'écrivain public. Des femmes à la tête dissimulée sous un châle se tenaient en retrait, n'osant pas s'avancer en présence de tous ces hommes. Elles restaient à distance, comme des mendiants à un mariage. Un peu plus loin des colporteurs vendaient du papier, de l'encre, des bougies, des gâteaux, et même des petites bouteilles d'alcool. Il était méritoire de boire un petit verre et de souhaiter bonne chance aux autres Juifs sur un sol sacré.

Rabbi Melech lui-même vint sur la tombe de son grand-père. Il était très âgé à présent – il avait plus de quatre-vingts ans. Sa peau ridée avait un aspect verdâtre. Sa barbe et ses papillotes ressemblaient à l'épaisse poussière blanche qui s'accumule dans les coins d'une pièce abandonnée. Quand il marchait, deux hommes le soutenaient par les aisselles.

Ce jour-là, lorsqu'il entra dans le cimetière, Israël Avigdor le précédait, répétant continuellement : « Juifs ! De l'ordre ! Écartez-vous ! Voici le Rabbi ! »

La barbe du gabbaï était plus grise que rousse, mais il n'avait rien perdu de sa vigueur. Il prisait un tabac de plus en plus fort, qu'il faisait tremper dans de l'alcool et mélangeait à du poivre fin. Il buvait énormément de vin.

Sa dévotion pour le Rabbi s'était accrue avec les années. Reb Melech était un vieillard fatigué. Très souvent il ne reconnaissait pas ses hassidim les plus anciens – même les plus riches, les plus importants. Depuis longtemps ses fils, des Juifs d'âge mûr, attendaient avec impatience leur heure. Ils anticipaient sur leurs droits. Ils n'avaient plus peur de leur père, ils donnaient des banquets, réunissaient leurs propres disciples, dispensaient des bénédictions et distribuaient des faveurs.

Ils se disputaient l'énorme succession du rabbinat de Nyesheve.

Israël Avigdor assistait à tout cela avec une rage, une douleur impuissantes. Il savait qu'une cour rabbinique était comme une cour royale – et crachait pieusement en faisant cette vile comparaison. Le pouvoir de la dynastie reposait toujours entre les mains d'un seul homme. Un territoire divisé devient la proie des étrangers. Il savait aussi que tous les fils et les filles de Rabbi Melech le détestaient lui, le gabbaï. Il leur rendait la pareille. Ils le redoutaient aussi ; il en savait trop. Mais le Rabbi était très vieux. Israël Avigdor veillait sur lui comme sur la prunelle de ses yeux.

Quand Reb Melech rentra dans ses appartements, les hassidim restèrent dans la synagogue de bois. Des nouveaux venus se joignirent à eux, s'entassant à l'intérieur. Le vacarme était assourdissant. Certains priaient, d'autres parlaient affaires, buvaient ou se souhaitaient, à eux et au peuple juif, beaucoup de chance.

Une étrange silhouette apparut soudain à la porte de la synagogue – un grand Juif mince, avec une barbe et des papillotes noires comme du charbon, de grands yeux profonds. Ses vêtements en loques étaient couverts de poussière. Autour de la taille il portait, à la place d'une ceinture, une simple corde. La besace jetée sur son épaule était aussi rapiécée et poussiéreuse que ses habits. Ses chaussures béaient. De la main droite il s'appuyait sur un gros bâton noueux trop haut pour lui. Sur le seuil, dévisagé par cent paires d'yeux, il s'arrêta, changea sa canne de main, toucha la mezouza fixée au montant de la porte, puis baisa ses doigts. Lentement il fit glisser son sac à terre, puis il s'approcha du tonneau d'eau, tourna le robinet et se lava les mains.

Plusieurs Juifs s'avancèrent.

« *Shalom aleichem*, dirent-ils.

— *Aleichem shalom*, répondit-il.

— D'où venez-vous ?

— Je viens du monde. »

Ses paroles abruptes, sa voix sourde, décidée, les troublèrent. Ils lui posèrent d'autres questions, mais l'inconnu se détourna sans rien dire. Ils le regardèrent sortir de sa besace son châle de prières et ses phylactères. Il se couvrit la tête d'un geste singulier et ils remarquèrent avec un respect mêlé de crainte qu'il portait des doubles phylactères. L'homme resta seul près de la porte et pria en silence.

Quand il eut terminé et rangé ses phylactères et son châle, ils s'approchèrent de nouveau et lui offrirent un morceau de gâteau et un verre d'alcool. Il secoua la tête.

« Vous pouvez accepter, dirent-ils. Aujourd'hui c'est l'anniversaire de la mort du grand Rabbi, que sa mémoire nous protège.

— Je sais », dit l'étranger.

Il s'écarta, souleva son sac, dont il tira quelques bouts de pain sec et un peu de sel enveloppé dans un chiffon. Il posa le tout sur un banc, alla se laver les mains une seconde fois. Puis il trempa son pain dans le sel et mangea. Il retourna au baril d'eau et but dans la louche en cuivre. Quand il eut fini de dire les bénédictions après le repas, il remit ses provisions dans son sac et s'adressa au Juif le plus proche :

« Israël Avigdor est-il toujours gabbaï ? demanda-t-il.

— Certainement ! s'écrièrent plusieurs voix.

— Je désire le voir.

— Il va arriver dans un instant, répondirent-ils. Il est avec le Rabbi.

— Envoyez-le chercher, déclara l'inconnu, et dites-lui de venir immédiatement. Annoncez-lui qu'il a un visiteur. »

Son ton tranquille, sans réplique, les impressionna. Sans poser d'autres questions, deux ou trois hommes sortirent de la synagogue et traversèrent la cour. L'étranger regarda autour de lui avec attention. Puis il se tourna vers l'assistance stupéfaite.

« Cette synagogue a été construite après l'incendie ? »

Des jeunes garçons, qui ne se rappelaient pas l'événement, sourirent. Des Juifs plus âgés lui répondirent :

« Oui, après l'incendie, Dieu nous garde ! »

Quand Israël Avigdor entra, l'inconnu s'avança vers lui et lui tendit la main.

« *Shalom aleichem,* Israël Avigdor. »

Le gabbaï toisa l'étranger en haillons des pieds à la tête, et la colère enflamma son visage.

« Qui es-tu ? demanda-t-il sèchement, tutoyant l'homme avec mépris.

— Un visiteur, répondit l'homme, sans relever l'insulte.

— Que veux-tu ?

— Je veux voir le Rabbi. »

Israël Avigdor devint rouge jusqu'aux oreilles.

« Quoi ! aboya-t-il. C'est tout ? Tu désires peut-être autre chose ? Le Rabbi t'attend, bien sûr ! »

Le gabbaï foudroya l'inconnu du regard, puis il considéra la foule qui formait un cercle autour d'eux. Pas un visage ne réagit à son ironie acerbe.

« Israël Avigdor ! répondit l'étranger. Allez immédiatement voir le Rabbi et dites-lui que j'attends. Je viens de loin. »

Le gabbaï changea de couleur. Le sang-froid de l'homme, son apparence et ses paroles extraordinaires – « Je viens de loin » – le frappèrent brusquement. La peur lui étreignit le cœur. Il était gabbaï à Nyesheve depuis de longues années. Il n'était pas facile de lui en imposer. Mais ce jour-là il avait bu avec des douzaines de hassidim et c'était l'anniversaire du plus illustre de tous les Rabbis de Nyesheve.

D'étranges pensées se mirent à danser dans son esprit, des souvenirs de légendes sur les trente-six saints cachés, qui apparaissent parmi les humains sous des formes variées, de légendes sur le prophète Élie qui prenait les aspects les plus inattendus et surprenait les Juifs aux moments et aux endroits les plus invraisemblables. Il songea même aux morts… *« Je viens de loin. »*

Sa colère s'était dissipée.

« Très bien, dit-il respectueux. Qui dois-je annoncer au Rabbi ? Qui désire le voir ?

— Un Juif. Un visiteur. »

Il conduisit l'étranger avec respect, traversant la cour pour arriver dans l'antichambre de l'appartement de Rabbi Melech. Affolé, effrayé, il transmit le message textuellement.

« Dites au Rabbi que j'attends. Je viens de loin. »

La frayeur d'Israël Avigdor se communiqua au Rabbi. Il interrogea le gabbaï à plusieurs reprises.

« Un homme en haillons ? répéta-t-il. Avec un sac sur l'épaule ? Un visiteur ?

— Oui, Rabbi.

— Eh bien, qu'il entre », répondit enfin le Rabbi. Il mit son gros chapeau par-dessus sa calotte. La journée était chaude, mais il avait brusquement des frissons.

Israël Avigdor alla chercher l'homme.

« Le Rabbi vous attend. » Comme l'étranger prenait son sac, le gabbaï ajouta avec respect : « Si vous désirez laisser ici votre besace, elle sera parfaitement en sécurité.

— Non », répondit l'inconnu qui, chargeant son sac sur son épaule, passa devant Israël Avigdor. Celui-ci, confondu, le suivit lentement et ferma la porte.

Quand l'homme entra dans la chambre du Rabbi, il posa sa besace et regarda autour de lui. Il considéra d'abord les murs et les rayonnages de livres. Enfin il posa les yeux sur le Rabbi. Son visage ressemblait à l'écorce moussue d'un très vieil arbre. Ses sourcils broussailleux cachaient presque ses yeux. L'étranger l'examinait avec attention, comme s'il cherchait à se rappeler quelque chose.

« *Shalom aleichem,* dit le Rabbi. Rapprochez-vous. Ma vue n'est pas très bonne. »

L'homme vint plus près et toucha la main du Rabbi.

« Qui êtes-vous ? demanda celui-ci.

— Nahum, répondit l'étranger.

— Qui ? » Le Rabbi se pencha en avant, la main en cornet derrière l'oreille.

« Nahum, répéta l'inconnu. Votre gendre. »

Rabbi Melech recula, frissonnant, dans son fauteuil de cuir. Israël Avigdor courut auprès de lui, mais il se pencha de nouveau vers l'homme et lui parla d'une voix tremblante de peur :

« Je ne vous connais pas ! dit-il.

— Je suis parti, répondit l'étranger, le septième jour du mois de Adar, l'année *tav resh lamed aleph,* et nous sommes aujourd'hui le douzième jour du mois de Tamouz, *tav resh mem vav* – cela fait quinze ans.

— Où étiez-vous ? demanda le Rabbi, abasourdi.

— Dans le monde.

— Pourquoi avez-vous fui ?

— Il le fallait.

— Pourquoi avez-vous déserté ma fille ?

— Je le devais. »

Le Rabbi frissonna encore. « Israël Avigdor, donne-moi ma robe de chambre fourrée. »

Le *gabbaï* apporta le peignoir en velours doublé de mouton, et il aida le Rabbi à se changer. Reb Melech se leva lentement, quittant avec difficulté les profondeurs de son siège. S'appuyant sur Israël Avigdor il s'approcha de l'étranger et le fixa longuement.

« Vous êtes venu pour vous moquer de moi ? demanda-t-il avec colère.

— Non. Je suis venu retrouver ma femme, Sourele.

— Par quels signes pouvez-vous prouver que vous êtes Nahum ?

— Peu avant mon départ – moins d'un an avant – j'ai étudié avec vous le livre *Raziel ha Malach*[1]. La page dix-huit était cornée. La marque y est peut-être encore.

— Israël Avigdor, dit le Rabbi, tremblant à nouveau, va chercher le livre *Raziel ha Malach.* »

Il continua d'examiner l'étranger de la tête aux pieds. Il tendit même les mains et le palpa comme une chose morte. Puis, quand le gabbaï apporta le petit volume, il l'ouvrit d'une main frémissante. Il avait peine à séparer les pages. Il trouva la page dix-huit… elle était cornée. Rabbi Melech se cramponna au livre et tituba. Israël Avigdor le soutint et le reconduisit à son fauteuil.

1. *L'Ange Raziel. (N.d.T.)*

« Pouvez-vous indiquer d'autres signes à ma fille ? demanda le Rabbi. Des signes que seule une épouse connaît ?

— Oui, répondit l'étranger.

— Israël Avigdor, ordonna le Rabbi, d'une voix qui s'était brusquement raffermie. Amène ici ma fille Sourele. Mais ne lui dis rien. »

Sourele entra, effrayée, les mains croisées sur sa poitrine. Elle portait un châle gris sur la tête. C'était une femme lourde, épaisse. L'étranger se tourna vers elle et la fixa avec détermination. Elle garda les yeux rivés au sol.

« Sourele, dit le Rabbi. Approche-toi de cet homme, regarde-le bien. »

Sourele obéit et regarda l'étranger une fois.

« Tu le connais ? »

La femme sursauta de peur, dévisagea une seconde fois l'inconnu en guenilles et répondit faiblement : « Non.

— Et vous, visiteur, demanda le Rabbi, vous la reconnaissez ?

— Oui, dit l'homme d'une voix sourde, le timbre assuré. C'est Sourele, ma femme. »

Sourele poussa un léger cri. Elle chercha une chaise des yeux, mais avant de pouvoir s'asseoir, elle s'effondra. Israël Avigdor courut à la porte pour appeler les femmes, mais l'inconnu l'arrêta et s'agenouilla auprès de Sourele. Elle n'avait pas perdu conscience. Il lui ordonna de se lever et, lui prenant la main, il l'aida. Sa voix ferme, la chaleur rassurante de sa main lui insufflèrent une énergie nouvelle. L'étranger la conduisit jusqu'à une chaise et lui commanda de s'asseoir.

« Vous vous sentez mieux ? demanda-t-il.

— Oui, répondit-elle, en chuchotant.

— Sourele, dit le Rabbi, cet homme affirme être Nahum, ton mari. Regarde-le attentivement, et dis-nous si tu le reconnais. »

Sourele leva les yeux vers le pâle visage émacié, la barbe noire, les os saillants sous les loques. Elle se troubla. Elle voulut parler et n'y réussit pas. Une rougeur envahit son visage.

« Je ne sais pas, suffoqua-t-elle.

— Il serait difficile de le reconnaître, dit le Rabbi. Quand il est parti, il était jeune, sans barbe. Et maintenant…

— Oui, murmura Sourele. Cela fait quinze ans.

— Étranger, dit le Rabbi. Par quels signes pouvez-vous prouver à ma fille que vous êtes son mari ?

— J'ai jeûné deux jours avant de partir.

— C'est vrai ! dit Sourele très vite.

— Le jour où je suis parti, je n'ai rien voulu manger, même le soir.

— C'est vrai ! »

L'inconnu se tourna vers Sourele.

« Tu as cru que j'étais malade, dit-il simplement, tu as voulu appeler le médecin.

— Oui. Je vous ai dit de vous coucher… » Elle continua de s'adresser à lui sur un ton respectueux, distant.

« J'ai refusé, répondit-il. Je voulais continuer d'étudier. Je suis monté dans mon bureau.

— Et vous n'êtes jamais revenu… », ajouta-t-elle.

Le Rabbi se leva de nouveau. Il s'approcha de Sourele.

« Tu te souviens de tout cela ? demanda-t-il.

— Oui, je me souviens de tout. Je me rappelle même que pour le dîner j'ai préparé... de la bouillie d'avoine et du lait. C'était le jour terrible où la pauvre Malka, que son âme repose en paix, est... est... »

Elle n'acheva pas. Le Rabbi hocha la tête et marmonna dans sa barbe. Sourele reprit son récit.

« J'ai porté un verre de lait et un morceau de gâteau dans la chambre de Nahum, car il n'avait pas mangé de toute la journée. Mais il n'était plus là. Il y avait seulement un livre sur la table.

— Les Psaumes, dit l'inconnu.

— Oui, les Psaumes », répéta Sourele.

Elle réfléchit tristement et poursuivit : « J'ai laissé le verre de lait. Il n'a jamais été touché.

— Sourele ! ordonna le Rabbi. Regarde encore cet homme ! Tu ne dois pas accepter une telle chose à la légère. Regarde-le bien ! Tu le reconnais ? »

Sourele s'avança tout près de l'étranger. Elle fixa ses yeux noirs, elle y vit les routes qu'il avait parcourues, elle regarda la poussière sur ses vêtements.

« Oui, dit-elle soudain, dans un accès de ferveur. Oui ! je le reconnais ! »

Le Rabbi haussa ses énormes sourcils. « Sourele ! Peut-être y a-t-il d'autres signes. N'aie pas honte. Des signes sur son corps... »

Sourele baissa les yeux. Elle se tut.

« Ma fille, continua le Rabbi, tu es une *agounah*, une épouse abandonnée. Parle !

— Oui. Il a une cicatrice sur le flanc gauche. Il a subi une opération quand il était enfant. » Puis, après une pause pénible, elle ajouta : « Il a deux taches sur le dos, tout près l'une de l'autre.

— Israël Avigdor, ordonna le Rabbi. Emmène l'étranger aux bains rituels, et examine-le. Sourele, tu restes ici. »

Les deux hommes quittèrent la pièce. Sourele, attendant leur retour, aperçut le sac de l'inconnu. Elle le souleva, l'inspecta, et palpa avec des doigts avides son tissu rêche, rapiécé. Puis elle se mit à le caresser lentement, mécaniquement. Ses yeux se remplirent de larmes. Le Rabbi ne prononça pas une syllabe.

Au bout de quelques minutes Israël Avigdor se précipita dans la chambre, suivi de l'étranger.

« Rabbi ! C'est vrai ! Tous les signes sont là. J'ai entièrement examiné Reb Nahum. »

Le visage du *gabbaï* rayonnait. Le regard de Rabbi Melech s'illumina à son tour. Il se leva et dit d'une voix forte :

« *Mazel tov !* »

Puis, avançant vers Sourele, il lui dit calmement : « Rappelle-toi... tu resteras une fille pieuse d'Israël. Je vais dire à Israël Avigdor de chauffer le bain rituel. »

Sourele devint écarlate. Elle ne pouvait quitter le plancher du regard. Elle entendit son père dire au gabbaï de trouver des vêtements neufs pour le voyageur. Elle aurait pu dire que depuis quinze ans elle avait gardé les habits de Nahum, les préservant des mites. S'ils étaient trop petits maintenant, il suffisait de les retoucher. Elle fut incapable de prononcer un seul mot. Elle ne parvint même pas à poser la question qui l'avait hantée toutes ces années :

« Nahum ! Pourquoi ? »

D'une voix sourde elle murmura à l'homme ténébreux :

« Tu veux manger quelque chose ? »

Elle le tutoyait pour la première fois.

22

La nouvelle du retour de Nahum, le gendre du Rabbi de Nyesheve, après une absence de quinze années, se répandit comme une traînée de poudre dans les villes et les villages juifs de part et d'autre de la frontière. Dans des milliers de foyers hassidiques, disciples de la dynastie de Nyesheve, il y eut des réjouissances et on échangea des félicitations.

Ce vendredi-là les ménagères achetèrent d'excellents raisins secs et de la cannelle pour confectionner des gâteaux de shabbat, qu'elles offrirent à Sourele. Des fillettes et des garçonnets les lui apportèrent, avec le compliment d'usage : « Bienvenue à votre hôte ! » Sourele donna aux messagers des amandes et des noix. Elle reçut tant de gâteaux qu'elle dut les distribuer dans la cour, et l'huile coula sur des douzaines de barbes ce samedi-là.

Les habitants les plus riches lui firent porter des bouteilles de vin.

Les fils et les filles du Rabbi lui donnèrent des flasques de vin en argent, des corbeilles de fruits.

Ils félicitèrent Sourele. Mais le cœur n'y était pas. Ils n'aimaient pas l'homme étrange qui était revenu à la cour de Nyesheve.

Il était secret, silencieux, incompréhensible. Il ne parlait jamais, ni de son absence ni des raisons de son retour. Il ne dit rien des endroits où il était allé ni de la vie qu'il avait menée. Quand ils venaient le saluer, il leur serrait simplement la main, sans un mot. Même à Sourele il ne donna aucune explication. Il avait seulement déclaré une fois au Rabbi :

« Il le fallait. »

Le silence sévère de l'homme revenu à Nyesheve créa autour de lui une atmosphère de mystère et même de peur. Les hassidim sentirent que sa nature taciturne n'abritait pas seulement des expériences et des souvenirs ordinaires. Le nouveau Nahum semblait imprégné des secrets indicibles de l'Au-delà. Il était avare de ses paroles autant que de sa présence. Il ne se joignait pas aux autres fidèles pour les prières, il n'assistait même pas aux banquets du Rabbi. On racontait qu'il passait la plus grande partie de son temps enfermé dans son bureau, à méditer sur ses livres ou à marcher de long en large. Parfois on le voyait, très tôt le matin, traverser la cour tel un fantôme pour se rendre aux bains rituels. Il partait dans les champs ou allait au cimetière. Mais il ne parlait à personne. Ses soudaines apparitions glaçaient les passants.

Les fils du Rabbi commencèrent eux aussi à le redouter.

Rabbi Melech vieillissait à vue d'œil. Sa vue et son ouïe empiraient de jour en jour. Ni la paix ni l'harmonie ne régnaient à la cour de Nyesheve – seulement les intrigues, les calomnies, la rapacité. Les héritiers du Rabbi se disputaient la succession de leur père et s'abaissaient aux yeux des hassidim. Ils se mirent à craindre que cet homme étrange ne leur arrachât au dernier moment leurs proies tant convoitées. Les hassidim se dirigeraient vers lui comme un seul homme et les abandonneraient à leurs ambitions mesquines.

Israël Avigdor consacra toute son énergie à cette situation nouvelle. Pour lui, la dynastie rabbinique de Nyesheve devait rester intacte, c'était une question de vie ou de mort. Il connaissait bien les fils du Rabbi. L'imposant héritage des générations, la cour et les disciples de Nyesheve n'étaient rien pour eux. Ils les réduiraient en miettes qu'ils éparpilleraient à tous les vents. Pour Israël Avigdor le retour de Nahum fut providentiel. Il s'efforça d'accentuer l'effet produit par son comportement. Circulant parmi les hassidim dans la synagogue, accordant une attention particulière aux hommes riches et influents, il offrait son tabac à priser et, indiquant d'un geste lourd de signification le grenier où le gendre du Rabbi passait ses journées, il disait tout bas :

« Je vous le dis, Juifs, c'est plus important que vous ne le pensez.

— Certes, Israël Avigdor, répondaient-ils. La question n'est pas simple. »

Le vieux Rabbi était lui aussi plein de respect et de stupéfaction.

Il n'avait pas obtenu la moindre réponse de Nahum. Il n'avait plus la persistance ni l'énergie d'autrefois. Parler le fatiguait, et le silence de son beau-fils était impénétrable. Reb Melech lui raconta que ses parents, le Rabbi de Rachmanivke et sa femme, étaient morts de chagrin à cause de la perte de leur fils unique. « Je le sais », dit l'étranger, et ce fut tout.

Le Rabbi envoya chercher Sourele et lui demanda :

« Se comporte-t-il en époux ?

— Quelquefois.

— Il te parle ?

— Non. Il s'enferme avec ses livres. J'ai peur de lui adresser la parole, et il ne me dit jamais rien. »

Le Rabbi n'avait pas d'autre question.

« Je te le dis, confia-t-il à Israël Avigdor, cet homme est un mystère. »

Le gabbaï reprit cette expression et la diffusa largement parmi les hassidim. « Cet homme est un mystère. » En une nuit le voyageur devint une légende.

Les femmes furent les premières à rechercher Nahum. À leurs yeux c'était un saint, un faiseur de miracles. Elles avaient presque renoncé à demander l'intercession du vieux Rabbi. Il n'avait jamais été très patient avec elles, et avec l'âge il avait arrêté de les recevoir, recommandant à Israël Avigdor de ne plus jamais les conduire devant lui, ni de leur permettre d'attendre sur son seuil. Le gabbaï essayait d'obéir, mais parfois une femme désespérée lui proposait une grosse somme d'argent, et il passait outre aux ordres du Rabbi. Mais celui-ci n'avait rien à conseiller.

« Je ne veux pas vous voir, disait-il à la femme. Allez-vous-en. Je n'ai plus de forces. »

Si elle s'obstinait et demandait à être entendue, Rabbi Melech la maudissait et lui ordonnait d'aller chercher ailleurs.

« Hors d'ici ! grognait-il. N'y a-t-il pas assez de Rabbis au monde pour que vous me tourmentiez encore ? »

Ses fils étaient heureux de recevoir les femmes, d'écouter leurs prières et de prendre leur argent. Mais peu après le retour de l'étranger, elles cessèrent de leur rendre visite. Elles allèrent pleurer sous les fenêtres de Sourele, restant là pendant des heures, bien que personne ne leur répondît, suppliant le saint homme d'intercéder en leur faveur.

La renommée de Nahum gagna rapidement les autres villes, et les Juifs vinrent de très loin dans l'espoir d'entrevoir le gendre de Rabbi Melech. Des érudits voulaient le consulter. Des jeunes gens qui envisageaient d'abandonner leurs femmes et leurs enfants pour se consacrer totalement à la sainteté souhaitaient connaître son avis. Des adeptes de la kabbale le soupçonnaient d'être un très grand kabbaliste. Mais le voyageur ne recevait personne et refusait de parler. Il restait enfermé dans sa chambre. Plus il résistait, plus les nouveaux disciples insistaient.

Les fils du Rabbi étaient au désespoir. Ils savaient que ce genre d'événement s'était déjà produit. Plus d'une fois dans l'histoire des hassidim tous les disciples d'un grand Rabbi avaient tourné le dos à ses héritiers pour suivre un étranger qui n'était pas membre de la cour rabbinique. Cela arrivait surtout lorsqu'un Rabbi avait de nombreux fils et vivait trop longtemps; il devenait alors un personnage banal. Un Rabbi ne devait pas trop se montrer. On avait assez vu leur père. Eux-mêmes s'étaient exposés aux regards trop facilement, avec trop d'impatience. Ils étaient toujours les « enfants du Rabbi ». Des hommes âgés, avec des grandes barbes, mais toujours des « enfants »! Dans leur détresse ils s'unirent, concluant une sorte de paix pour résister ensemble à l'étranger.

Ils ne connaissaient pas cet homme, et il ne leur donnait aucune possibilité de le découvrir. Il n'acceptait aucune invitation. Quand ils venaient le voir, il répondait à leur salut, puis se détournait et ne disait plus rien.

Mais ils comprenaient clairement son but : l'usurpation du rabbinat de Nyesheve. Contrairement à eux, il n'aspirait pas à une partie de la succession, mais il voulait l'héritage tout entier, intact ; il ne leur laisserait rien. Comment expliquer autrement son brusque retour ? Comment interpréter cette volonté calculée de vivre cloîtré, ce comportement étrange, si efficace ?

Certains d'entre eux essayèrent d'imiter le nouveau saint à leur façon. Ils prenaient un air mystérieux, laissaient tomber des paroles incompréhensibles, adoptaient des pratiques extraordinaires. Personne ne fut intéressé. Aucune légende ne se répandit. Les hassidim continuèrent d'affluer sous les fenêtres de l'homme revenu à Nyesheve.

« Je te le dis, se confiaient-ils, il est même capable de prendre le rabbinat du vivant de Père. Les hassidim se cramponnent de plus en plus à lui. Ce n'est pas étonnant. Père ne reçoit plus personne… »

Par-dessus tout, ils redoutaient les fêtes qui approchaient, les jours terribles, Rosh Hashana et Yom Kippour. À cette époque de l'année le cœur des hommes est sensible, ils guettent les signes, les miracles, les présages.

Le second et le troisième jour du mois d'Eloul, plusieurs centaines de jeunes Juifs arrivèrent à Nyesheve afin de passer le mois du repentir auprès du Rabbi. La veille des premières prières de minuit arrivèrent des groupes d'érudits et d'hommes de bien. Peu avant Rosh Hashana, ils vinrent encore plus nombreux. Des villages de Galicie vinrent des Juifs en caftan, avec des papillotes ; de Vienne et de Prague, des Juifs allemands aux chapeaux de soie ; de Hongrie vinrent des Juifs massifs qui baisaient la main du Rabbi et étudiaient le Talmud en hongrois. De la Pologne russe arrivèrent des Juifs avec de petits chapeaux et de grandes barbes, qui, aux yeux des hassidim de Nyesheve, ne valaient pas mieux que les Lituaniens – des sceptiques, des hérétiques, des athées.

Des hordes entières franchirent la frontière, clandestinement, de nuit, rampant dans les bois et les champs, traversant les torrents, risquant leur vie pour passer les fêtes à Nyesheve. Certains Juifs russes très riches voyagèrent en toute légalité, avec des passeports, en deuxième classe. Jamais autant de fidèles ne s'étaient rassemblés à Nyesheve. Chacun espérait entrevoir le gendre du Rabbi – « L'homme revenu ».

Mais durant la semaine des prières de minuit, l'étranger ne se montra pas. Dans la synagogue, les fidèles attendirent patiemment, et chaque fois que la porte s'ouvrait, des milliers d'yeux se tournaient.

« Quoi ! Il dit seul les prières de minuit, sans *mynian* ! » Ils ne pouvaient pas le comprendre.

« *Il* sait ce qu'il fait », répondait Israël Avigdor d'un ton mystérieux.

La veille de la nouvelle année il apparut soudain dans la synagogue – maigre, osseux, la barbe noire. Il se faufila rapidement à travers la foule, se plaça dans un angle et, le visage toujours tourné vers l'est, présenta son dos aux fidèles. Pendant le service les hassidim fixèrent seulement le satin brillant, immobile, de ses épaules. Il ne s'assit pas une fois. Il paraissait taillé dans un roc. Pour la première fois depuis des dizaines d'années le large dos de Rabbi Melech n'était pas le point de mire. Les fils du Rabbi ne manquèrent pas de le remarquer. Au milieu de leurs pieuses réponses, ils se demandèrent jusqu'où cela irait.

Quand les prières furent terminées, l'étranger voulut ressortir aussi discrètement qu'il était entré. Mais un solide mur de hassidim – beaucoup plus épais que celui qui retint un instant le Rabbi – lui bloquait le passage. Une centaine de mains se tendaient vers la silhouette noire, et les voix s'écrièrent, selon la formule immémoriale :

« Que ton nom soit inscrit pour une bonne année ! »

Il fit un pas en avant, mais la foule ne céda pas. Les fils du Rabbi, pâles de jalousie et d'impuissance, sentirent que le jour de leur déclin était arrivé. Ils virent les visages des hassidim brûlants de dévotion, de respect et d'affection pour l'étranger. C'était l'apothéose.

Soudain, au milieu de l'enthousiasme et de la joie, un terrible événement se produisit.

Une voix éraillée, vulgaire, coléreuse, qui tranchait sur le ton de cette journée sacrée s'éleva dans le tumulte des souhaits de bonheur.

« Juifs ! Que Dieu vous aide ! Qu'êtes-vous en train de faire ? »

Un instant les hassidim crurent qu'un homme avait été jeté à terre et était piétiné par la foule – ce genre d'incident était courant lors des rassemblements de hassidim. Mais la voix, loin de s'atténuer, devint plus forte. Elle ne ressemblait nullement à un cri de douleur.

« Juifs ! Que faites-vous ? Vous commettez une profanation ! »

La masse des hassidim se retourna. Au centre de la synagogue se dressait un grand homme décharné avec une longue barbe grise et un nez très rouge. Il levait les bras au ciel et criait à tue-tête.

« Reb Shachnah de Bialogora ! »

Ils connaissaient bien cet homme à Nyesheve – et ils le détestaient. Il était venu souvent ces derniers temps. Depuis la mort de Reb Meïr il briguait le rabbinat de Bialogora. Les disciples du Rabbi de Nyesheve dans cette ville s'y opposaient parce qu'il ne faisait pas partie de la secte des hassidim. Il s'était donc rendu à Nyesheve pour demander à Reb Melech de raisonner ses adeptes. Le Rabbi avait refusé de le voir – Reb Shachnah était revenu à maintes reprises, criant à l'injustice, alternant plaintes et injures. Il avait même menacé de le citer devant un tribunal rabbinique spécial. Et voilà qu'il hurlait en pleine synagogue à la veille de la nouvelle année.

« Juifs ! Honte sur vous ! Juifs, je ne me tairai pas ! C'est une profanation ! »

Les hassidim l'empoignèrent, mais il se dégagea, s'élança furieusement dans la foule, et s'écria, brandissant le doigt sous le nez du gendre du Rabbi :

« Yoshe ! Yoshe le fou ! Pauvre de moi ! »

Il y eut un silence pétrifié. Puis des voix s'élevèrent :

« Emmenez-le ! Il est fou ! Dehors ! Cet homme est un incroyant, un ennemi ! »

Des mains l'agrippèrent, mais il fit preuve d'une force physique stupéfiante. Rien ne l'ébranla. Toujours face à Nahum, il criait :

« Juifs ! Sachez que vous avez été trompés, dupés ! Cet homme n'est pas le gendre du Rabbi ! C'est Yoshe le fou de Bialogora, pécheur d'Israël ! »

Frissonnants, certains hassidim se couvrirent les oreilles pour ne pas entendre le blasphème. D'autres hurlèrent :

« Attachez-le ! Empêchez-le de parler ! »

À ce moment les fils du Rabbi, qui s'étaient attardés dans la synagogue après le départ de leur père, intervinrent pour sauver Reb Shachnah d'un acte de violence. Ils formèrent un cercle autour de l'homme menacé, et les plus âgés d'entre eux protestèrent :

« Il est interdit de frapper un Rabbi, un homme pieux et savant ! Écoutons ce qu'il a à dire ! C'est le nouvel an ! »

Reb Shachnah se précipita à la chaire et réclama le silence.

« Juifs ! cria-t-il d'une voix rauque. Sachez que je ne suis pas fou, j'ai toute ma raison ! Je jure sur cette journée sacrée et sur Rosh Hashana que l'homme que vous avez accueilli comme le gendre du Rabbi de Nyesheve n'est autre que Yoshe, dénommé le fou, de Bialogora. Il a péché, Dieu nous aide ! en commettant l'adultère avec la fille du bedeau de la grande synagogue, Reb Kanah. À cause de ce péché la communauté de Bialogora a été décimée par la peste ! Un tribunal l'a contraint à épouser la fille qu'il avait déshonorée. La nuit du mariage il l'a abandonnée, il en a fait une *agounah*. Juifs ! Je vous le jure sur l'Arche sacrée. Une ville entière pourra en témoigner. »

Aussi prestement qu'il était monté en chaire il dévala les marches et, brandissant ses deux poings vers l'étranger, il cria :

« Nie-le ! Nie que tu es Yoshe le fou ! »

L'étranger ne prononça pas un mot. Les yeux grands ouverts, ne voyant rien, il se tourna une fois vers Reb Shachnah, et s'écarta. Puis il s'éloigna d'un pas rapide, régulier, et il quitta la synagogue devant l'assistance pétrifiée.

Une centaine de voix rompirent le silence.

« Juifs ! Chez le Rabbi ! »

Toute la communauté se rua chez Rabbi Melech.

23

Le cri de Reb Shachnah de Bialogora fit trembler la cour rabbinique de Nyesheve jusque dans ses fondations.

Quand la nouvelle parvint aux oreilles de Rabbi Melech, le vieillard se leva d'un bond, rajeuni de vingt ans, et d'une voix redevenue puissante il fulmina des imprécations contre l'accusateur.

« Incroyant, infidèle ! tonna-t-il. Chassez-le de la cour comme un chien enragé ! Pas un grain de poussière ne tombera sur la tête de mon Nahum ! »

Le feu du combat brillait dans ses yeux. Israël Avigdor, stupéfait et ravi, le quitta immédiatement pour répandre ses paroles farouches parmi les hassidim.

Alors éclata une guerre ouverte dans la cour de Nyesheve. Les fils du Rabbi se réunirent en conférence. Tout souvenir de leurs différends passés fut effacé. Sans attendre la fin des jours de fêtes, ils décidèrent de la marche à suivre. Tout de suite après Rosh Hashana ils constituèrent une caisse commune dont ils donnèrent la plus grande partie à Feibish Méïr, le porte-parole qu'ils avaient choisi.

« Feibish Meïr ! Avec cet argent vous irez à Bialogora en compagnie de Reb Shachnah. Vous verrez Reb Kanah et sa fille, et vous les persuaderez de vous accompagner à Nyesheve. Si vous n'y réussissez pas, vous les traînerez jusqu'ici, pieds et poings liés. Ne revenez pas sans eux ! »

Depuis des années Feibish Meïr aspirait au poste d'Israël Avigdor, et il savait que seul un changement de règne l'y aiderait. Il haïssait le gabbaï qui représentait tout ce qu'il voulait être, le portier, l'intrigant, l'homme le plus corrompu de la cour. La fureur de ces années de frustration lui donna courage et espoir. Il accepta sa mission avec empressement. Le lendemain de Rosh Hashana il se mit en route avec Reb Shachnah.

Celui-ci était plus déterminé encore que Feibish Meïr.

« Que Dieu m'aide, répétait-il sans arrêt sur la route, si je dois me faire mendiant et frapper aux portes, je n'en démordrai pas. C'est Yoshe le fou et personne d'autre. Ce n'est pas encore la fin du monde. »

Quand Reb Shachnah arriva tôt le matin à Bialogora avec son compagnon, il ne passa pas chez lui. Les deux hommes se rendirent immédiatement à la grande synagogue, où les fidèles étaient rassemblés pour la première prière. Sans attendre, Reb Shachnah courut au pupitre, le frappa de la main pour obtenir le silence, et cria d'une voix forte « Juifs ! Un feu brûle à la cour de Nyesheve ! Yoshe le fou vit avec la fille du Rabbi ! »

La bataille acharnée qui devait diviser un peuple entier en deux camps commença à l'instant même.

Car à Bialogora il y avait des disciples de la dynastie de Nyesheve et de la dynastie de Gorbitz – ennemis mortels depuis toujours. Ce matin-là il y eut des échanges de coups à la grande synagogue.

Il fut inutile de persuader le bedeau Kanah, et encore plus de le ligoter. Dans sa hâte il ne comprit pas qu'une somme d'argent était prévue pour son voyage et celui de sa fille. Il considéra que les frais étaient à sa charge et Feibish Meïr n'eut pas besoin de découdre le petit sac qu'il avait apporté.

Reb Shachnah était plus agité et plus impatient que quiconque. Il oublia ses aspirations rabbiniques. Il oublia les intrigues menées contre lui. Il ne parlait plus que du mal innommable commis à Nyesheve. Il allait repartir avec les autres, laissant la ville sans Rabbi. Quand une délégation vint protester, disant que sa présence était nécessaire en cas de conflits sur les rites, il répondit :

« Je dis qu'il existe en ce monde une loi que même les Rabbis doivent respecter. Je ne laisserai pas passer cela. Je crierai partout qu'à Nyesheve la fille du Rabbi vit avec le mari d'une autre ! »

Sa fureur se communiqua aux autres Juifs. Des gens simples fermèrent leurs boutiques et se préparèrent à l'accompagner. Les disciples de la dynastie de Nyesheve furent les premiers. Ils savaient qu'il s'agissait d'un complot scandaleux contre la renommée et la gloire de Nyesheve, fomenté par l'esprit méchant d'un incroyant, ennemi des hassidim, dont les ambitions personnelles avaient été contrariées. Ils savaient que Reb Shachnah serait une seconde fois chassé de Nyesheve, humilié. Peut-être serait-il fouetté en public. Quel spectacle ce serait ! Quelle histoire à raconter aux enfants et aux petits-enfants ! Mais des disciples d'autres Rabbis et d'autres dynasties les accompagnaient – surtout ceux du Rabbi de Gorbitz. Ils attendaient autre chose. Ils espéraient assister à la destruction définitive de ce lieu haïssable, Nyesheve.

Abish, le boucher, fut parmi les premiers à s'enrôler. Il abandonna son magasin, ses étals, ses couperets et ses clients. « Yoshe le fou ? criait-il continuellement. Il a trop de bon sens, c'est moi qui vous le dis. »

Le jour du jeûne de Gedaliah toute la compagnie partit en charrette vers la frontière. Ils n'avaient pas eu le temps de demander des laissez-passer, et encore moins des passeports réguliers. Les voyageurs devaient franchir clandestinement le poste de douane, avec pour guide le même Reb Zanvil Moilecher qui avait transformé le cimetière de Bialogora en dépôt de contrebande. Reb Zanvil avait un arrangement personnel avec le commandant des gardes-frontière : un rouble par passager, un petit tonneau de liqueur autrichienne à distribuer aux soldats, et un rouble d'argent supplémentaire pour le chef – qui voulait une fille.

« Pas de fille, pas de passage, expliqua-t-il à Zanvil. Si je n'ai rien pour m'occuper je vous entendrai sûrement. »

Les voyageurs attendirent plusieurs heures dans une grange en se disputant tout bas.

« Ânes de Nyesheve ! » disaient les disciples de Gorbitz.

« Païens de Gorbitz ! » répondaient les autres. « Attendez seulement que nous arrivions à Nyesheve. Vous aurez la leçon de votre vie ! »

Zanvil, le contrebandier, jurait et crachait. « Pour l'amour de Dieu, taisez-vous ! Vous voulez que tout le pays vous entende ? »

Vers minuit il conduisit le groupe jusqu'à la rivière peu profonde qui séparait les deux pays à cet endroit-là. Le commandant n'entendit pas un clapotis. Quand tout le monde fut parvenu sur l'autre rive Zanvil annonça : « Nous sommes en Autriche. Enlevez vos bottes et séchez-vous les pieds. »

Mais ils ne firent pas attention à lui. Ils aperçurent dans le lointain la lueur de la lampe à huile de la petite gare du village, et ils se mirent à courir comme des fous. Toute la nuit, dans la gare, puis dans le train, ils continuèrent de se quereller.

Depuis l'aube jusqu'au soir les visiteurs de Bialogora assiégèrent l'appartement du Rabbi sans obtenir l'autorisation d'entrer.

Israël Avigdor montait la garde. « Je ne peux pas vous laisser entrer, disait-il avec colère. Plus tard. Demain peut-être. »

Le gabbaï était mal à l'aise. Seul, Reb Shachnah était facile à manier. Mais la moitié de la ville de Bialogora se trouvait là. Il était ébranlé. Son malaise se communiqua aussitôt aux disciples de Nyesheve habitant à Bialogora. Ils n'aimaient pas son incertitude, ni l'atmosphère sinistre des cours. Leur moral était au plus bas. Celui de leurs adversaires remonta aussitôt ; ils se montrèrent moins assidus à la porte du Rabbi. Ils trouvèrent à Nyesheve même quelques disciples de Gorbitz, et préparèrent un petit banquet improvisé, pour célébrer leur victoire à l'avance.

« À la vie ! s'écrièrent-ils. Que Dieu nous envoie de bonnes nouvelles ! »

Le bedeau Kanah et sa fille restèrent toute la journée assis près du puits. Feibish Meïr leur fit porter du canard rôti et du blanc de poulet. Toute la journée, ils mangèrent et jetèrent les débris aux volailles. Abish, le boucher, pénétra dans les cuisines, sans y être invité. Là, il se trouvait dans son élément. Il montra aux femmes une nouvelle façon de gratter les pieds de veau et de nettoyer les foies de vache. Au bout d'une heure il faisait partie de la maison.

Seul Reb Shachnah errait comme une âme en peine. Il marchait de long en large dans la cour en se mouchant furieusement, et criait : « Je vous le dis, ce n'est pas la fin du monde ! La loi existe aussi pour les Rabbis ! »

Vers le soir les fils du Rabbi décidèrent de s'en mêler. Comme un seul homme ils allèrent voir Israël Avigdor pour le réprimander. Ils parlèrent avec hauteur, sûrs de leur victoire.

« Israël Avigdor ! Comment osez-vous laisser d'honorables Juifs attendre une journée entière dehors ? C'est cela, la justice de Nyesheve, l'hospitalité de Nyesheve ? Laissez-les entrer ! Vous croyez que cette cour est votre jouet ? »

Israël Avigdor considéra les « héritiers », les yeux mi-clos. Un instant, ses oreilles rougirent, et les poils jaunâtres de ses mains se hérissèrent. Il eut envie de répliquer que tant que vivrait le Rabbi – encore cent vingt ans, plaise à Dieu ! – lui, Israël Avigdor, serait le maître de la porte. Mais il ne dit rien. L'attitude des fils du Rabbi avait changé. Oui, ce misérable Rabbi de Bialogora avait déclenché un processus qui ne s'arrêterait pas si facilement ! Ce n'était pas le moment de leur déclarer la guerre. Le gabbaï recula et dit sur un ton d'excuse :

« Je ne suis pas le maître ici. J'obéis seulement aux ordres du Rabbi. »

Quelques minutes plus tard il les fit entrer dans l'antichambre et il les conduisit, un par un, devant Rabbi Melech.

Celui-ci n'était pas seul. Trois Rabbis se trouvaient avec lui. L'un était de Nyesheve, les deux autres de villes voisines. Ils constituaient un tribunal régulier. Dans un coin de la pièce, plongé dans un livre, et apparemment indifférent à l'agitation, se tenait l'étranger.

Le visage de Rabbi Melech était noir de colère. On y percevait de nouveau la vie, le combat, l'arrogance d'autrefois.

Le premier homme introduit par Israël Avigdor fut Reb Shachnah. Rabbi Melech ne lui offrit pas de siège. Il le fixa un long moment, puis explosa :

« Vous êtes donc l'homme qui a semé le trouble dans notre ville en accusant de façon scandaleuse mon gendre, Reb Nahum, ici présent, de ne pas être mon beau-fils, mais une personne du nom de Yoshe – dit le fou – de la ville de Bialogora. Vous voici en présence d'un tribunal de trois Rabbis. Oserez-vous répéter ici ce que vous avez affirmé dans la synagogue la veille du nouvel an devant des milliers de Juifs ?

— Oui ! »

Rabbi Melech se leva de son siège.

« Vous répondez trop à la légère. Approchez cet homme, regardez-le bien, et répétez la même chose face à lui. »

Reb Shachnah avança vers l'homme assis, le dévisagea et dit de sa voix éraillée :

« Je déclare, en toute bonne foi, devant le tribunal des trois Rabbis, que cet homme est Yoshe, dit le fou, de Bialogora, l'assistant du bedeau de la grande synagogue, que la communauté a marié à la fille de Kanah et qui s'est enfui la nuit de son mariage en abandonnant sa femme. »

La fermeté de son ton fit frémir de peur les trois Rabbis. Mais l'étranger, que l'accusateur montrait encore d'un doigt pétrifié de rage, ne parut pas affecté. Il ne leva pas la tête. Il ne bougea pas.

Après Reb Shachnah, d'autres Juifs de Bialogora furent admis en présence du tribunal. Israël Avigdor fit entrer d'abord les hassidim de Gorbitz. Il gardait ses propres partisans pour la fin. Un par un les Juifs de Bialogora s'approchèrent de l'étranger, le regardèrent bien en face, et s'exclamèrent :

« Yoshe le fou ! »

Les trois Rabbis étaient très pâles.

Puis entrèrent les autres hassidim de Bialogora, les disciples de Nyesheve. Ils avaient perdu leur courage, leur assurance. Ils étaient aussi pâles que les Rabbis. Ils ne purent même pas parler. Leur terreur était la plus éloquente. Certains essayèrent de se cacher les yeux pour ne pas avoir à témoigner. Il était trop tard. D'autres, en voyant l'homme revenu à Nyesheve, s'exclamèrent seulement : « Dieu nous aide ! » et se détournèrent.

Les derniers furent Reb Kanah et sa fille. Le bedeau essaya d'entrer avec Zivyah, mais Israël Avigdor l'obligea à attendre la fin de l'interrogatoire. Quand la femme entra, Rabbi Melech se leva pour mieux voir cette créature étrange, idiote. Jamais il n'avait considéré un être humain avec le mépris et la haine dont il foudroya ce visage empâté au sourire béat.

« Vous ! tonna-t-il. Vous êtes en présence de trois Rabbis. Faites attention à vos paroles ! Si vous ne dites pas la vérité, les démons de l'enfer vous brûleront la chair avec des fouets embrasés ! Regardez cet homme, et dites qui il est. »

Zivyah s'approcha de Nahum et se mit à hennir de joie.

« Yoshe ! s'exclama-t-elle entre deux gloussements. Yoshe le fou… toi… Yoshe… »

Le Rabbi s'avança vers la femme bégayante.

« Par quels signes pouvez-vous prouver que cet homme est votre mari ? »

Elle ne répondit pas. Elle ne se lassait pas de regarder l'étranger : « Toi… Yoshe… mari… Bialogora… », répétait-elle avec un rire enroué. Elle vint plus près encore et lui attrapa la main. Il y eut un silence mortel. L'étranger fut le seul à ne pas y prêter attention. Israël Avigdor repoussa Zivyah en criant :

« Comment osez-vous lui toucher la main ? Vous n'avez pas de respect ? Idiote ! »

Rabbi Melech retourna s'asseoir. Sa colère avait fait place au mépris. Il n'écouta même pas le bedeau Kanah lorsqu'il vint apporter son témoignage. Enfin, il s'adressa à Reb Shachnah, toujours bouillant de rage, et lui demanda sèchement, sans prononcer son nom :

« Votre Yoshe le fou de Bialogora était-il un homme instruit ou un ignorant ?

— Il savait seulement chanter des Psaumes. »

Le Rabbi faillit éclater de rire. « J'affirme devant ce tribunal que mon gendre Reb Nahum est un homme savant, un kabbaliste ! »

Les trois Rabbis le regardèrent fixement.

« Israël Avigdor, appela Rabbi Melech, dites au tribunal ce que vous avez vu et entendu lorsque Reb Nahum est revenu à Nyesheve. »

Israël Avigdor se planta devant les trois Rabbis et déclara d'une voix forte : « En ces terribles journées du repentir, qui séparent Rosh Hashana de Yom Kippour, en présence des trois Rabbis et de mon propre Rabbi, je vais rapporter ce que j'ai vu et entendu, je n'oublierai ni n'ajouterai aucun détail, je ne ferai aucun commentaire personnel. »

D'une voix claire, presque joyeuse, il raconta la première entrevue entre le voyageur et Rabbi Melech. Il mentionna la page cornée dans le livre, le compte rendu de Sourele, l'examen du corps de Nahum. Il n'omit rien. À mesure qu'il avançait dans son récit, le visage de Rabbi Melech s'éclairait et les trois Rabbis, partagés entre la stupeur et la terreur, perdaient toute maîtrise. Seul l'étranger resta imperturbable.

Quand le gabbaï eut terminé, le Rabbi envoya chercher sa fille.

« Israël Avigdor, dit-il, fais entrer la femme de Reb Nahum. »

Il n'avait pas prononcé le nom de Sourele, mais l'avait appelée par son nom de femme mariée, pour accentuer l'effet produit. Le gabbaï ouvrit la porte et Sourele, pâle mais décidée, s'avança dans un tel silence que l'on entendit un bruissement d'étoffes quand les têtes se tournèrent dans sa direction.

Dans son attitude apparaissait la détermination d'une femme prête à se battre contre le monde entier. Elle s'approcha du tribunal d'un pas assuré et resta debout, à distance respectueuse des juges. Le Rabbi lui ordonna de s'approcher.

« Ma fille, dit-il d'une voix douce et affectueuse qu'elle ne lui connaissait pas. La femme qui se tient là-bas, fille d'un bedeau et fossoyeur de Bialogora, en Pologne russe, affirme que Reb Nahum, ton mari, n'est pas Nahum, mais un certain Yoshe le fou, qui l'a épousée dans le cimetière de sa ville à l'époque de la peste, puis l'a abandonnée. Parle devant le tribunal, dis ce que tu sais concernant ton mari, Reb Nahum. Parle sans rien cacher. »

Avant de répondre, Sourele se retourna et dévisagea la femme qui avait inspiré cet ignoble complot pour lui voler son mari. Elle remonta sur son front le fichu de soie qu'elle avait mis le jour du retour de Nahum, en signe de son nouveau statut. Un instant, un rictus de mépris lui déforma la bouche. Puis, se souvenant de sa propre honte – la fille du grand Rabbi, contrainte de se battre avec cette créature ! – elle se tourna à nouveau vers les juges. Avant qu'elle n'eût ouvert la bouche, il y eut un bruit de pas précipités et Zivyah se jeta sur elle, grondant comme une bête féroce qui défend ses petits. Sourele n'eut pas le temps de l'éviter. Un cri d'horreur s'éleva quand les ongles sales de la femme enragée se plantèrent dans les joues de la fille du Rabbi.

« Non ! hurla Zivyah. Mon Yoshe, mon fou ! »

Israël Avigdor fut, malgré son âge, le premier à intervenir. Il bondit comme un jeune homme et, retrouvant une prise qu'il avait pratiquée autrefois, à l'époque où il aidait son père aubergiste à mettre à la porte les paysans soûls trop bruyants, il saisit Zivyah à la gorge tout en la pinçant de l'autre main. Elle laissa échapper un hurlement de douleur et faillit s'évanouir.

« Salope ! » rugit-il, et il l'arracha à Sourele. Il la jeta vers la porte qui s'ouvrit brusquement et Zivyah alla s'écraser face contre terre.

Rabbi Melech s'était levé, le visage rouge de fureur.

« Dehors ! Sortez tous ! Malheur à l'homme et à la femme qui osent dire du mal de mon gendre Reb Nahum ! Que Dieu vous maudisse ! Partez ! »

Terrifiés, abasourdis, les assistants sortirent en foule. Dehors, près de la porte, Zivyah, étendue sur le sol, gémissait comme un chien perdu, indifférente aux paroles de réconfort de son père.

24

Reb Shachnah de Bialogora, en compagnie de ses protégés et de ses témoins, quitta Nyesheve quelques heures après avoir été expulsé de l'appartement de Rabbi Melech. Mais il ne rentra pas chez lui. Dès ce jour il se consacra à une tâche unique, dévorante : la guerre sainte contre la dynastie rabbinique de Nyesheve.

Il alla de ville en ville, de synagogue en synagogue, de Rabbi en Rabbi, avec un seul cri sur les lèvres :

« Juifs ! Un feu brûle à Nyesheve ! »

Il oublia sa maison, ses ambitions et ses rancunes personnelles. Sa femme lui écrivait frénétiquement, le suppliant de la prendre en pitié et de revenir. Sa communauté intervint auprès de lui. Il était devenu un homme si important qu'il serait facile de venir à bout de ses opposants. Le rabbinat de Bialogora lui appartenait, il lui suffisait de le demander. Ils se plaignirent de ce que leur bateau fût sans gouvernail, leur troupeau sans berger, leur ville sans lumière. Reb Shachnah répondit seulement :

« Même si je dois me faire mendiant et aller de porte en porte, la justice vaincra. La fille du Rabbi de Nyesheve vit dans le péché avec le mari d'une femme abandonnée. Je dis que ce n'est pas la fin du monde. »

Il prépara une pétition sur une longue feuille de papier. D'une écriture minuscule qui tremblait comme sa main il rédigea l'accusation, s'appuyant sur des citations de cas célèbres, sur les opinions de Rabbis illustres, sur les textes du Talmud et des Sages, et il termina en exigeant que le rabbinat de Nyesheve extirpât le mal à la racine. Il colla sa pétition sur du tissu pour la rendre plus durable. Partout où il allait il récoltait les signatures des Rabbis, des Juifs influents, qui demandaient au Rabbi de Nyesheve et à sa fille Sourele de comparaître devant un grand tribunal d'érudits.

Brûlant du zèle d'un prophète, il en subit le sort. Les disciples de Nyesheve le persécutaient. Dans les synagogues ils lui jetaient des livres à la tête. Dans la rue ils lui lançaient des pierres. Ils le signalaient à la police comme un fauteur de troubles. Sa femme refusa de lui envoyer son vieux pardessus, il grelottait de froid dans son caftan de satin. Il n'avait ni linge ni argent. Sale, hagard, affamé, il mendiait de ville en ville, dormait sur la terre battue, montait dans les carrioles de charretiers impatients, ou se résignait à faire de longs trajets à pied. Seul, il menait la bataille contre la puissante dynastie de Nyesheve. Il traversait le monde juif comme une torche enflammée, laissant derrière lui une traînée de fumée, semant la discorde et l'agitation.

Il ne voyageait pas seul. Quand il avait abandonné son rabbinat de Bialogora, Kanah avait déserté sa synagogue et son cimetière afin d'accompagner le vengeur avec sa fille. Mais Kanah ne menait pas la même existence que Reb Shachnah. Il avait l'esprit beaucoup plus pratique. Il portait, cousue dans son gilet, une somme d'argent, une partie de ses gains de bedeau, le produit de ses vols dans les boîtes à offrandes, et les pots-de-vin des contrebandiers. Il dépensait son argent à contrecœur, mais lui et sa fille vivaient beaucoup mieux que le Rabbi. Ils étaient très chaudement vêtus. Ils avaient l'art de profiter des ménagères, des aubergistes et des domestiques. De plus Kanah savait, dans chaque ville, s'imposer aux bedeaux et aux fossoyeurs. Il connaissait leur langage et leurs méthodes. Ainsi, tout en voyageant avec Reb Shachnah, il conservait son autonomie matérielle. Mais il se trouvait toujours dans les parages quand Reb Shachnah voulait le présenter. Il débitait son petit discours, parlant comme un homme simple :

« Rabbi ! Je suis Kanah, le bedeau de Bialogora, et voici ma fille Zivyah, la femme de Yoshe le fou, qui vit aujourd'hui à la cour rabbinique de Nyesheve avec la fille du Rabbi. »

Parfois Reb Shachnah, Reb Kanah et Zivyah avaient énormément de succès.

Beaucoup de Juifs qui se comptaient parmi les disciples de tel ou tel Rabbi, et qui se rendaient régulièrement dans les cours, nourrissaient une haine secrète pour la hiérarchie religieuse des riches. N'ayant ni l'initiative ni le courage de se rebeller, ils étaient heureux de cette guerre contre l'une des cours hassidiques les plus puissantes, et leurs sentiments de mépris et de rancune se transformaient en une lutte indignée pour la justice. Dans ces maisons-là

Reb Kanah et sa fille étaient royalement traités. En échange de leur histoire – que le bedeau répétait inlassablement, avec la même simplicité, la même vigueur – on leur donnait les meilleures chambres. Le samedi on les conviait à un banquet, où venaient parents et amis, pour entendre de leur bouche le récit de tous leurs maux. Entre les questions et les réponses, Kanah se gavait de bonne nourriture, et il encourageait sa fille à faire de même.

Reb Shachnah mangeait à peine. Il était obsédé. Quand le pain doré de shabbat était placé devant lui, il trempait le même morceau dans le sel à dix reprises avant de songer à le mettre dans sa bouche. Il retirait le persil de sa soupe car il en détestait le goût, mais au lieu de le jeter il se mettait à le mâcher. Manger était pour lui une corvée, une digression, une perte de temps. Il ne supportait même pas le chant traditionnel qui venait après le repas de shabbat. Il ne voulait parler que de Yoshe le fou et des pécheurs de Nyesheve. Il interdisait à tous de penser à quoi que ce soit d'autre.

Sa fureur était inépuisable. Il revenait sans cesse à la charge, citant les textes. Ses yeux jetaient des étincelles.

Parfois ses hôtes le suppliaient :

« Reb Shachnah, oubliez cela pour la soirée. Vous savez qu'un bon Juif n'a pas le droit de se tourmenter le samedi. Reb Shachnah, prenez un morceau de poisson. »

Il ne les entendait pas.

« Je dis que ce n'est pas la fin du monde. La Loi sacrée existe. »

Certains osaient même se moquer gentiment de lui.

« Reb Shachnah, même le Sambattyon[1], ce fleuve impétueux, cesse de couler le shabbat. Faites pareil ! »

Reb Shachnah n'était pas offensé, surtout parce qu'il n'écoutait pas. Il n'écoutait jamais quand le sujet n'était pas Yoshe le fou.

Il maigrissait de semaine en semaine. Ses yeux étaient plus enfoncés, sa barbe plus grise et raide, ses mains noueuses. Sa voix s'enroua. Il ne sentait ni ne voyait rien. La vision du péché de Nyesheve que lui, Reb Shachnah, avait pour mission d'extirper, ne le quittait jamais.

Les feux de l'enfer, la peste et la destruction étaient sur ses lèvres. Tant que ce mal ne serait pas anéanti, Israël ne connaîtrait pas la paix.

« Juifs ! Un feu brûle à Nyesheve ! Juifs ! La Loi sacrée est la même pour tous les hommes, pour le cordonnier comme pour le Rabbi. Un feu brûle à Nyesheve et ses flammes consumeront – Dieu nous garde ! – tout Israël. Juifs, ne l'oubliez pas, et sauvez votre âme ! »

La rage de Reb Shachnah de Bialogora embrasa la communauté juive de part et d'autre de la frontière austro-russe.

Cela commença chez les Rabbis non hassidiques, les érudits et les leaders intellectuels de l'orthodoxie.

Depuis longtemps il existait de l'hostilité entre les Rabbis institués légalement – que de longues études rendaient aptes à diriger les affaires de la communauté – et les Rabbis des hassidim. Ces derniers

1. Rivière derrière laquelle se trouvent les douze tribus perdues. *(N.d.T.)*

avaient dépassé les bornes. Non contents de faire des miracles et de répandre la ferveur religieuse, ils rivalisaient avec le rabbinat traditionnel dans le domaine de l'interprétation de la Loi. Ils étaient rarement capables de parler de ce sujet difficile d'une façon intelligible. Cela ne les empêchait pas de régler les conflits ni de communiquer leurs décisions. Souvent, comme Rabbi Melech, ils avaient un assistant qualifié qui les conseillait, afin de décourager les Juifs de recourir au rabbinat officiel. L'homme touchait un salaire misérable et les honoraires s'ajoutaient aux revenus du Rabbi.

Nyesheve s'était très mal conduit. Reb Melech usurpait continuellement les privilèges d'innombrables Rabbis officiels. De plus il avait réussi, à force d'intrigues et de pots-devin, à placer des parents dans les postes vacants pour cause de décès. Dès qu'il apparut que l'incident de Yoshe n'était pas un trouble passager, mais pouvait se transformer en une affaire publique, les Rabbis furent les premiers à s'en mêler.

Des lettres furent échangées de part et d'autre de la frontière austro-russe. Écrites par des érudits, elles commençaient toujours par des formules extraordinaires de politesse et des titres très compliqués qui couvraient dix lignes d'une calligraphie serrée et se terminaient par un déploiement de modestie extravagant.

Le Gaon ou génie de Przemysl, connu, par son livre le plus célèbre, comme *L'Ours grondeur* fut le premier à prendre sa plume. Il adressa une savante épître au Gaon de Lublin, auteur du *Plaisant Barouch*.

« Grande Lumière, écrivait l'»Ours grondeur» au «Plaisant Barouch», puissant marteau qui réduis en poussière des meules entières, mont Sinaï, unique de notre génération : heureux que nous sommes de connaître une beauté pareille ! Grand de ce monde, étagère chargée de livres, Rabbi de tous les enfants en exil, Toi qui soulèves les montagnes, que Ta Lumière brille toujours, Rabbi de la cité de Lublin, Sainte Communauté d'Israël, puisses-tu rebâtir Sion, Amen… »

Les flatteries continuaient pendant plusieurs lignes, puis le Gaon abordait, dans le même style, le vif du sujet. Son texte était truffé de citations, d'allusions, d'abréviations – seul un Rabbi instruit, anti-hassidique, pouvait le lire ou l'écrire – et s'achevait par des phrases d'une modestie intarissable :

« De la part du ver rampant, de l'homme moins qu'humain, ignorant de la Loi, plus bas que terre, bougie éclipsée par la clarté de votre torche. L'auteur de *L'Ours grondeur*, Rabbi de la sainte communauté de Przemysl. »

Dans une lettre plus savante encore, qui commençait par des louanges insensées et se terminait par des lignes d'une humilité outrée, le « Plaisant Barouch » répondait, exprimant son intérêt et sa profonde préoccupation.

Quand le bruit courut que les puissants échangeaient des messages à propos de l'affaire de Nyesheve, les petits se mirent de la partie. De Mohilev sur le Dniepr à Cracovie sur la Vistule, de Lemberg à Dinabourg, de Presbourg à Brisk, en Lituanie, se déversèrent des flots de correspondance et de compliments. D'obscurs Rabbis de village se couvrirent d'éloges passionnés et se flagellèrent avec un zèle incroyable. Il y eut une augmentation notable du trafic postal entre la Lituanie et la Pologne, la Galicie et la Russie. La Tchécoslovaquie et Jérusalem en ressentirent aussi les effets. La fièvre s'étendit à des villes lointaines comme Prague, Londres et Saint-Pétersbourg. Les érudits étrangers vivant dans des endroits perdus avaient une opinion. Salonique s'enthousiasma, et les Rabbis turcs de Constantinople, qui se faisaient appeler *Haham*, écrivirent dans leur curieux hébreu pour s'informer et donner leurs commentaires.

L'agitation gagna les érudits non officiels, les citoyens ordinaires et les simples ouvriers. L'intérêt grandissait de semaine en semaine, de mois en mois. Les Juifs négligeaient leurs affaires, leurs études et même leurs prières. Les disciples hassidiques de Nyesheve et de Gorbitz s'empoignaient, on assista à des scènes scandaleuses. Sous l'effet de ce nouveau conflit des rivalités professionnelles se transformèrent en haines frénétiques. Des communautés en excommunièrent d'autres, solennellement. Il y eut des mariages brisés. Les parents rappelèrent leurs enfants mariés et leur ordonnèrent de divorcer. Les fanatiques de Nyesheve refusaient d'acheter la viande abattue par leurs ennemis et le vin qu'ils vendaient pour la bénédiction. Cette viande, affirmaient-ils, était impure. Ils ne voulaient pas être enterrés côte à côte dans les cimetières.

L'agitation s'étendit aux femmes.

Enfin un sujet de conversation sur lequel on pouvait broder, exercer son imagination ! Sur la place du marché et dans la galerie de la synagogue, dans la cuisine et les chambres à coucher, pendant qu'elles raccommodaient des vêtements ou fabriquaient des coussins, elles parlaient de Nyesheve, Nyesheve !... Leurs yeux brillaient, l'écume leur venait aux lèvres, la haine couvait dans leur cœur. Le nom mystérieux de Yoshe le fou était sur toutes les bouches. Des femmes qui avaient été abandonnées par leurs maris dix ans, vingt ans auparavant, qui avaient non seulement perdu espoir, mais avaient même oublié avoir été un jour mariées, dressèrent l'oreille. Il se pouvait – cela s'était déjà vu ! – que cet homme fût leur propre époux !

Des femmes vendirent tout ce qu'elles possédaient afin d'acheter un billet de chemin de fer pour Nyesheve ; elles attendaient des semaines entières d'entrevoir l'étranger – qui se cachait de tous, protégé par sept verrous, mais dont le monde parlait nuit et jour. Israël Avigdor les chassait de la cour, puis, se lassant, il engagea un paysan pour leur en interdire l'accès. Certaines quittaient Nyesheve désespérées, sans avoir vu le gendre du Rabbi. D'autres refusaient de partir. Elles s'incrustaient dans le village, gémissant, guettant Nahum.

Des femmes mariées furent prises de soupçons. Des jeunes époux en voyages d'affaires craignaient de rentrer avec une heure de retard, de peur de trouver leur femme en proie à une crise de nerfs. La vue d'un nouveau visage semait la discorde. Était-ce l'un des maris qui avaient abandonné leurs femmes ? Ce pouvait être un marchand ambulant, un représentant de machines à coudre, un agent d'assurances – il devenait aussitôt le centre d'une conspiration. Plusieurs de ces hommes furent agressés par des femmes excitées qui avaient oublié à quoi ressemblaient leurs époux, et ils furent traînés devant le Rabbi. On leur arracha leurs vêtements pour les identifier.

Des sceptiques, des infidèles, des Juifs connus pour leur impiété, des athées de village, des révoltés, furent heureux de trouver de nouvelles armes contre les dévots. Des talmudistes écrivirent des lettres sarcastiques aux journaux hébreux, et signèrent de noms bibliques. Les intellectuels plus modernes envoyèrent aux journaux yiddish des lettres dans le style héroï-comique allemand, émaillées de citations de Schiller et de Lessing. Le célèbre apostat d'une petite ville – qui exerçait le métier d'avocat – publia toute l'histoire dans un journal allemand antisémite, et un instituteur de Brody composa une longue ballade, la mit en musique et l'imprima sur des feuillets qui se vendirent par milliers. Les servantes, les charretiers et les couturières fredonnèrent cette nouvelle chanson chez eux, dans les ateliers et sur les routes.

Les disciples de la dynastie de Gorbitz n'étaient pas les seuls dans le camp des hassidim à se battre contre Nyesheve. D'autres cours avaient longtemps envié le pouvoir, l'influence et la richesse de Rabbi Melech. Lui-même n'était pas l'objet de leur jalousie, de leur hostilité. C'était un vieillard qui n'en avait plus que pour quelques années à vivre. Mais elles voulaient détruire son empire pour s'en approprier les fragments. Elles voulaient couvrir le nom de Nyesheve de honte et d'ignominie, pour décourager les Juifs hassidiques d'y aller. Elles voulaient semer la désolation à Nyesheve, pour que ses disciples si nombreux s'orientent dans une autre direction.

Alors commença une correspondance parallèle à celle des Rabbis officiels entre les Rabbis hassidiques et les faiseurs de miracles. L'hébreu de ces lettres était loin d'être parfait, la calligraphie en était grossière. Mais ils compensèrent leur ignorance par un excès de grandiloquence.

Ils s'appelaient Ange, Messager de Dieu, Pilier de feu, Foudre, Voix du tonnerre, Divine Lumière.

Finalement le gouvernement fut entraîné dans le tourbillon.

Les Juifs adressèrent des plaintes aux autorités – à la cour de Nyesheve, accusaient les uns, vivait un bigame. L'ordre public, protestaient les autres, était troublé. Les petits fonctionnaires refusant d'intervenir, l'affaire fut portée plus haut, jusqu'au jour où une pétition solennelle fut envoyée au *Stadthalter*[1] royal et impérial de Lemberg. Quand celui-ci refusa d'envoyer une commission à Nyesheve, une somme d'argent fut réunie pour dépêcher une délégation auprès du ministre des Cultes dans la cité impériale de Vienne. Plusieurs Rabbis importants, ferrés en langue allemande, s'y rendirent avec une déclaration à présenter personnellement. Ils demandaient au ministre impérial de défendre l'honneur de la religion juive contre l'insulte qui lui était faite par le Rabbi de Nyesheve.

Le sous-secrétaire aux Affaires juives, le renégat Hofrat Pesheles, essaya d'intercepter la délégation pour épargner au ministre une pénible entrevue. Mais les savants Rabbis, après avoir écouté poliment la longue liste de problèmes d'État qui absorbaient le ministre, insistèrent humblement, disant que personne d'autre ne pourrait leur rendre justice.

Dans leurs caftans de soie tout neufs, confectionnés spécialement pour ce voyage, avec leurs calottes en satin sur des cheveux bien ras et leurs papillotes pendantes, ils ressemblaient à de grandes bouteilles noires

1. Maire. *(N.d.T.)*

avec des anses minuscules. Obséquieux mais tenaces, ils obligèrent Pesheles à organiser un rendez-vous avec le ministre.

Le comte Kerwitch Navratni, ministre des Cultes, était un vieux Tchèque hongrois germanisé. C'était un homme grand et pâle ; sa stupidité et son aristocratie – par la vertu desquelles il avait été nommé ministre – se lisaient sur son visage. Il se mit à jurer dans un mélange d'allemand, de hongrois et de tchèque lorsque Pesheles lui rapporta que les Juifs ne bougeraient pas avant d'avoir obtenu une entrevue. Il jura particulièrement contre les Juifs, remontant jusqu'au père d'Abraham, Térah. Il ne pouvait refuser de recevoir une délégation de chefs religieux. Sa Majesté royale, impériale et apostolique l'apprendrait et cela l'irriterait. Sa Majesté traitait tous les représentants religieux avec un grand respect. D'ailleurs la tâche du ministre consistait essentiellement à accueillir les délégations. Le comte Navratni s'imprégna de piété et ordonna à son assistant d'introduire les vénérables visiteurs.

Quand ils pénétrèrent dans le cabinet, les Rabbis, très bouleversés, s'inclinèrent avec plus d'enthousiasme que de grâce, et prononcèrent d'une voix forte la bénédiction qui loue Dieu d'avoir accordé tant de gloire à un être de chair et de sang. Dans leur agitation ils oublièrent que ces paroles doivent être dites seulement en présence d'un personnage royal. Ne comprenant pas une syllabe de la prière en hébreu, le ministre rougit légèrement et répondit :

« Messieurs, je suis profondément touché. »

Dans une langue étrange – composée de yiddish galicien et de haut allemand – et d'une voix qui imitait inconsciemment le chant traditionnel des talmudistes, le président de la délégation récita l'histoire de Yoshe le fou et de la fille du Rabbi. Les Juifs, fidèles et obéissants sujets de Sa Majesté impériale, étaient très préoccupés par cette violation de la loi. Ils suppliaient le gouvernement d'intervenir.

Le comte écouta le long récit, dont il ne comprit pas la moitié. Il ne savait pas ce que les Juifs attendaient de lui. Il avait envie de dormir.

Avant de partir, le président remit au ministre un énorme document, la délégation leva les mains et lui donna sa bénédiction.

« Parce que vous avez eu la grâce de nous recevoir, nous prierons toujours pour le bonheur de Sa Majesté royale et impériale, et pour celui de Votre Excellence, grand et noble Premier ministre…

— Je ne suis pas le Premier ministre », dit le comte avec un léger soupir.

« Votre Excellence le sera, répondit très vite le Rabbi. Celui qui traite les Juifs avec justice et bonté sera placé à la droite du roi – nos savants talmudistes le disent. »

Peu après la visite des Rabbis au ministre des Cultes de Vienne, une grave émeute, suivie d'effusions de sang, éclata parmi les partisans et les ennemis de Nyesheve. Cela se passa de la façon suivante :

Dans l'une des grandes écoles juives de Lemberg un groupe de surveillants avait été expulsé pour avoir eu des relations indécentes avec une femme de ménage. N'ayant rien de mieux à faire, ils décidèrent de se tourner vers le théâtre. L'un d'eux avait écrit une comédie intitulée *Le Saint de Nyesheve, ou Yoshe le fou et ses deux femmes*, et les surveillants au chômage la présentèrent dans une taverne fréquentée par des servantes, des charretiers, des cordonniers, des aides-boulangers. La pièce, dans laquelle apparaissaient en chair et en os le Rabbi de Nyesheve, Yoshe le fou et Sourele, la fille du Rabbi, fut un succès, et les jeunes gens partirent en tournée dans les provinces.

Ils allèrent de village en village, jouant dans les tavernes les plus vulgaires et les plus sordides, devant les bas-fonds de la population. Partout leur spectacle et leurs chansons faisaient fureur. La scène où Zivyah se mettait à genoux devant la fille du Rabbi et pleurait pour obtenir justice déclencha l'enthousiasme de tout le pays. Encouragés, les acteurs eurent l'audace d'engager une femme dans leur troupe, pour interpréter le rôle de la femme sacrifiée.

Chaque fois qu'une représentation avait lieu, la ville ou le village était en ébullition. Les disciples de Nyesheve essayaient de l'interrompre. Les jeunes gens, surtout les habitués des tavernes, étaient furieux de cette intervention. Les émeutes éclataient.

Dans la ville de Sandz, un professeur d'hébreu déclara une guerre à outrance aux comédiens.

La pièce devant être jouée au casino de la ville, le professeur battit le rappel des Juifs pieux, des ménagères et des jeunes garçons. Armés de balais, de pelles, de rouleaux à pâtisserie et d'autres instruments de fortune, la foule se rua au théâtre, qu'elle trouva gardé par un cordon d'ouvriers, déterminés à permettre le déroulement normal de la représentation.

« Juifs ! hurla le professeur. Nous nous battrons pour notre sainteté comme les héros d'autrefois ! Nous mourrons pour défendre notre foi ! Nous ne permettrons à personne d'insulter notre saint ! »

Ses compagnons, moins convaincus que lui, et alarmés par l'aspect sinistre des gardes devant le casino, le supplièrent de revenir. Mais il ne voulut écouter personne. Il passa à l'attaque.

Il fut repoussé avec une telle violence qu'il vola dans les airs et alla atterrir, tête la première, sur un vilain tas de pierres. Il ne se releva pas. Ses disciples effrayés s'approchèrent, virent le sang jaillir d'une blessure fatale, couvrirent le corps et appelèrent la police.

Un cri d'alarme s'éleva des communautés juives de Galicie autrichienne. Du sang juif avait été versé dans le combat de Nyesheve, et ce n'était peut-être que le début.

Les répercussions de l'émeute de Sandz se firent sentir dans le monde non juif. Les journaux viennois publièrent des articles enflammés sur la guerre civile qui faisait rage chez les « Juifs à papillotes », les fanatiques de Galicie. Des correspondants furent envoyés spécialement à Nyesheve et dans d'autres centres hassidiques. Au Parlement de Vienne un député, un prêtre, interpella le gouvernement.

« Le ministre de l'Intérieur, demanda-t-il, sait-il qu'une guerre intestine a éclaté au sein du peuple élu de Galicie à cause d'un cas de bigamie dans l'une des cours rabbiniques ? Et si le ministre est au courant, quelles mesures compte-t-il prendre ? »

Le même jour le ministre de l'Intérieur télégraphia au comte Kutchebitski, *Stadthalter* royal et impérial à Lemberg, d'ouvrir une enquête.

Les murs de la forteresse de Nyesheve commençaient à se fissurer.

25

Reb Shachnah de Bialogora triomphait.

Peu avant Pessah les murs des rues juives des villes de Galicie et de Pologne russe furent couverts d'une proclamation signée par soixante-dix Rabbis et érudits – le nombre de juges qui siégeaient autrefois au Sanhédrin – qui demandaient au Rabbi de Nyesheve de porter l'affaire de son gendre devant un tribunal rabbinique. Du haut des maisons et des synagogues, des abattoirs et des bains rituels, la proclamation narguait les Juifs. Affichée au milieu de toutes sortes d'avis concernant les bougies de shabbat, les ustensiles kasher, les jours où l'eau des bains rituels était chauffée, les objets perdus et trouvés, les publicités des bouquinistes et des scribes qui proposaient d'inspecter les mezouzas et les phylactères, des guérisseurs qui soignaient les maladies les plus variées sans médicaments ni opérations, mais seulement avec une ceinture spéciale, les notices des boulangers prévenant qu'après une certaine heure le vendredi après-midi ils n'acceptaient plus de plats à tenir au chaud pendant le shabbat, les annonces des colporteurs indiquant qu'ils disposaient d'un nouveau stock de livres bon marché, de calottes et de ceintures, au milieu de différents appels, protestations et déclarations, publics ou semi-publics, la proclamation, en hébreu et en yiddish, dominait la scène et, du matin au soir, retenait son propre cercle de lecteurs.

« Avec l'aide de l'Éternel, loué soit Son Nom, nous soussignés demandons à nos frères d'écouter nos paroles, qui sont celles du Ciel, disent nos sages. Nous affirmons qu'un tribunal est investi du pouvoir divin, car nos textes sacrés rapportent que lorsque notre mère Rébecca s'est rendue dans le pays de Sichem et Ever elle est allée chez le Tout-Puissant.

» Ce n'est pas dans un esprit de dissension, ni de haine envers quiconque, que nous lançons cet appel. Nous savons, Dieu nous garde, que la discorde est aussi grave que le culte des idoles. Nous publions cette proclamation parce que nos yeux ne supportent plus de voir ce qu'ils ont vu, ni nos oreilles d'écouter ce qu'elles ont entendu. Une profanation, Dieu nous aide, a été commise sous la tente de Jacob, et a entraîné luttes et dénonciations. Dans les maisons de la prière les Juifs n'étudient plus mais se querellent, en particulier au moment de la lecture de la Loi sacrée. À cause de cela, dit le Zohar, Dieu se détournera de Son peuple. Nous avons appris – malheur à nous ! – que nous sommes tombés si bas qu'un Juif est capable d'en dénoncer un autre aux chrétiens. Nous savons aussi que certains Juifs ont écrit des livres impies et moqueurs, et ont encouragé notre population au péché. Les domestiques et les femmes simples lisent ces livres et chantent des chansons injurieuses pour nos saints, qui sont nos cèdres[1]. Malheur à nous, car nous sommes devenus la risée des chrétiens ! Ils lisent dans leurs journaux l'histoire de notre honte, et apprennent sur nous des choses qu'ils ignoraient. Comment pourrons-nous garder la tête haute parmi les princes et les puissants à l'ombre desquels nous vivons ? Car, disent les sages, nous devons prier pour ceux qui nous gouvernent, sans lesquels les hommes se dévoreraient vivants. Nous devons prier particulièrement pour notre souverain, le roi et empereur, puisse sa gloire s'accroître encore. On nous demandera : si le feu embrase les sapins, que restera-t-il de la mousse sur les murs ? Si les saints sont capables d'actes pareils, que doit-on attendre du commun des mortels ? Nos corps tremblent et nos mains faiblissent, car un sang innocent a été versé en notre sein, que Dieu ait pitié de nous !

» Le cœur brisé et des larmes dans la voix nous demandons au très honorable Rabbi de Nyesheve de réfléchir et de comparaître devant le tribunal de soixante-dix Rabbis, investi de l'autorité du Sanhédrin.

» Dieu nous garde de prononcer la sentence à l'avance. Nous avons entendu un rapport selon lequel un certain homme, reconnu par un grand nombre de Juifs respectables comme étant Yoshe (dit le fou), assistant du bedeau de la grande synagogue de Bialogora, Reb Kanah, et qui a abandonné sa femme, prétend être le gendre du Rabbi de Nyesheve, et vit aujourd'hui dans cette ville avec la fille du Rabbi, une

1. Arbres protecteurs, indéracinables. *(N.d.T.)*

femme mariée. Nous ne dirons pas, Dieu nous garde, que c'est la vérité, avant que le tribunal ait éclairci l'affaire. Mais nous demandons au très honorable Rabbi de Nyesheve de ne pas se fier à ses propres sentiments, et de ne pas s'entêter. Car si un seul homme l'appelait à comparaître devant un tribunal il devrait lui obéir. Or soixante-dix Rabbis et érudits le lui demandent ! Ne souris pas avec mépris, ne prononce pas de mots ironiques, même si tu es dans ton droit. Aux yeux de la Loi sacrée le grand homme ne vaut pas plus que l'homme méchant. Même lorsque le roi David (puisse sa vertu intercéder au Ciel en notre faveur, Amen !) a commis une erreur – et les sages ont dit que celui qui accuse le roi David d'avoir péché est coupable d'une faute grave – le prophète l'a puni et l'enfant est mort.

» Nous prions donc le Rabbi très honorable de se présenter devant notre tribunal dès le début du mois d'Iyar. Par respect pour l'honneur et le grand âge – que Dieu l'épargne – du Rabbi de Nyesheve, et aussi parce que le plaignant doit aller vers l'accusé, le tribunal se rendra, avec l'aide de Dieu, à Nyesheve, malgré les difficultés et les dépenses que cela comporte. D'ici le jour où le jugement sera rendu, l'étranger ne sera pas, Dieu l'en garde, autorisé à vivre un seul instant avec la fille du Rabbi, car il est soupçonné d'un honteux péché. Ils seront séparés et n'auront pas même la permission de demeurer sous le même toit. Ce sont les paroles d'hommes au cœur brisé, pleins d'humilité. Ceux qui les écouteront avec attention seront bénis. »

Soixante-dix Rabbis signèrent cette proclamation en déclinant leur nom, celui de leur père et le titre de leur communauté. Rabbi Melech fut outré par cette protestation de masse, d'autant plus que le *Stadthalter* royal et impérial avait informé les Juifs qu'il interviendrait en personne s'ils n'étaient pas capables de régler cette affaire entre eux. Rabbi Melech accepta de comparaître devant le tribunal le premier jour du mois d'Iyar, et il désigna un certain nombre de ses propres Rabbis, des disciples de Nyesheve, pour siéger au tribunal.

Peu après Pessah une foule de Juifs se mit en route pour Nyesheve.

Vinrent les Rabbis des grandes villes de Galicie et de Pologne russe, imposantes silhouettes drapées dans de vastes capes de satin. Ils étaient accompagnés par des bedeaux et voyageaient avec de magnifiques valises en cuir. Vinrent aussi – indépendamment du procès lui-même – des quantités de personnages obscurs qui avaient leurs propres griefs et voyaient là une occasion de s'attirer la sympathie des puissants. Vinrent des Juifs riches, des personnalités, des chefs de communautés, en fourrures et chapeaux de soie, qui étaient tenus de participer à toutes les activités. Des mendiants d'un certain rang, des pères amassant la dot de leur fille, des auteurs en quête de soutien moral et financier, vinrent aussi. Quelques signatures des célébrités qui se trouveraient à Nyesheve pouvaient assurer pour toujours la subsistance d'un érudit dans le besoin. Il y avait aussi les pères de jeunes filles dont la réputation avait été compromise, qui cherchaient à les laver de tout soupçon ; les maris désespérés de femmes impossibles voulaient obtenir la signature de cent érudits certifiant que leur épouse était folle, de façon à annuler le mariage. Des jeunes gens en cours d'études rabbiniques vinrent dans l'espoir d'arracher une nomination à un éminent Rabbi. Des génies précoces furent présentés en public et des érudits partirent en quête de louanges et, peut-être, d'une épouse avec une dot convenable. Vinrent des marieurs impatients de tirer parti de la présence de membres de familles riches, et des veuves de Rabbis qui voulaient accorder le poste vacant de leur mari à un jeune homme prêt à épouser l'une de leurs filles. Des bouquinistes apportèrent des volumes rares et précieux, des éditeurs cherchèrent des clients parmi les auteurs, et une foule de colporteurs, de chapeliers, de tailleurs, d'épiciers, envahit Nyesheve. De jeunes hommes d'affaires allemands en redingote, portant une canne, demandaient des autorisations rabbiniques pour vendre leurs vins, leurs sardines, leur huile et leurs gâteaux. Il y eut même un pharmacien chrétien qui proposait une crème dépilatoire pour remplacer le rasoir interdit. Et, surtout, arrivèrent les foules de Juifs pieux des villages, des hommes et des femmes fatigués, opprimés, avec toutes sortes de maladies et de difficultés, cherchant auprès des Rabbis et des saints le salut qu'ils n'avaient trouvé nulle part.

Enfin arrivèrent les plus illustres des Rabbis officiels.

La « tête de lion » de Dinabourg vint. C'était un petit homme trapu qui ressemblait à un commerçant de province. Mais il avait d'énormes yeux au regard tourmenté qui lui donnaient l'air d'un lion en cage. Le « génie de Lublin » était un vieillard dont la longue barbe blanche faisait penser aux tableaux d'Abraham par les peintres chrétiens. Le Saint de Lizhane, plus connu pour sa piété que pour son érudition, était là. Dans les petits livres qu'il écrivait, il prodiguait ordres et interdictions. Il avait une réputation extraordinaire.

Les Juifs voulaient le transformer en Rabbi miraculeux et venaient le consulter à la manière des hassidim, mais il refusait. Le plus grand de tous les Rabbis, et le plus âgé, était le Rav de Cracovie. Il était si vieux que personne ne connaissait réellement son âge. Il ne pouvait marcher sans être soutenu par deux hommes. Sa tête tremblait continuellement sur son cou décharné, comme s'il répétait sans cesse : « Non, non ! C'est interdit. »

La moitié de la ville de Bialogora accompagna Kanah et sa fille. Ils paraissaient tous les deux extrêmement bien nourris et contents d'eux-mêmes. Reb Shachnah arpentait les rues de Nyesheve, le nez plus rouge que jamais, le visage décharné, empreint de la joie amère de la victoire.

Quand il arriva dans la ville, il n'était pas certain que l'ordre rabbinique concernant la séparation de Yoshe et de la fille du Rabbi eût été respecté. Il fit son enquête, écouta aux portes, et il respira enfin lorsqu'il apprit que l'homme et la femme ne vivaient plus sous le même toit. Satisfait, il se transforma en comité d'accueil, rencontra tous les Rabbis à leur arrivée, les salua chaleureusement en exprimant sa gratitude : « *Shalom aleichem*, Rabbi. Dieu soit loué, nous avons mené cette affaire à bien. Oui, ce n'est pas la fin du monde. »

Le tribunal des soixante-dix Rabbis, pareil à un Sanhédrin, siégea trois jours dans la synagogue de Nyesheve. Trois jours les juges interrogèrent leur conscience.

Le Rabbi de Cracovie, le plus âgé et le plus savant de l'assemblée, présidait le tribunal, installé dans un immense fauteuil, sur des coussins superposés qui lui permettaient d'atteindre la table. Le tremblement constant de sa tête troublait l'assistance qui y voyait un signe de dénégation. De ses mains desséchées il tirait sur ses vieilles oreilles pour entendre ce qui se disait.

Soixante-neuf Rabbis se trouvaient assis aux deux longues tables disposées face à face, à angle droit avec celle du président. Ils étaient placés par ordre hiérarchique, du plus grand au plus petit. Rabbi Melech choisit une autre table. Ils essayèrent de le mettre à côté du président, mais il refusa de s'asseoir parmi les ennemis des hassidim.

« Je reste avec mon gendre Nahum », déclara-t-il.

Il prononça cette phrase à voix haute, comme pour indiquer sa méfiance à l'égard du tribunal, et un murmure s'éleva dans l'assistance. Tous les yeux se fixèrent alors sur l'étranger qui ne regardait personne, mais lisait constamment le petit livre ouvert devant lui. À côté de Rabbi Melech, droit comme une sentinelle, se tenait Israël Avigdor.

En face d'eux, sur un banc, étaient assis le bedeau Kanah et Reb Shachnah. Ce dernier ne tenait pas en place. Pendant les trois jours du procès il resta debout la plupart du temps, gesticulant même lorsqu'il ne parlait pas, se mouchant et foudroyant du regard le public et les juges. Kanah était parfaitement maître de lui-même; il n'avait pas le moindre doute quant au dénouement de l'affaire.

Les témoins à charge et à décharge occupaient plusieurs bancs. Les femmes étaient rassemblées derrière un rideau qui les cachait au public. Dans le reste de la synagogue s'entassaient les visiteurs. Aux portes et aux fenêtres s'agglutinaient les curieux.

De grandes bougies noires et blanches se dressaient sur la chaire, à côté d'une corne de bélier. Sur la table étaient posés un châle de prières et une robe blanche, à l'intention de tous ceux qui devaient prêter serment. Contre un mur, la planche de purification. Les assistants évitaient de regarder dans cette direction.

Les premiers témoins à être appelés furent les Juifs de Bialogora, parmi lesquels le boucher Abish.

« Juifs, dit le président du tribunal, vous savez que d'après notre Loi les témoins n'ont pas à prêter serment. Mais vous savez aussi que parler devant un tribunal est aussi important que de jurer sur les rouleaux de la Loi. Vous êtes en présence d'un tribunal de soixante-dix Rabbis, investi de la même autorité qu'un grand Sanhédrin. Réfléchissez bien avant de parler. Larges sont les portes qui conduisent à la Géhenne, mais combien étroit le portillon qui permet d'en sortir. La vie et la mort sont sous le pouvoir de la Parole. M'avez-vous compris ?

— Oui, Rabbi, murmurèrent les témoins, terrifiés.

— Approchez-vous de l'accusé, dit le président à chacun, et dites qui il est.

— Yoshe le fou de Bialogora.

— Comment le savez-vous ?

— Cela se voit.

— Ne savez-vous pas que deux hommes peuvent se ressembler énormément ?

— Si, Rabbi.

— Peut-être vous trompez-vous ?

— Non, Rabbi.

— En êtes-vous sûr ?

— Oui, Rabbi.

— S'il y a le moindre doute dans votre esprit, n'ayez pas honte de l'avouer.

— Non, Rabbi. Pas l'ombre d'un doute. »

Ainsi parlèrent-ils, l'un après l'autre, et le poids des témoignages donnait raison à Bialogora.

« Reb Shachnah, appela le président, vous êtes un Rabbi, et vous savez ce que signifie un témoignage devant un tribunal de soixante-dix Rabbis.

— Je le sais », répondit Reb Shachnah. Et, se mouchant violemment, comme pour saluer l'auguste assemblée, il éleva sa voix enrouée.

« Je déclare devant ce tribunal de saints et d'érudits que l'accusé est Yoshe le fou, l'assistant de Kanah, le bedeau de la grande synagogue de Bialogora. Je déclare qu'à Bialogora un tribunal l'a condamné à épouser Zivyah, la fille de Kanah, qui a témoigné qu'elle était enceinte de lui. Le mariage a eu lieu dans le cimetière de Bialogora, et en présence de toute la ville, Yoshe a pris Zivyah pour femme. La nuit même il a fui, abandonnant son épouse. Je déclare que cet homme est le même Yoshe. »

Des murmures emplirent la synagogue.

« Silence ! » dit le président.

« Silence ! » crièrent tous les autres Rabbis.

Après Reb Shachnah vient Israël Avigdor de Nyesheve, et son témoignage remit tout en question.

Le gabbaï prononça sa déclaration avec beaucoup de cérémonial. Avant de prendre la parole il se lava les mains, comme s'il se préparait à prier. Il rajusta sa calotte et son chapeau, lissa sa ceinture, et approcha de la table du président comme s'il s'avançait vers la chaire pour lire la Torah. Puis, fermant les yeux, il parla lentement, d'une voix distincte :

« Devant ce tribunal, devant mon Rabbi et cette communauté de Juifs, moi, Israël Avigdor, fils de Feige Leah, je déclare que l'accusé est Nahum, le gendre de mon Rabbi. Il s'est exilé, et à son retour il s'est fait reconnaître à certains signes. J'ai moi-même examiné son corps et contrôlé les indications qu'a données Sourele, la fille du Rabbi. Avec la permission du tribunal, je répéterai la liste de ces signes.

— Parlez », dit le président.

Israël Avigdor répéta alors, sans hésiter une seule fois, tout ce qui s'était passé au retour de l'étranger. Il parla des volumes de *Raziel ha Malach*, du verre de lait, des taches sur le corps de Nahum. Il n'oublia rien. Quand il eut terminé, il prononça une dernière déclaration :

« Messieurs ! Je ne suis plus un jeune homme. Avant longtemps je comparaîtrai devant le plus grand tribunal de tous. Sur ma barbe grise j'affirme que ce témoignage est aussi vrai que la parole sacrée de Dieu ! »

Interrogé sur chaque point, Israël Avigdor maintint ses positions. Non, il ne pouvait pas s'être trompé ! Reb Shachnah tremblait comme une feuille.

Zivyah, la fille de Kanah, vint ensuite.

Ses anciennes relations de Bialogora furent aussi stupéfiées par son apparence que par ses manières. Ses pérégrinations lui avaient fait perdre sa stupidité animale. Les contacts avec des visages, des gens nouveaux avaient éveillé en elle l'intelligence jusqu'alors étouffée par le mépris et l'indifférence. Elle parut comprendre chaque parole qui lui était adressée. Elle répondit presque sans bégayer, et se garda de rire ou de pousser des hennissements.

« Femme ! dit le président. Vous comparaissez devant des Rabbis. Savez-vous ce que cela signifie ? Vous ne devez dire que la vérité, sinon vous brûlerez en enfer. Vous le savez ?

— Oui.

— Approchez de ce Juif assis à la table, et dites qui il est.

— Yoshe le fou.

— Qui est-ce ?

— Mon mari.

— Par quels signes le reconnaissez-vous ?

— Je connais Yoshe, dit-elle simplement.

— Pouvez-vous le jurer sur les rouleaux de la Loi ?

— Je le jure. »

Après Zivyah vint Sourele, la fille du Rabbi. Israël Avigdor la guida jusqu'à la table avec autant de respect que si elle avait été le Rabbi en personne.

Pâle, les yeux rouges à force d'avoir pleuré, elle regarda d'abord la table où se trouvait son père, à côté du mari dont elle avait été séparée sur l'ordre des Rabbis. Son père lui rendit son regard, mais Nahum ne leva pas les yeux. Elle tituba légèrement, et Israël Avigdor avança une chaise.

« Fille du Rabbi de Nyesheve, dit le président. Savez-vous ce qu'est un tribunal de soixante-dix Rabbis ?

— Je le sais. C'est comme le Sanhédrin d'autrefois.

— C'est exact, répondit le président. Vous connaissez les cinq livres de Moïse, n'est-ce pas, même si vous ne les avez lus qu'en yiddish ?

— Oui.

— Vous savez donc quel châtiment est réservé à la femme qui vit avec le mari d'une autre ?

— Elle sera lapidée.

— C'est exact. Vous savez aussi que depuis que notre Temple a été détruit, le Sanhédrin n'a plus le pouvoir de lapider un pécheur. Mais vous n'ignorez pas que le châtiment du Ciel demeure, même ici-bas.

— Je le sais, dit Sourele. La punition est la mort prématurée.

— Exact. Maintenant approchez de l'accusé et dites qui il est.

— Mon mari, Reb Nahum, dit fermement Sourele.

— Comment pouvez-vous être sûre que c'est votre mari ? Votre mari a été absent pendant quinze ans. Comment l'avez-vous reconnu ?

— Il m'a donné des signes.

— Quels signes ? »

Sourele baissa la tête.

« N'ayez pas honte. Vous êtes en présence d'un tribunal. S'agit-il de signes que seuls un mari et une femme connaissent ?

— Oui.

— N'est-il pas possible qu'une autre personne ait su l'existence de ces signes ? N'en avez-vous jamais parlé à vos proches amies ?

— Non.

— Peut-être votre mari les a-t-il décrits à un homme, qui en a profité.

— Il y avait des signes sur son corps, dit Sourele à voix basse, le sang lui montant au visage. Mon père, le Rabbi, les a fait vérifier. »

Un murmure s'éleva dans la synagogue.

« Silence ! » cria le président.

« Silence ! » crièrent tous les Rabbis.

Sourele fut reconduite derrière le rideau, et Kanah vint prendre sa place.

« Reb Kanah, dit le président, vous êtes impliqué dans cette affaire, puisque vous êtes le père de la *agounah* de Bialogora qui affirme que l'homme assis à cette table est son mari. D'après notre Loi, un plaideur doit prêter serment. Mais comme une femme n'y est pas autorisée, vous le ferez à sa place. Maintenez-vous, sous la foi du serment, que cet homme est le mari de votre fille ?

— Oui, Rabbi », répondit Kanah avec vigueur.

La tête du Rabbi de Cracovie tremblait plus que jamais. « Un serment est une chose terrible, dit-il solennellement. Si vous faites une fausse déclaration, si vous commettez une erreur sous serment, la Géhenne même ne sera pas un châtiment suffisant. S'il y a le moindre doute dans votre esprit, dites-le.

— Je prêterai serment, affirma Reb Kanah. Je n'ai pas peur, puisque je dis la vérité.

— Bedeau ! appela le président, s'adressant à l'employé de la synagogue de Nyesheve. Éteignez les bougies blanches et allumez les noires. »

Le bedeau obéit.

« Apportez la planche de purification. »

Les assistants pâlirent. Kanah ne se retourna même pas. Il n'était pas impressionné.

« Reb Kanah ! Lavez-vous les mains, puis montez en chaire, revêtez la robe blanche et le châle de prières. »

Kanah s'exécuta, imperturbable.

Soutenu par deux Rabbis, le président s'approcha du pupitre et frappa la table de la main.

« Le monde entier a tremblé, dit-il, quand du haut du Sinaï l'Éternel a déclaré : Ne rends point contre ton prochain un faux témoignage. Tous les péchés que commettent les mortels seront pardonnés, mais pas celui-là. Pour les autres péchés, le coupable seul souffre, mais pour celui-là, ses enfants et ses petits-enfants seront aussi punis. Le Ciel n'attend pas le tribunal du jugement dernier, mais distribue immédiatement les châtiments. »

Le président leva les yeux vers l'assistance. Il vit une foule de visages muets, épouvantés.

« Sonnez le shofar ! » cria-t-il.

Un Juif drapé dans son châle de prières souffla dans la corne de bélier.

« Répétez chaque mot après moi, Kanah, fils de Henye Peshe ! »

Le bedeau de Bialogora répéta mot pour mot :

« Moi, Kanah, fils de Henye Peshe… »

Il n'alla pas plus loin. À cet instant Rabbi Melech, qui était resté assis tout ce temps avec son châle de prières et ses phylactères, se leva d'un bond et poussa un hurlement :

« Arrêtez ! »

Il y eut un silence mortel dans la synagogue. Même le président ne réussit pas à ouvrir la bouche. Massif et terrible, le Rabbi de Nyesheve fit face à l'assemblée :

« Je ne permettrai pas que soit porté dans ma ville un faux témoignage sous serment ! »

Le silence se rompit quelques minutes. Les hommes se regardèrent, stupéfaits, confondus. Rabbi Melech leva les mains, et le calme revint.

« Moi, Melech, fils des martyrs, je témoigne, revêtu de mon châle de prières et de mes phylactères, que l'homme accusé est mon gendre Reb Nahum. Quand il est revenu après quinze ans d'absence, je ne l'ai pas reconnu. Il est parti jeune et imberbe. J'ai vu arriver un homme adulte, avec une barbe et des papillotes. Mais il m'a donné des signes qui ne peuvent tromper. Il m'a rappelé le nom d'un livre que nous avions étudié ensemble, *Raziel ha Malach*, il m'a dit que la dix-huitième page était cornée. J'ai vérifié, c'était vrai. Il m'a aussi indiqué des détails ordinaires, concernant la nourriture qu'on lui avait préparée le jour de son départ... »

Reb Melech arracha le phylactère de sa tête et, le serrant passionnément contre sa poitrine, il cria :

« Je le jure ! Je le jure sur mon phylactère de tête ! »

Dans le silence qui suivit, le président fit signe à Kanah de descendre de l'estrade. Abasourdi, le bedeau retira la robe blanche et le châle de prières et il retourna s'asseoir.

Il semblait maintenant que Nyesheve avait triomphé. Rien ne pouvait s'opposer à cet appel. Mais quand le tribunal eut réussi à rétablir l'ordre et appela l'accusé à la barre, l'incertitude troubla à nouveau les juges.

« Vous qui êtes accusé, déclara le président, ne sachant quel nom employer. Qui êtes-vous ?

— Je ne sais pas.

— Vous ne savez pas ? répéta le président, ébahi. Si vous ne savez pas qui vous êtes, qui le saura ?

— Aucun homme ne sait qui il est, répondit l'étranger.

— C'est impossible, murmurèrent les Rabbis. Je ne comprends pas.

— Moi, je comprends, dit le Rabbi de Nyesheve, se levant. Reb Nahum, dit-il à l'étranger, je vous comprends très bien. Mais ici vous devez parler simplement et clairement, et dire si vous êtes Reb Nahum.

— Je suis Nahum, répondit l'homme.

— Quand avez-vous épousé ma fille ? demanda le Rabbi.

— Le jour de Lag ba' Omer, l'année *tav resh chav teth.* » La voix de l'étranger résonnait comme un lointain écho.

Rabbi Melech roula des yeux terribles. « Qui était présent au mariage de ma fille avec mon gendre Nahum ? demanda-t-il à l'assistance.

— J'y étais ! » s'écrièrent des douzaines de voix.

Le Rabbi se tourna vers l'étranger.

« Mon gendre, vous rappelez-vous le sermon que vous avez prononcé à votre mariage ?

— Oui.

— Répétez-le maintenant en présence du tribunal. »

De sa voix ténue qui ne semblait pas appartenir à un être vivant, l'étranger répéta le sermon du début à la fin.

« Oui ! C'est vrai ! Je m'en souviens ! » crièrent les assistants.

Rabbi Melech considéra avec mépris les nombreux témoins de Bialogora.

« Reb Shachnah de Bialogora, rugit-il, votre Yoshe était-il un homme instruit ou un ignorant ?

— Il ne récitait que des Psaumes, répondit Reb Shachnah.

— Juifs ! cria Rabbi Melech, mon gendre est un homme instruit, kabbaliste !

— Cela dépasse l'entendement, marmonna le président.

— Dépasse l'entendement », firent écho les autres Rabbis.

Rabbi Melech se laissa retomber sur sa chaise, rayonnant de triomphe. Au même instant Reb Shachnah se leva brusquement et, s'adressant à l'accusé :

« Yoshe ! cria-t-il. Déclarez devant le tribunal que vous n'êtes pas Yoshe le fou de Bialogora. »

L'étranger resta silencieux.

« Vous ne répondez pas, hurla Reb Shachnah. Vous ne niez pas. Cela veut dire que vous le reconnaissez. »

Il se tourna vers le tribunal.

« Messieurs ! Il se tait maintenant ! Il se taisait aussi le jour où il a comparu devant le tribunal de Bialogora. Dans cette ville sévissait une épidémie de peste – Dieu nous garde ! La fille de Kanah, le bedeau, a témoigné que cet homme, Yoshe le fou, avait péché avec elle. Il est resté silencieux, il n'a pas avoué, il n'a pas nié ! Les juges l'ont obligé à épouser la jeune fille au cimetière, et il s'est enfui cette nuit-là ! Qu'il nie à présent ! »

Un frisson parcourut l'assistance.

« Accusé ! prononça le président. Avez-vous entendu la déclaration de Reb Shachnah de Bialogora ?

— Oui.

— Qu'avez-vous à répondre ? »

Silence.

Reb Shachnah dansait de rage et d'impatience.

« Niez-le ! vociféra-t-il. Je déclare que vous n'êtes pas Nahum, mais Yoshe, Yoshe le fou. Niez-le ! »

L'étranger ne le regarda même pas.

La tête du Rabbi de Cracovie tremblait si fort qu'elle semblait sur le point de tomber de ses épaules.

« Accusé, demanda-t-il, qui êtes-vous ?

— Je ne sais pas. »

Le président était médusé.

« Vous avez dit que vous étiez Nahum, le gendre du Rabbi de Nyesheve. Pourquoi avez-vous abandonné votre femme ?

— Je le devais.

— Où êtes-vous allé ?

— Dans le monde.

— Nommez les villes où vous avez séjourné.

— Elles sont innombrables.

— Connaissez-vous une ville du nom de Bialogora ?

— Oui.

— Y êtes-vous allé ?

— Je suis allé partout.

— Qu'avez-vous fait pendant vos années d'errance ?

— Je ne sais pas. »

Le président se rassit, au bord de l'évanouissement. Il ne put continuer.

« Messieurs, dit-il aux Rabbis qui l'entouraient, poursuivez. »

Le premier à prendre la parole fut la « tête de lion » de Dinabourg. Mais il ne put rien tirer de l'accusé. Impatient, rusé, pressé d'arriver aux conclusions, il réussit seulement à semer la confusion.

« Accusé ! » s'écria-t-il d'un ton furieux en se frottant le front. « L'une des deux parties présentes ment ! C'est clair. Car si vous êtes Nahum, vous ne pouvez être Yoshe, et si vous êtes Yoshe, vous ne pouvez être Nahum. Reuben n'est pas Simon, Simon n'est pas Reuben. Vous l'admettrez, n'est-ce pas ! »

Il jeta un regard exalté à l'étranger, comme s'il venait de saisir le fond du problème. Mais sans attendre de réponse il commença à citer des cas, des références. L'étranger ne leva même pas les yeux.

L'agitation augmentait dans la synagogue, et le Saint de Lizhane, que les Juifs voulaient élever au rang de Rabbi miraculeux, se leva pour interrompre la « tête de lion ».

« Reb Samson Raphael, supplia-t-il. Soyez assez bon… »

L'accent de sa voix retint l'attention de l'assistance.

La « tête de lion » ne se tut pas tout de suite. Il continua de parler quelques minutes, emporté par son propre élan, jusqu'au moment où il s'aperçut que tous les regards étaient tournés vers le Saint.

L'attitude du Saint de Lizhane remplit de crainte l'assistance. Il avait fermé les yeux, une expression mystique sur le visage. Sa voix était sourde, chargée de secrets indicibles. Un événement nouveau allait se produire. Ce personnage impénétrable, si proche du Ciel, était sur le point de prononcer une terrible révélation.

Le Saint de Lizhane rappela les témoins à la barre, mais les questions qu'il leur posa remplirent l'assistance de stupéfaction.

Il fit venir en premier Sourele, la femme de Nahum. « Fille du Rabbi de Nyesheve, demanda-t-il, quand votre mari est revenu, s'est-il comporté comme les autres hommes ? »

Sourele ne répondit pas.

« Vous parle-t-il quelquefois ?

— Non, dit-elle tristement.

— Que fait-il ? Quelles sont ses habitudes ?

— Il se tient enfermé dans sa chambre.

— Quoi d'autre ?

— Souvent, la nuit, il va dans les champs, et il y reste pendant des heures.

— Dans les champs pendant des heures ? répéta tout bas le Saint, la voix plus intense. Où va-t-il encore ?

— Au cimetière.

— Au cimetière. » Le Saint regarda attentivement Sourele, et lui demanda soudain : « Vit-il avec vous comme un homme doit vivre avec sa femme ? »

Sourele baissa les yeux.

« Répondez, insista le Saint. Le tribunal doit savoir.

— Quelquefois », répondit-elle en un murmure.

Le Saint parla plus lentement encore, et sa voix claire, précise, porta jusqu'au fond de la synagogue. « Vous l'avez déjà vu se déshabiller ?

— Non.

— Se cache-t-il de vous ?

— Je ne sais pas.

— Avez-vous déjà vu ses pieds ?

— Non.

— Vous pouvez partir », dit le Saint.

Il appela ensuite Zivyah, la fille du bedeau Kanah.

« Femme, dit-il, Yoshe a-t-il vécu longtemps dans la maison de votre père à Bialogora ?

— Longtemps, dit-elle.

— L'avez-vous vu la nuit ?

— Oui.

— Que faisait-il ?

— Il pleurait.

— Il pleurait, répéta le Saint. Se rendait-il au cimetière la nuit ?

— Oui.

— Vous a-t-il jamais parlé ?

— Non.

— Riait-il ? Était-il joyeux parfois ?

— Non.

— L'avez-vous jamais vu se déshabiller ? »

Zivyah se mit à rire.

« Femme ! cria le Saint. Ne riez pas ! Avez-vous jamais vu ses pieds ?

— Non.

— Se cachait-il de vous ? »

Zivyah ne comprit pas, et le Saint n'insista pas. Il la renvoya, et fit venir un par un les Juifs de Bialogora.

« D'où est venu ce Yoshe de Bialogora ?

— Je ne sais pas.

— Se comportait-il comme un homme normal, ou bien était-ce un idiot ?

— C'était un simple d'esprit, alors nous l'avons surnommé Yoshe le fou.

— A-t-il jamais tourmenté quelqu'un ?

— Non, jamais. Même quand on le frappait, il ne disait rien.

— Parlait-il ?

— Non. Il se taisait, et restait toujours à l'écart. »

En posant la question suivante le Saint de Lizhane regardait intensément les témoins.

« L'avez-vous jamais vu se déshabiller ?

— Non.

— Avez-vous jamais vu ses pieds ?

— Non. »

Quand le dernier témoin fut retourné à sa place, le Saint de Lizhane repoussa son chapeau et ferma de nouveau les yeux. Quand il les ouvrit et se remit à parler, sa voix tremblait.

« Messieurs ! Il est clair qu'aucune partie dans cette affaire n'a porté de faux témoignage devant le tribunal. Le Rabbi de Nyesheve, revêtu de son châle de prières et de ses phylactères, a juré que l'accusé était son gendre. Qui osera douter de la parole du Rabbi ?

— Personne ! » chuchota l'assistance.

Le Saint de Lizhane frissonnait des pieds à la tête.

« Accusé ! cria-t-il. Qui êtes-vous ? Répondez !

— Je ne sais pas.

— Je le sais, moi ! cria le Saint. Vous êtes une réincarnation, l'âme errante d'un mort ! »

Un frémissement d'horreur parcourut l'assistance.

« Oui, oui, poursuivit le Saint de Lizhane, fixant un regard perçant sur l'étranger. Une âme morte ! Vous errez de lieu en lieu, vous vous moquez des vivants, et vous-même, vous ne savez pas ce que vous faites ! »

Les assistants étaient paralysés par la terreur.

« Vous êtes Nahum et vous êtes Yoshe. Vous êtes un érudit et vous êtes un ignorant. Vous surgissez dans les villes et brusquement vous disparaissez. Vous errez dans les cimetières à la recherche de vos semblables. La nuit vous vous glissez dans les champs. Partout où vous allez vous semez le désastre, la peur, la peste. Vous vous unissez avec les femmes. Vous les fuyez, puis vous leur revenez. Ni votre vie ni vos actes n'ont de saveur, parce que vous n'êtes rien vous-même, parce que – entendez-moi ! – vous êtes un mort errant dans le chaos du monde ! »

Comme des aveugles qui sentent soudain qu'ils vont recouvrer la vue, et que l'apparition de la lumière terrifie, les Juifs de la synagogue regardaient fixement devant eux. Il y eut des soupirs étouffés.

« Niez ! » cria le Saint de Lizhane.

L'étranger se taisait. Calmement, il regarda le Saint, de ses yeux qui ne voyaient rien.

L'assemblée se tut aussi, mais son silence annonçait la tempête. Soudain Rabbi Melech se leva et se tourna vers l'étranger. Il avait le regard vitreux, la bouche béante, obscure comme une tombe ouverte. Il fit un pas en avant.

« Nahum ! » croassa-t-il.

À cet instant il chancela et s'abattit de tout son poids sur le plancher. Cent voix étranglées s'écrièrent : « Rabbi ! »

Avant que quiconque se fût approché de la forme étendue, Israël Avigdor se précipita. Avec une force surhumaine il releva son Rabbi et le remit sur sa chaise. Au moment où il retira ses mains, le corps tomba en avant, inerte, horrible. Dans un silence absolu deux hommes soulevèrent Rabbi Melech et le portèrent sur l'estrade. Ils le couchèrent tendrement, comme s'ils maniaient un immense rouleau de la Loi, et ils le recouvrirent d'un châle de prières. Israël Avigdor se leva et dit d'une voix ferme :

« Béni soit le juge de vérité ! »

Une seule voix, une voix d'homme qui ressemblait à un cri d'enfant, une voix pleine de désespoir, s'éleva dans la synagogue en une terrible lamentation.

26

Le lendemain matin les routes conduisant à Nyesheve étaient noires de monde. Les Juifs venaient, à pied et en charrette – seuls, en groupe, en famille, par tribus, hommes, femmes, enfants – assister aux funérailles de Rabbi Melech.

Toute la journée les fils télégraphiques battus par la pluie bourdonnèrent de messages, et les bergers se rassemblèrent autour des poteaux, se demandant quel cataclysme avait réveillé les sentinelles endormies. La nouvelle circula jusqu'au soir : le Rabbi de Nyesheve était mort.

Cinq fils se tinrent devant la tombe du Rabbi ce jour-là, et dirent le premier Kaddish, cinq revers furent déchirés en signe de deuil. Puis un petit nombre de fidèles se rassembla autour de chacun d'eux, des voix s'écrièrent :

« Longue vie au Rabbi de Nyesheve ! »

Le clan le plus important, guidé par Israël Avigdor, cherchait en vain l'homme qu'il considérait comme le légitime héritier de la cour rabbinique. Ils appelaient :

« Reb Nahum ! Où est Reb Nahum, le véritable Rabbi de Nyesheve ? »

Ils ne le trouvèrent pas.

Car l'homme qu'ils recherchaient était déjà loin de Nyesheve. En haillons, un sac rapiécé sur l'épaule, avec une pierre au fond pour maintenir le châle de prières et les phylactères, un bâton dans la main droite, il avançait à grands pas sur la route, tournant le dos à Nyesheve. Des chiens couraient après lui, des jeunes bergers lui jetaient des cailloux en criant : « Hé ! Youpin ! » Il ne semblait pas les voir. Il dépassait les champs et les prairies, les lacs et les moulins à vent.

Le soir, il arriva dans un village juif et il se dirigea vers la synagogue.

À la lumière du crépuscule, dans la rue, on le reconnut et les gens fuirent. Ils claquèrent les portes de leurs maisons. Quand il arriva à la synagogue, elle était barricadée, et de l'intérieur des voix lui crièrent :

« Démon ! Âme morte ! Va-t'en ! »

Il quitta le village pour se rendre au cimetière, la Maison éternelle. Là il posa son sac replié sur une dalle, il s'étendit et s'endormit.

La lune éclairait son visage, elle veillait sur lui.

GLOSSAIRE

BAR-MITSVA : majorité du jeune Juif à l'âge de treize ans.

ELOUL : mois du calendrier juif qui précède Yom Kippour. Il est voué au repentir et à la prière.

HASSID (pluriel HASSIDIM) : littéralement « pieux ». Le mouvement hassidique se développa à partir de 1740 environ en Pologne. Les hassidim accordaient au sentiment religieux une importance infiniment plus grande qu'à la connaissance et à la pratique de la Loi.

HEDER : école primaire juive en Europe centrale.

KABBALE : la tradition mystique juive.

KADDISH : prière en langue araméenne que l'on récite à la fin des passages importants de l'office. Elle est récitée aussi par les orphelins qui expriment en la prononçant leur confiance et leur soumission à la volonté divine.

LAG BA'OMER : trente-troisième jour du Omer.

MEZOUZA : étui que l'on fixe au montant droit de la porte et qui contient le texte du Shema sur un petit rouleau de parchemin.

MINYAN : assemblée de dix hommes, quorum nécessaire pour la prière publique.

OMER : période séparant la Pâque de Shavouot.

PESSAH : nom hébreu de la Pâque.

PHYLACTÈRES : petits étuis de cuir qui renferment, transcrit sur des feuillets de parchemin, le texte du Shema et que l'on fixe à l'aide de lanières, l'un au bras gauche (en face du cœur) et l'autre au front (en face du cerveau).

POURIM : la fête des Sorts (*pour* : sort en persan) qui rappelle l'histoire de la reine Esther intervenant auprès d'Assuérus pour sauver le peuple juif menacé d'extermination.

ROSH HASHANA : fête du nouvel an juif.

SHABBAT DE LA CONSOLATION : premier shabbat après Tisha be Av.

SHAVOUOT : pluriel de *shavoua*, semaine. Nom hébreu de la Pentecôte.

SHEMA : « *Shema Israël* »… « Écoute Israël, l'Éternel est notre Dieu, l'Éternel est Un. » Plusieurs mots du texte le plus connu du rituel juif.

SOUCCOT : fête de la récolte, qui dure sept jours. Elle rappelle la protection miraculeuse dont Dieu a favorisé Israël pendant sa marche dans le désert. Pendant les sept jours, on échange son habitation habituelle contre une *soucca* (pluriel *souccot*), fragile cabane couverte uniquement de feuillages. Le fidèle affirme ainsi sa dépendance à l'égard de Dieu et donne une preuve de sa confiance en la Providence.

TALITH : châle de prière.

TALMUD : code de la Loi orale, comprenant la Mishna et la Guemara. Il comporte deux aspects, l'un législatif (la Halakka), l'autre édifiant (la Haggada).

TISHA BE AV : neuvième jour du mois d'Av, jeûne rappelant la destruction du Temple de Jérusalem.

TORAH : la doctrine, la Loi. Au sens étroit, le Pentateuque. Au sens général, l'ensemble de la Loi juive.

YOM KIPPOUR : le Grand Pardon, jour d'expiation exclusivement consacré à la prière et à la pénitence.

PAPIER À BASE DE FIBRES CERTIFIÉES

Le Livre de Poche s'engage pour l'environnement en réduisant l'empreinte carbone de ses livres. Celle de cet exemplaire est de :
550 g éq. CO_2
Rendez-vous sur www.livredepoche-durable.fr

Composition réalisée par Belle Page

Imprimé en France par CPI
en août 2016
N° d'impression : 2024160
Dépôt légal 1re publication : février 2016
Édition 02 - août 2016
LIBRAIRIE GÉNÉRALE FRANÇAISE
21, rue du Montparnasse - 75298 Paris Cedex 06

15/3339/8